KLAUS ERFMEYER

Endstadium

TODESKAMPF Der Dortmunder Unternehmer Justus Rosell ist unheilbar an Krebs erkrankt. Für seinen bevorstehenden Tod macht er den Internisten Jens Hobbeling verantwortlich, der es versäumt haben soll, die tückische Krankheit rechtzeitig erkannt und damit jede Chance auf Heilung verspielt zu haben. Rosell konnte seinen Vorwurf gegen den Arzt in einem von großem Medieninteresse begleiteten Prozess nicht beweisen und erlitt, damals vertreten durch Rechtsanwalt Hubert Löffke, vor Gericht eine Niederlage. Er zieht sich im Endstadium der Krankheit in sein Domizil auf der Ferieninsel Gran Canaria zurück. Die Medien sollen seinen Tod dokumentieren und Hobbeling durch negative Berichterstattung schädigen. Gleichzeitig beauftragt er Rechtsanwalt Stephan Knobel, ein letztes Mal gegen Hobbeling aktiv zu werden. Knobel reist gemeinsam mit seiner Freundin Marie Schwarz nach Gran Canaria und stößt dort zunehmend auf Ungereimtheiten …

Dr. Klaus Erfmeyer, geboren 1964, lebt in Dortmund und ist seit 1993 Rechtsanwalt, darüber hinaus Maler und Dozent. Er ist Autor zahlreicher Fachpublikationen. Sein Erstling »Karrieresprung« wurde für den Glauser-Preis (Krimipreis der Autoren, 2007) in der Sparte »Debüt« nominiert. Er ist Mitglied im Syndikat.

Bisherige Veröffentlichungen im Gmeiner-Verlag:
Drahtzieher (2012)
Irrliebe (2011)
Tribunal (2010)
Geldmarie (2008)
Todeserklärung (2007)
Karrieresprung (2006)

KLAUS ERFMEYER

Endstadium

Knobels fünfter Fall

GMEINER *Original*

Personen und Handlung sind frei erfunden.
Ähnlichkeiten mit lebenden oder toten Personen
sind rein zufällig und nicht beabsichtigt.

Besuchen Sie uns im Internet:
www.gmeiner-verlag.de

Im Ehnried 5, 88605 Meßkirch
Telefon 0 75 75/20 95-0
info@gmeiner-verlag.de

2. Auflage 2013

Lektorat: Claudia Senghaas, Kirchardt
Herstellung / Korrekturen: Julia Franze / Claudia Senghaas
Umschlaggestaltung: U.O.R.G. Lutz Eberle, Stuttgart
unter Verwendung eines Fotos von: Blackfish / photocase.com
Druck: CPI – Ebner & Spiegel GmbH, Ulm
Printed in Germany
ISBN 978-3-8392-1080-2

Für Lendita

1

Hubert Löffke trat lächelnd an das Fenster des kleinen Büros im zweiten Obergeschoss des alten Kanzleigebäudes. Er strich behutsam mit den Fingerkuppen über den alten Holzfensterrahmen. Der weiße Lack hatte scharfkantige Risse und platzte an einigen Stellen ab.

»Wir schaffen es mit den Renovierungen immer nur bis in den ersten Stock«, sagte er mit gespieltem Bedauern. Dann wandte er sich zu Stephan Knobel um.

»Hier im Zimmer 307 haben Sie vor wenigen Jahren Ihre Karriere begonnen, wenn ich nicht irre.« Er hielt inne, doch Knobel erwiderte nichts.

»Natürlich haben Sie hier Ihre ersten Schritte gemacht, Knobel, ich erinnere mich genau. Nur stand der Schreibtisch vor dem Fenster. Aber sonst …« Er blickte versonnen an die Decke und beobachtete das leichte Flackern der Leuchtstoffröhre. »Sonst ist alles beim Alten. Ihr Karrierekreis schließt sich, Knobel! In 307 begonnen, zur bel étage vorgearbeitet, Partner geworden, dann der Kanzlei den Laufpass gegeben, der Sie alles verdanken. Und jetzt sitzen Sie wieder in 307. Wie fühlen Sie sich, Kollege Knobel?«

»Es ist nur vorübergehend, bis ich eigene Räume gefunden habe, das wissen Sie doch«, erwiderte Stephan gelassen.

Löffke nickte und sah wieder bemüht teilnahmslos aus dem Fenster.

»Weiß ich alles, Knobel. Jeder hier weiß von Ihrer

ritterlichen Gesinnung, die es Ihnen verbietet, sich weiter mit den Idealen unserer Sozietät zu identifizieren. Jeder kennt Ihren Rundbrief an alle Anwältinnen und Anwälte unseres Hauses, Ihre sorgsam differenzierten Ausführungen zum beruflichen Ethos eines Juristen, Ihren fast pastoralen Appell, dem Gebot des feinen Umgangs miteinander endlich Geltung zu verschaffen. Wir alle haben Ihren Gesinnungsaufsatz zur Kenntnis genommen, und ja, wir haben das erbetene Verständnis aufgebracht und uns dem künstlich verzweifelten Schlusssatz unterworfen: ›Ich bitte um Verständnis, wenn ich meinen eigenen Prinzipien folgen muss und deshalb meine berufliche Zukunft nicht mehr in der Kanzlei sehe, der ich mich trotz aller Differenzen auf Dauer verbunden fühlen werde und der ich aus vollem Herzen für das in mich gebrachte Vertrauen danken möchte.‹«

Löffke hatte sich umgewandt.

»Die Differenzen, von denen Sie schreiben, haben einen Namen, habe ich recht?« Er blinzelte Knobel an und erwartete keine Antwort. »Die Differenzen, mit denen Sie nicht klarkommen, das bin doch ich, Herr Knobel! Ich als Ihr vermeintlicher ständiger Widersacher und dennoch aufrichtiger Kollege. Ich sage Ihnen das ganz ehrlich, Knobel: Ich wollte Sie nicht verdrängen. Wenn Sie mich als jemanden empfunden haben, der Ihnen fast aus sportlichem Ergeiz feindlich gesinnt ist, dann wissen Sie, dass Sie mir mit Ihrer Flucht keine Freude machen können. Wer sportlich Feindschaften pflegt, der vermisst den abhanden gekommenen Feind. – Und Sie, Knobel? Jetzt fangen Sie wieder von vorn an, beginnen praktisch bei Null, sitzen jetzt in dieser Abstellkammer, bis Sie neue Räume beziehen können. Jetzt gehts zur Bank, Konzepte vorlegen für ein Kanzleimodell, dann zu den Büroausstattern, damit Sie gediegenes Interieur finden. – Oder reichts am Anfang nur für Gebrauchtmöbel? – Nun, Knobel, Sie sagen ja nichts! – Wer wird für Sie schreiben? Ihre rundliche Frau Klabunde hat sich bis jetzt noch nicht entschlossen, mit Ihnen zu gehen. Man kann über die Klabunde sagen, was man will, aber sie hat den richtigen Riecher. Sie wird natürlich hier bleiben, Knobel, was denken Sie denn? Eine alleinstehende Frau mit fast 50 begibt sich doch nicht mehr auf brüchiges Eis. Bei ihrem Gewicht würde sie ja auch einbrechen!« Er lachte meckernd, wie er es immer tat, wenn er sich an seinen eigenen Witzen ergötzte.

»Also schreibt Ihr Mariechen für Sie, nicht wahr? Die examinierte Germanistin findet keinen Job. Folgerichtig wird sie die Tippse ihres Geliebten. Heiraten Sie doch bald, Knobel, damit sich Ihr Leben endlich fügt. Ich habe immer gewusst, dass Sie ein Mensch der Brüche sind. Glauben Sie mir eines: Ich bin sicherlich kein juristischer Schlaumeier. Mich brauchen Sie wirklich nicht nach den letzten Winkelzügen der Rechtsprechung der Obergerichte zu fragen. Ich sage Ihnen frei weg: Ich kenne sie nicht. Aber ich habe immer den richtigen Riecher! Ich kenne meine Akten. Und ich täusche mich auch nicht in Ihnen, Knobel! Ich weiß doch, dass Sie es jetzt schon bereuen, vorschnell Ihren Abgang erklärt zu haben. Tun Sie doch nicht so, als müssten Sie noch eine Übergangszeit benötigen, um neue Räume zu finden. Es gibt überall günstig Büroraum zu mieten, sogar hier im Dortmunder Gerichtsviertel. Nein, Sie wollen in Wirklichkeit bleiben, Knobel! Aber Sie möchten, dass man Sie bittet, hier zu bleiben. Es war doch Balsam für Ihre geschundene Seele, als Ihnen unser verehrter Senior gestattete, einstweilen von hier Ihre Geschäfte zu führen. Aber hat jemand gesagt, dass Sie auf Dauer bleiben sollen?«

Löffke hatte sich behäbig vor Knobels Schreibtisch aufgebaut. So kannte Stephan den Rivalen, wenn er spürte, Oberwasser zu bekommen. Und sein Instinkt täuschte nicht.

»Jetzt ziehen Sie erstmal mit ihrem Mariechen zusammen«, fuhr Löffke betont milde fort. »Auch das ist ja was Neues für Sie. Nach der Scheidung also auch hier ein Neubeginn. Aber ich für mich bin glücklich, lieber Knobel, dass ich nicht so viel Neues an der Backe habe. Aufstrebende Kontinuität ist doch etwas anderes als eine Neuauflage des Sisyphus, oder?« Er grinste hämisch.

»Jetzt sagen Sie endlich, weshalb Sie hier sind«, bellte Stephan.

»Na also«, lobte Löffke. »Sie lernen ja richtig sprechen.« Er nahm eine Akte in die Hand, die er bis jetzt unter seinen Arm geklemmt hatte.

»Rosell gegen Hobbeling, erinnern Sie sich?« Löffke sah fragend auf.

»Ein abgeschlossener Prozess, soweit ich weiß«, erwiderte Stephan. »Sie hatten damals den Mandanten Rosell gegen den Internisten Hobbeling vertreten. Dem Arzt wurde vorgeworfen, eine Krebserkrankung seines Patienten Rosell nicht rechtzeitig erkannt zu haben. Sie haben den Arzt auf Schadenersatz verklagt. Wenn ich nicht irre, hat er seine Praxis in Unna.«

»Richtig«, bestätigte Löffke. »Was noch?«

»Ihre Klage wurde abgewiesen«, ergänzte Stephan mit ironischem Unterton.

»Nun ja«, nickte Löffke. »Wir konnten nicht beweisen, dass Justus Rosell zum Zeitpunkt der fraglichen Untersuchung durch Hobbeling die Symptome hatte, die der Arzt als Anzeichen der Krebserkrankung hätte erkennen können und erkennen müssen. Wir konnten also nicht beweisen, dass der Arzt eine aus damaliger Sicht notwendige Behandlung unterlassen hat. Ergo: Kein Nachweis des Kunstfehlers. Also kein Sieg und kein Geld für den Mandanten.«

»Es ging um viel Geld …«, warf Knobel ein.

»Schmerzensgeld in Höhe von mindestens 100.000 Euro als Teilklage. Und den üblichen anderen Schadenersatz noch obendrauf«, antwortete Löffke.

»Mutig, wenn man nichts beweisen kann«, entgegnete Stephan zynisch.

»Normalerweise ja«, gab Löffke zu. »Aber der Mandant wollte es so. Er wollte, wie er es nannte, ein Signal setzen.«

»Ging es nicht um ein verschwundenes Röntgenbild?«

»Gutes Gedächtnis«, staunte Löffke. »Obwohl der Prozess jetzt schon eineinhalb Jahre her ist. – Ja, es drehte sich letztlich um ein verschwundenes Röntgenbild. Der Mandant behauptete, er sei etwa neun Monate, bevor der Arzt bei ihm unheilbares Bronchialkarzinom feststellte, schon einmal bei ihm zur Untersuchung gewesen. Und auch damals hätte Hobbeling eine Röntgenaufnahme gemacht. Aber diese frühe Aufnahme konnte nicht vorgelegt werden. Der Arzt behauptete, sie nicht mehr zu haben. Er hätte sie auf Anforderung seines Patienten, also Rosell, an diesen verschickt. Aber sie kam nie bei Rosell an.«

»Was natürlich eine Schutzbehauptung ist …«, vermutete Stephan.

Löffke hob unschlüssig die Schultern.

»Wer weiß? Es fehlte eben das Röntgenbild, mit dem man hätte nachweisen können, dass zum Zeitpunkt der ersten Untersuchung der Tumor bereits erkennbar und zu diesem Zeitpunkt wohl auch noch heilbar war. Also gab es vor Gericht eine Klatsche.«

»Und der Mandant wollte bei dieser Sachlage trotzdem klagen?«, fragte Stephan. Er lächelte. »Es ging um hohe Gebühren, Löffke. Da klagt man gern drauf los, nicht wahr? Ich kenne Sie doch, Löffke!«

»Ja, ja, polieren Sie wieder Ihr Berufsethos, Knobel! Aber Sie irren sich. Rosell wollte diesen Prozess trotz des hohen Risikos, und er ist sogar noch weiter gegangen: Er hatte den Fall an die Presse gegeben. Die Zeitungen berichteten damals ausführlich darüber. Deshalb gab es nachfolgend eine Verleumdungsklage des Arztes gegen unseren Mandanten. Die Berichterstattung über den Fall hatte dazu geführt, dass dem Arzt scharenweise Patienten verloren gingen. Immerhin war klar, dass es bei dieser Erkrankung wissenschaftlich sehr nahe lag, dass bei der ersten Untersuchung der Tumor hätte erkannt werden müssen. Es fehlte lediglich der Beweis, dass das konkrete Röntgenbild zu dieser Diagnose gezwungen hätte. Vielleicht war das Bild technisch fehlerhaft, ohne dass der Arzt dies erkannt hätte. All das musste man zugunsten von Hobbeling annehmen. Dass dies nicht so gewesen sein wird, liegt auf der Hand. Aber was nützt es? Der Arzt konnte sogar nachweisen, dass er das Röntgenbild von der ersten Untersuchung per Einschreiben an Rosell abgesandt hatte …«

»Und …?«

»Rosell behauptete, in dem als Einschreiben versandten DIN-A4-Umschlag seien Patientenunterlagen von ihm, aber eben kein Röntgenbild gewesen, und eine Praxisangestellte von Hobbeling sagte damals als Zeugin aus, dass neben den Unterlagen eben doch auch das Röntgenbild mit verschickt worden sei.«

»Geschickt gemacht«, fand Stephan.

»Ach Knobel, was heißt geschickt? Das Gericht hat der Praxishilfe auf den Zahn gefühlt. Es hielt sie für glaubwürdig. Irgendwann muss man im Prozess die Segel streichen, das wissen Sie doch selbst. Fakt ist, dass Rosell das Röntgenbild von der ersten Untersuchung nicht vorlegen konnte, der Arzt aber mit der Aussage seiner Angestellten nachweisen konnte, das Röntgenbild an den Patienten abgeschickt zu haben. Und da der Zugang des Einschreibens bei Rosell nachgewiesen war, lag es auch an Rosell, das Röntgenbild vorzulegen. Welches Interesse sollte Rosell haben, es nicht vorzulegen, wenn er es hatte? Nach dem Stand der medizinischen Wissenschaft hätte er den Beweis führen können, dass der Arzt damals einen Fehler gemacht hatte. Als das zweite Röntgenbild ein dreiviertel Jahr später gemacht wurde, war es praktisch zu spät. Da war der Tumor bereits unheilbar. Als Hobbeling diese Diagnose stellte, hat Rosell die Befundunterlagen von einem Spezialisten prüfen lassen. Zu operieren war da nichts mehr. Das war sein Todesurteil.«

»Und erst da hat Rosell das erste Röntgenbild angefordert?«

»Ja, zusammen mit einer Kopie der anderen Patientenunterlagen. Der nachbehandelnde Arzt hat ihn darauf aufmerksam gemacht, dass sein Kollege wohl einen fatalen Diagnosefehler gemacht habe.«

»Und so begann der Prozess gegen Hobbeling«, folgerte Stephan.

»Und die Pressekampagne«, ergänzte Löffke. »Es war keine gute Presse für mich, den Prozess zu verlieren. Auch wenn die Zeitungen druckten, dass Rosell für meinen Einsatz dankte.«

»Vermutlich vorbildlich wie immer«, feixte Stephan.

»Sie hätten es nicht anders und auch nicht besser gemacht«, blieb Löffke nüchtern. »Aber vielleicht könnten Sie ja jetzt Ihre eigenen juristischen Wunderwaffen ziehen …« Löffke machte eine bedeutsame Pause. »Rosells Krankheit ist weit fortgeschritten. Wie es aussieht, wird er nur noch wenige Wochen leben.«

Er legte die Akte gönnerhaft auf den Tisch.

»Rosell will den Fall in gewisser Weise neu aufrollen.«

»Ach, Löffke!« Stephan winkte ab. »Sie wissen doch

selbst, dass das nicht geht. Wenn der entscheidende Beweis damals nicht geführt werden konnte, ist es heute nicht anders. Die Wahrheit ist doch, dass Sie sich mit diesem Fall nicht erneut blamieren wollen.«

»So?« Löffke hob erstaunt die Augenbrauen und nahm die Akte betont behutsam, fast liebevoll wieder an sich.

»Es wäre ein erster neuer Fall für Sie, Kollege Knobel«, gab er sich verwundert und eigentümlich beleidigt. »Und überdies einer, von dem Sie nur profitieren können. Denn wenn Rosell in seiner Verzweiflung einen Anwalt bittet, ihn vor seinem Tode zu seinem Recht zu verhelfen, dann ist das nichts anderes als ein ehrenvoller Auftrag. Niemand wird Ihnen übel nehmen, wenn Sie an einer unüberwindbaren rechtlichen Hürde scheitern. Es ist doch eher so, dass Sie Rosell seinen letzten Wunsch erfüllen. Und dafür wird jeder sensible Mensch Verständnis haben. Wenn Sie geschickt sind, können Sie sogar eindrucksvoll für sich werben …«

Löffke grinste verschlagen.

»Noch mal«, bohrte Stephan nach. »Warum nicht Sie?«

»Sie werden Rosell auf seinem letzten Weg begleiten, Herr Knobel. Ich bitte nicht. Selbst wenn Sie mich anders einschätzen, Knobel: Für mich ist das nichts. Auch wenn vielleicht viel zu verdienen ist. Sie wissen, dass Rosell ein Tiefbauunternehmen hat. Er wird nicht über das Honorar feilschen, Knobel. Das Geld wird keine Rolle spielen. Das reizt natürlich. Aber einen Menschen sterben zu sehen …« Er schüttelte energisch den Kopf. »Nichts für mich, Knobel, wirklich nicht! Und letztlich bleibt die Angelegenheit ja fast unser gemeinsamer Fall. Ich habe Rosell schon mitgeteilt, dass Sie sich selbstständig machen. – Das war doch richtig, oder?« Er sah Stephan durchdringend an. »Täusche ich mich oder war da ein Flackern in Ihren Augen, Knobel?«

Löffke lachte auf. »Nun zieren Sie sich nicht. Es ist doch ein interessanter Fall …«

»Woran liegt es, dass ich Ihnen nie glauben kann?«, fragte Knobel. Er überlegte nicht lange. »Legen Sie die Akte auf den Tisch!«

»Na also!« Löffkes Gesichtszüge entspannten sich weiter. Er reichte Stephan die Akte.

»So ein Büro wie 307 ist nichts für Sie, Knobel. Das wissen Sie!«

Als er ging, zog er die Tür hart hinter sich zu.

»Hier oben klemmt alles«, hörte er Löffke von außen rufen.

2

Knobel blätterte flüchtig durch die Akte. Der Vorgang war seit eineinhalb Jahren abgeschlossen. Löffke hatte die Akte aus dem im Keller befindlichen Archiv geholt. Der Ordner roch muffig, einige Seiten pappten bereits aneinander. Die Feuchtigkeit im Keller hinterließ Spuren. Knobel sichtete die vorgerichtliche Korrespondenz und las Löffkes Aufforderungsschreiben an Hobbeling.

›… haben Sie es versäumt, aus der vor rund neun Monaten gefertigten Röntgenaufnahme der Thoraxorgane die notwendigen Schlussfolgerungen zu ziehen. Auf dieser Aufnahme hätte nämlich – so auch die übereinstimmenden Aussagen hinzugezogener weiterer Spezialisten – ein malignes Geschehen im Thoraxbereich entdeckt werden müssen. Hinzu kommt, dass Sie angesichts der von unserem Mandanten vorgetragenen Beschwerden, nämlich allgemeines Unwohlsein, unklare Gewichtsabnahme, eine chronisch obstruktive Bronchitis und Unterbauchbeschwerden, eine engmaschige Kontrolle hätten veranlassen müssen. Stattdessen haben Sie Herrn Rosell geraten, sich übermäßiger sportlicher Betätigung zu enthalten, seinen Nikotingenuss einzustellen und nur noch hochwertige Nahrung zu sich zu nehmen. Im Vertrauen auf die Richtigkeit Ihrer Empfehlungen nahm Herr Rosell von weiteren ärztlichen Untersuchungen Abstand. Während seines alljährlichen Spanienaufenthaltes trat zunächst scheinbar eine leichte Besserung ein. Nach plötzlicher Verschlimmerung der geschilderten Symptome wurde er ein dreiviertel Jahr später bei Ihnen erneut vorstellig. Sie fertigten ein neues Röntgenbild und darüber hinaus – nunmehr viel zu spät – eine Spiral-CT von Thorax und Abdomen an. Hierdurch wurde eine zirka drei Zentimeter große hypodense Raumforderung im linken Lungenoberlappen rechts als Hinweis auf ein Bronchialneoplasma festgestellt. Dies führte letztlich zur Diagnose eines großzelligen undifferenzierten Bronchialkarzinoms im Tumorstadium cT4, cNX, cM1. Es wurde Inoperabilität festgestellt, weshalb nur noch eine palliative, onkologische Behandlung empfohlen werden konnte.‹

Stephan überflog die nächsten Zeilen. Abschließend folgte Löffkes übliche, barsche und befehlende Aufforderung:

›… haben Sie es grob fehlerhaft versäumt, … sind Sie verpflichtet, an unseren Mandanten ein Schmerzensgeld von mindestens 100.000 Euro zu zahlen, … behalte ich mir eine Erhöhung der Schmerzensgeldforderung vor, … werde ich nach fruchtlosem Verstreichen der von mir gesetzten Zahlungsfrist ohne weitere Ankündigung klagen … Hochachtungsvoll.‹

Hobbeling hatte sich von Dr. Schreiber, einem älteren Anwalt aus dem Dortmunder Osten vertreten lassen. Er verteidigte sich gegen Rosells Forderung und bedauerte einleitend, dass die schlimme Diagnose gestellt worden sei. Aber in der Sache blieb Dr. Schreiber hart. Die an Rosell bereits übersandte erste Röntgenaufnahme könne beweisen, dass man seinerzeit keine Veranlassung zur weitergehenden Untersuchung gehabt habe. Herr Rosell habe ihn auch nur deswegen aufgesucht, weil er gelegentlich an Durchfall leide, der aber nahe liegender Weise durch die ungesunde Ernährung verursacht sei. Rosell habe weitere Symptome verschwiegen, die auf eine ernsthafte Erkrankung hätten schließen lassen.

Das anschließende gerichtliche Verfahren brachte nichts Neues. Es blieb unstreitig, dass Rosell lebensbedrohlich erkrankt war und nach dem Stand der medizinischen Wissenschaft nur noch eine sehr begrenzte Zeit zu leben hatte. Der Umstand, dass das spätere Ausmaß des Tumors dessen frühere Erkennbarkeit nahe legte, reichte für den Justus Rosell obliegenden Beweis nicht aus, dass Hobbeling schuldhaft einen Behandlungsfehler begangen hatte.

Die Akte schloss mit Löffkes bekannter Floskel, die er im Falle der Niederlage gegenüber seinen Mandanten zu bemühen pflegte: ›... bedauern wir, dass wir trotz unnachgiebigen Einsatzes und unter Ausschöpfung sämtlicher rechtlicher Möglichkeiten für Sie kein günstigeres Ergebnis erzielen konnten.‹ Es folgte die den Fall beschließende Kostennote.

Knobel stand auf, nahm die Akte und ging ins Erdgeschoss hinunter. Er ging an Zimmer 102 vorbei, das bis Ende letzten Monats seines gewesen war. Er hatte es Ende Mai geräumt, um dem jungen Kollegen Mahlerwein Platz zu machen, der zu Beginn des zweiten Quartals in den Sozienstand erhoben worden war und sich seitdem darin übte, seine unmännlich piepsende Stimme häufiger zum Dröhnen zu bringen. Als Sozius lernte er das Befehlen. Löffke, sein Lehrmeister, saß gegenüber, Zimmer 104.

Der Rivale saß über eine Akte gebeugt und sah unwillig auf, als Stephan eintrat.

»Und da war wirklich nicht mehr drin?« Stephan hielt den Ordner wie eine Monstranz in die Höhe. Löffkes Gesicht zuckte unmerklich.

»Wie meinen Sie das?«

»Rosell litt unter Gewichtsverlust, als er das erste Mal zu Hobbeling ging. Hätte man dafür nicht Zeugen benennen können?«

»Ein wahrer Schlaumeier, unser Knobel!« Löffkes Gesicht entspannte sich wieder.

»Ja, lieber Knobel, hätte man. Seine Frau Julita, übrigens eine attraktive Spanierin, hätte gewiss bestätigen können, dass ihr Mann ständig Gewicht verlor. Und wissen Sie was: Sie hat mir gegenüber sogar versichert, dass es so war. Aber wissen wir deswegen, dass Rosell tatsächlich bei seinem Arztbesuch etwas davon gesagt hat? Nein! Rosell war damals zum ersten Mal bei Hobbeling. Sie kannten sich also nicht. Wenn Rosell weniger wog als sonst, konnte der Arzt also nicht von sich aus darauf kommen. Abgesehen davon war Rosell, wie seine Frau sagt, auch in guten Zeiten stets ein hagerer Typ. Von ihr weiß ich auch, dass Justus Rosell ein ausgesprochener Angsthase war, wenn es um Ärzte ging. Sie war es, die ihn immer wieder dazu gedrängt hatte, endlich zum Arzt zu gehen, weil er Gewicht verlor und unter Übelkeit litt. Aber wissen wir deswegen, was er dort wirklich gesagt hat? Vielleicht hat er tatsächlich nur verharmlosend von gelegentlichem Durchfall gesprochen, wie es Hobbeling behauptet hat. Ich glaube dem Arzt sogar. Denn nach dem Arztbesuch hat Rosell seiner Frau erzählt, sie solle sich keine Gedanken machen. Er solle nur etwas Vernünftiges essen. Hobbeling ist Facharzt für Innere Medizin. Er kann nicht so blöd sein, deutliche Hinweise auf eine Krebserkrankung zu verkennen. Vielleicht war auf dem ersten Röntgenbild wirklich nichts zu sehen. Vielleicht hat Rosell selbst es verschwinden lassen, nachdem er verstand, dass er damit keinen Beweis würde führen können. Ich will das nicht ausschließen. Von Rosells Frau weiß ich auch, dass er bis zu seinem zweiten Besuch bei Hobbeling, als die fatale Diagnose gestellt wurde, zwischenzeitlich keinen Arzt aufgesucht hatte, obwohl er immer wieder über Beschwerden klagte. Seine Frau hat ihn förmlich bekniet, endlich etwas zu unternehmen. Aber er tat es nicht. Er hasst Ärzte. Und er machte auch nach der grauenhaften Diagnose nichts. Er bekommt auf dieser Grundlage weiterhin Medikamente, aber lässt sich nicht weiter behandeln. Wozu auch? Ich kann das verstehen. Oder wollten Sie noch in den letzten Monaten Ihres Lebens mit medizinischen Geräten traktiert werden, Knobel?«

Löffke wartete lauernd, genoss Stephans Unbehagen, der sich in die Lage des Mandanten versetzte und zu spüren begann, worum es Rosell zu gehen schien: Er suchte einen Schuldigen für das unabwendbare

Schicksal, richtete seine Verzweiflung über die unbeantwortet bleibende Frage nach dem Warum gegen denjenigen, den er verantwortlich sehen wollte.

Löffke erahnte Stephans Gedanken.

»Seien Sie milde mit ihm! Er ist ein armer Wicht. Ich glaube einfach, dass Sie ein bisschen seine Seele streicheln müssen. Er wird wissen, dass es kaum Chancen gibt, das Verfahren gegen Hobbeling erfolgreich wieder zu eröffnen. Wichtig ist, dass er nicht mit seinem Schicksal allein ist.«

Löffke formulierte weich und salbungsvoll. Er hatte sich zurückgelehnt, die Hände über den Bauch gefaltet und gab sich väterlich fürsorglich. Stephan dachte nach. Löffke wusste, dass es sich nicht um ein ernsthaftes Mandat handelte. Es ging darum, das zu tun, was für einen armen Wicht wichtig erschien. Wicht und wichtig – wie albern war das?

»Und das spätere Verfahren des Arztes gegen Rosell?«, fragte Stephan nach.

»Ist doch klar, dass sich ein Arzt nicht gefallen lässt, in der Zeitung an den Pranger gestellt zu werden. Auch wenn Rosells Frustration verständlich ist: Man darf andere nicht eines Fehlers bezichtigen, wenn man nichts beweisen kann. Das wissen Sie doch, Knobel. Also haben wir Rosell geraten, sich selbstverständlich der Forderung der Gegenseite zu unterwerfen und sich zu verpflichten, niemals wieder zu behaupten, Hobbeling habe Rosell das Leben genommen. Das ist doch alles einfaches Zivilrecht, Knobel!«

In dem Maße, in dem Kollege Mahlerwein emporwuchs, schien Stephan Knobel nach dem Ausscheiden aus der Sozietät abzusinken. Löffke redete mit ihm wie mit einem Referendar, legte breit und nachsichtig Selbstverständlichkeiten dar und sonnte sich in der Gewissheit, seinen Beruf zu beherrschen.

»Machen Sie einen Termin mit Rosell!«, schloss Löffke. »Suchen Sie ihn auf! Er freut sich auf Ihren Besuch. Er braucht Sie. Seine Frau sagt, er hat nur noch ein paar Wochen. Soweit ich weiß, liegt er den ganzen Tag im Bett. Ein bisschen fernsehen, manchmal noch telefonieren, ansonsten grübeln, dämmern, Schmerzen. Es geht ihm dreckig.«

3

Stephan hatte den Fall seinerzeit nur flüchtig verfolgt. Er entsann sich der Zeitungsmeldungen, die natürlich weniger aussagekräftig waren als die ausschweifenden Erklärungen seines Kollegen. Da Löffke jedoch über all seine Fälle stets blumig und detailverliebt redete, stach die Sache Rosell gegen Hobbeling in Stephans Erinnerung nicht sonderlich hervor. Jetzt, als Stephan Löffkes Akte las, wurde die Erinnerung wieder in ihm wach, und er achtete erstmals auf Einzelheiten, die seinerzeit in der Flut der von Löffke wortgewaltig präsentierten Informationen untergingen. Nun, da Justus Rosell im Sterben lag, hatte der Fall greifbar jene Dramatik gewonnen, die damals noch fern schien. Die plakativen Zeitungsartikel hatten das Schicksal der stark verkürzten Lebenserwartung zum medialen Ereignis gemacht. Die Todesbedrohung würzte die Beiträge zum spannenden Lesestoff. Man las gebannt, was einen in Person nicht betraf. Doch das nun tatsächlich bevorstehende Ende berührte in anderer Weise. Stephan verstand, warum Löffke sich entzog und fühlte sich zugleich selbst verpflichtet. Es war unanständig, einen Mandanten im Stich zu lassen, der sich in seinen letzten Tagen nochmals an die Kanzlei gewandt hatte, die sich jetzt nicht mehr für ihn zu interessieren schien. Stephan wollte anders sein als die Sozietät, der er den Rücken kehrte.

Er nahm die Akte mit nach Hause. Es war, als wollte er sie aus dem Kanzleigebäude entfernen, in dem er sie nicht geborgen wähnte. Aber er scheute zugleich den Anruf bei Rosell und wollte ihn erst abends tätigen, wenn er vermuten konnte, dass Rosell zu diesem Zeitpunkt das Telefonat nicht mehr persönlich annehmen würde. Wie beginnt man ein Telefonat mit einem Todgeweihten?

Es war gegen 21 Uhr, als Julita Rosell abnahm. Stephan stellte sich kurz vor, und die Frau seines Mandanten unterbrach ihn erleichtert.

»Es wird meinen Mann sehr freuen, dass Sie sich unserer Sache noch mal annehmen. Er schläft jetzt schon. Gott sei Dank. Jede Minute, in der er nicht mit seinem Leiden konfrontiert ist, ist eine gute Minute.« Sie nahm Stephan sofort in die Pflicht. »Kommen Sie morgen gegen 15 Uhr, wenn es Ihnen zeitlich recht ist.«

Ihre Stimme war klar und hell, freundlich und einladend. Frau Rosell machte es ihm leicht. Vielleicht hatte sie sich schon darin geübt, es den Besuchern ihres kranken Mannes leicht zu machen.

»Wir werden gemeinsam einen Tee trinken, wenn Sie mögen«, fügte sie an. »Wenn es meinem Mann nicht gut gehen sollte, sage ich rechtzeitig ab. Dann finden wir einen neuen Termin. Aber ich denke, es funktioniert. Ich freue mich auf Sie, Herr Knobel. Rechtsanwalt Löffke hat schon von Ihnen geschwärmt. Wir wünschen Ihnen einen schönen Abend. Und nochmals vielen Dank!«

Dann hängte sie ein, ohne dass Stephan sich erklären musste oder nur danach fragen konnte, wie er sich auf das Gespräch vorbereiten sollte. Julita Rosell verstand, den Anrufer an sich zu binden. Ihr harter spanischer Akzent war unverkennbar.

Als er aufgelegt hatte, stand Marie hinter ihm. Sie trug Plastikhandschuhe.

»Das Badezimmer ist jetzt soweit eingerichtet. Rechts vom Waschbecken habe ich ein Regal mit feuchten Tüchern eingerichtet. Du solltest sie auch benutzen, Stephan. Es ist hygienischer.«

Sie lächelte, aber er lächelte nicht zurück. Seit drei Wochen wohnten sie nun in Dortmund-Asseln in ihrer ersten gemeinsamen Wohnung. Es waren geräumige helle Räume mit insgesamt rund 120 Quadratmetern Wohnfläche, dazu ein großer, in das Dach eingelassener Balkon. Sie waren mit dem Einrichten fast fertig. Marie achtete penibel auf Reinlichkeit, was ihr in ihrer früheren Wohnung in der Brunnenstraße fernlag. Ändert sich der Mensch mit einem Umzug? Warum die feuchten Tücher, die sie früher niemals benutzte? Stephan erinnerte sich der Unordnung in ihren früheren Räumen. Alles hatte dort durcheinander und aufeinander gelegen. Er selbst hatte hin und wieder in ihrer Wohnung Staub gewischt. Stephan ging wortlos auf den Balkon. Eine Boeing dröhnte in Sichtweite vorbei. Die abendlichen Anflüge auf den kleinen Dortmunder Flughafen. Der Vermieter hatte auf den Fluglärm hingewiesen. Es wird schon nicht so schlimm werden, hatten sie sich gedacht und den Mietvertrag unterschrieben. Eine so schöne Wohnung kostete woanders mehr. Aber welche Bedeutung haben Fluglärm und feuchte Tücher, wenn man vor dem Ende seines Lebens steht? Der Gedanke an Rosells Schicksal relativierte.

4

Die Rosells wohnten in einem noblen Bungalow in Dortmund-Lücklemberg. Das Haus war im nüchtern-funktionalen Stil der 70er-Jahre errichtet, hatte eine rotbraune Klinkerfassade, große Fensterläden und hinten einen großzügigen rechteckigen Garten mit Pflanzbeeten im hinteren Teil, die ebenfalls in klaren geometrischen Figuren angelegt waren. Frau Rosell mochte Anfang 40 sein, schlank, fast drahtig, die hellbraunen Haare hinten zu einem Knoten zusammengebunden, ohne dass sie dadurch streng wirkte. Sie lächelte Stephan an und drückte fest seine Hand. Es war, als würden sie sich lange kennen. Sie verdrängte Stephans Beklemmungen mit gewinnender Gelöstheit. Er fühlte sich gut empfangen. Es war ein sonniger Tag mit fast sommerlichen Temperaturen. Das Sonnenlicht heizte die Räume durch die großen Fenster auf. Stephan wusch sich auf der Gästetoilette lang und gründlich die Hände. Er wollte keine Bakterien in das Krankenzimmer tragen. Dann führte Frau Rosell ihn zu seinem Mandanten. Stephan folgte ihr stumm durch den kleinen Flur in einen Raum, der offensichtlich einmal als Kinderzimmer gedacht war. Er wusste von Löffke, dass die beiden keine Kinder hatten.

Justus Rosell lag in einem fahrbaren Bett mit eisernem Gestell. Ein Bett, wie man es aus Krankenhäusern kennt. Das Kopfteil war angewinkelt aufgerichtet. Von seinem Mandanten sah Stephan nur den blassen

Kopf und schütteres graues Haar. Die Augen waren geöffnet und blickten aus dem hageren Gesicht leer an die Decke. Oben drehte langsam ein großer Ventilator. Ein schnurloses Telefon lag auf der Bettdecke.

»Herr Rechtsanwalt Knobel ist jetzt da«, sagte sie zu ihrem Mann und schob einen an der Zimmerwand stehenden Stuhl schräg an die Seite des Bettes. Rosells Blicke wanderten langsam durch den Raum und blieben dann auf Stephan haften. Er setzte sich. Frau Rosell umrundete das Bett, zog die Bettdecke glatt und die Fenstervorhänge auf der gegenüberliegenden Seite etwas zu. Rosells Gesicht war nun im Schatten. Seine Frau trat neben das Bett, setzte sich auf die Bettkante und drückte die linke Hand ihres Mannes. Dann war es einen Moment still. Nur das Summen des Propellers an der Decke war zu hören.

Rosells Mund verzog sich zu einem flüchtigen Lächeln.

»Es ist gut, dass Sie da sind«, sagte er leise.

Seine Frau füllte ein auf dem Nachttisch stehendes Glas mit Wasser und führte es zu seinem Mund.

»Du musst etwas trinken«, meinte sie. Er hob den Kopf etwas an und nahm ein paar Schlucke. Dann ließ er den Kopf wieder in das Kissen fallen.

»Ja, so ist es am Ende der Tage«, sagte er matt.

Stephan schluckte.

»Herr Knobel übernimmt deinen Fall, Justus«, sagte seine Frau mit fester Stimme. »So, wie du es gewünscht hast. Rechtsanwalt Löffke und er arbeiten zusammen. Er hat gesagt, dass Herr Knobel auf Arzthaftungsrecht spezialisiert sei und auch in den Fällen etwas bewirkt habe, die zu Anfang aussichtslos erschienen.« Sie streichelte die Hand ihres Mannes und blickte aufmunternd auf. Stephan unterließ es, Löffkes Darstellung zu korrigieren. Er konnte sich plastisch vorstellen, wie Löffke ihn angepriesen hatte, um den Fall loszuwerden.

»Wenn Sie aussichtslose Fälle drehen können, wünschte ich, dass Sie mein Arzt wären«, sagte Rosell. Er lächelte flach und hustete. Sein Kopf errötete. Frau Rosell betupfte seine Stirn mit einem Taschentuch.

»Aber es ist jetzt nichts mehr zu machen«, fuhr er fort. Es war eine kapitulierende Feststellung, die jeden Kommentar verbat.

»Ich habe die Akte gelesen«, begann Stephan. »Leider wurde der Fall verloren. Glauben Sie mir, das macht mich selbst betroffen.«

Er hielt inne. Warum sagte er so was? Es war unprofessionell. Wie vermessen klang sein Bekenntnis, wie strategisch und substanzlos? Was wusste er schon von Justus Rosell?

»Vielleicht erklärst du dem Anwalt dein Anliegen«, nahm Frau Rosell den Faden wieder auf. Ihr Mann atmete schwer und starrte wieder an die Decke.

»Ich weiß, dass wir damals verloren haben«, sagte er schließlich mit erstaunlich fester Stimme. »Aber ich möchte, dass dieser Arzt mit meinem Sterben konfrontiert wird. Er soll nicht denken können, dass ich mit seinem Sieg vor Gericht auch aus seinem Gewissen verschwinden kann. Er hat meinen Tod zu verantworten, glauben Sie mir das!« Die Atmung war hastiger geworden, sein Kopf lief wieder rot an.

»Langsam!«, ermahnte seine Frau ruhig. Rosell nickte unmerklich, ließ sich einen Schluck Wasser geben und leckte träge mit der Zunge über die Lippen.

»Es gibt nichts Wesentliches mehr zu regeln«, fuhr er leise fort, »ich möchte vor allem, dass mein Abgang nicht anonym bleibt. Hobbeling soll daran teilhaben, er soll es lesen. Aber ich möchte, dass alles rechtlich sicher ist.« Seine Blicke hefteten sich wieder auf Stephan.

»Sie möchten wieder an die Presse gehen«, schloss Stephan.

Justus Rosell bewegte zustimmend die Augenlider.

»Ich werde meinen 45. Geburtstag nicht erleben, Herr Knobel. Das wäre Mitte Oktober dieses Jahres. Mit ganz viel Glück schaffe ich es bis zum Sommeranfang. Und wenn, dann vielleicht nur noch ohne Bewusstsein.«

»Justus!« Seine Frau unterbrach ihn. Es war nicht mitleidig, eher belehrend hart. »Du darfst das nicht immer wieder sagen.«

Rosells Blicke starrten geradeaus und fixierten die gegenüberliegende Wand.

»Jedenfalls werde ich es so nicht mehr erleben!«, sagte er.

Stephan wandte sich um. An der Wand, auf die Justus Rosell starrte, hing ein Foto. Stephan stand auf und ging näher an das Bild heran. Es zeigte Justus Rosell und seine Frau. Sie standen lachend Arm in Arm auf einer Promenade. Hinter ihnen war eine kleine Mauer, auf deren Krone einige Tonkübel mit mediterranen Pflanzen standen. Dahinter sah man das Meer, rechts eine Bucht mit einem kleinen Hafen, und weiter hinten, fast am Horizont, eine Landzunge, auf der sich Hochhäuser befanden.

»Gran Canaria«, erklärte seine Frau. »Meine Heimat.« Sie lächelte. »Wir haben uns dort vor zwölf Jahren kennengelernt. Ich war Hotelfachkraft, mein Mann Gast. Wie die Dinge so laufen … Heute hat mein Mann ein Haus, ganz in der Nähe des Ortes, an dem die Aufnahme entstanden ist. Unser Refugium.« Es klang liebevoll vertraut und geheimnisvoll.

Stephan betrachtete das Foto näher. Die Eheleute Rosell strahlten auf dem Bild in die Kamera.

»Maspalomas«, sagte Frau Rosell. »Das Bild entstand, bevor Justus das erste Mal bei Hobbeling war. Es ist also schon einige Zeit her. Damals ahnten wir nicht, dass es unser letzter unbeschwerter Urlaub war.«

Stephan schwieg betreten.

»Ich werde dort sterben«, sagte Rosell in die Stille. Es war wie ein Schwur.

Stephan setzte sich wieder.

»Ich will in meinem Haus an der Küste sein und auf den Atlantik blicken, solange ich es nur eben kann«, sagte er seltsam weich.

»Ist alles geregelt?«, fragte Stephan behutsam.

»Testament?«, fragte Rosell und hustete wieder. »Meine Frau erbt alles. Wer sonst? Ich habe keine Kinder, keine Geschwister. Die Eltern sind lange tot. Ich brauche also kein Testament.« Er hielt inne und atmete eine Weile langsam ein und aus. »Um die Firma soll sich mein Vertreter kümmern. Er macht das gut. Er soll ruhig Chef werden.«

»Langsam!«, mahnte seine Frau wieder. »Du sprichst zu schnell.« Sie hob seinen Kopf und richtete das Kissen nach.

Rosell ließ sich wieder zurückfallen.

Stephan wusste von Löffke, dass Justus Rosell eine Tiefbaufirma betrieb. Es war ein alteingesessenes Familienunternehmen, das bereits sein Großvater gegründet und an die nächste Generation weitergegeben hatte. Einige Jahre nach Übernahme von seinem Vater hatte Justus Rosell das Einzelunternehmen in eine GmbH überführt und stand ihr seither als Geschäftsführer vor. Nachdem sich herausstellte, dass seine Ehe kinderlos blieb, bestand kein Grund mehr, das Unternehmen als Familienbetrieb weiterzuführen.

»Bleiben Sie bei mir!«, bat Rosell und lächelte wieder. Seine Einladung hatte etwas kindlich Ängstliches, als drohte ihm mit Stephans Fortgang Unheil.

»Ich kann Ihren Wunsch, die Presse einzuschalten, grundsätzlich verstehen«, sagte Stephan langsam.

»Aber Sie raten davon ab«, vollendete Rosell. Er drehte etwas den Kopf. »Ich weiß. Aber Sie sind ja gerade dafür da, dass ich mich nicht wieder mit Hobbeling anlegen muss. Ich will nur, dass über mich berichtet wird. Ich mache mein Sterben öffentlich.«

Er wandte sich ab und blickte gedankenverloren auf die halb geschlossenen Vorhänge.

»Es muss doch darüber berichtet werden«, betonte

er unerwartet energisch. »Ich wiederhole nicht direkt den Vorwurf, dass Hobbeling meinen Tod zu verantworten hat. Die Bilder und die Berichte sollen für sich sprechen. – Sie, Herr Knobel, halten mir den Rücken frei.«

Das Atmen ging in ein Röcheln über.

»Du strengst dich zu sehr an«, sagte seine Frau. »Ich glaube, dass Herr Knobel verstanden hat. Du solltest jetzt besser versuchen, ein bisschen zu schlafen.«

»Ich bin noch nicht tot«, erwiderte er und verteidigte trotzig sein schwindendes Leben. Es war wie der sinnlose Kampf um eine längst gefallene Burg.

»Du sprichst zuviel«, hielt Julita dagegen.

»Sie brauchen noch eine Vollmacht!«, sagte Rosell unbeirrt.

»Es muss nicht jetzt sein«, erwiderte Stephan weich.

»Doch, es muss! – Wer weiß, wie lange ich noch kann?«

Stephan holte ein Formular aus seiner Tasche. Er reichte das Blatt mit einer festen Unterlage und einen Stift. Warum zitterte er bei dieser eingeschliffenen Übung? Stephan war versucht, Justus Rosell hilfsbereit den ganzen Text des Formulars vorzulesen, doch er unterließ es.

»Was soll ich als Betreff eintragen?«, fragte Rosell, ohne weiter auf den Text zu achten.

»Nichts weiter«, sagte Stephan. »Unterschreiben Sie nur. Es ist ja nur für den Fall der Fälle …«

Rosell seufzte. Er beugte sich etwas vor und unterschrieb fahrig.

»Ich bin noch nicht tot«, sagte er wieder.

Rosells Frau sagte nichts und bat Stephan mit einer Handbewegung, sich zu verabschieden.

»Ich helfe Ihnen«, versprach Stephan.

Rosells Augen zwinkerten müde und dankbar. Er atmete erleichtert aus.

»Du sagst ihm, was ich will, Julita«, bestimmte er.

Frau Rosell begleitete Stephan hinaus.

»Meinem Mann ist wichtig, dass Sie uns nach Spanien begleiten. Er braucht Sie vor Ort, Herr Knobel. Wir werden nächste Woche nach Gran Canaria fliegen. Kommen Sie mit! Es gibt in der Nähe seines Hauses ein gutes Hotel, fast nur einen Steinwurf entfernt. Wir bezahlen alles: Hotel, Flug und was Sie sonst noch brauchen! Haben Sie eine Frau?«

»Freundin …«

»Also gut. Nehmen Sie sie mit. Es soll Ihnen und Ihrer Partnerin gut gehen, Herr Knobel. Wir haben Ende Mai – eigentlich eine der schönsten Zeiten im Jahr. Und selbstverständlich bezahlt mein Mann Ihnen den ganzen Zeitaufwand. Es ist, wenn ich das so sagen darf, für Sie ein gutes Geschäft. Und Sie wissen, dass es ein Auftrag ist, der bald sein Ende finden wird.«

»Die Idee mit der Presse ist kein guter Einfall«, wandte Stephan ein.

»Ich weiß«, stimmte sie zu. »Nüchtern betrachtet ist das so. Aber denken Sie sich in seine Situation hinein. Er stirbt, weil ein anderer einen schweren Fehler gemacht hat. Kommen Sie meinem Mann nicht mit Recht und Gerechtigkeit. Sie wissen, dass es die

Gerechtigkeit nicht gibt. Er hat keinen Groll gegen Herrn Löffke. Der Anwalt hat getan, was er konnte. Mein Mann hat verstanden, dass man nicht gewinnt, wenn man nicht beweisen kann. Aber Justus ist kein Fall, den man gewinnt oder verliert. Es geht um ein Schicksal. Und darüber soll berichtet werden. Sie werden dabei sein, wenn Reporter kommen. Filtern Sie die Aussagen meines Mannes, korrigieren Sie ihn, wenn es zu heikel wird. Es darf keine neuen Rechtsstreite gegen Hobbeling geben. Mein Mann hat seine Lehren gezogen. Er möchte in Frieden gehen und dabei von der Sonne des Südens beschienen werden. Aber seine Botschaft soll denjenigen erreichen, für den sie bestimmt ist. Können Sie das verstehen, Herr Knobel?«

»Doch, ja«, erwiderte Stephan.

»Die Presse wird auch darüber berichten, wenn wir nächste Woche nach Maspalomas übersiedeln. Schon morgen wird es darüber einen Artikel geben. Mein Mann will es so. Es ist ja wirklich ein Übersiedeln. Mein Mann zieht für den Rest seines Lebens nach Gran Canaria. Für wenige Wochen. Ich hoffe, er ist noch kräftig genug für den Flug. Er kann seit Wochen kaum noch gehen. Justus ist schon so schwach. Wir können nicht mehr länger warten.«

Sie blickte Stephan flehend an.

»Wir zählen auf Sie, Herr Knobel. Mein Mann braucht Sie. Sie werden für ihn mehr als bloß sein Anwalt sein. Sie sind der Begleiter seines letzten Weges. Deshalb wird es auch für Sie nicht einfach sein, aber Sie werden selbstverständlich Ihre Freiräume haben. Das Hotel ist wirklich gut. Sie werden Zeit für Ihre Freundin und füreinander haben. Genießen Sie die Zeit in dem Bewusstsein, dass dieser Genuss nicht selbstverständlich ist. Sie wissen zu gut, was ich meine. Nehmen Sie den Aufenthalt als Start in ein neues Lebensbewusstsein.«

Sie hielt Stephans Hand lange gedrückt.

Er sagte ohne Zögern Ja.

5

Marie erfuhr von der bevorstehenden Reise erst am nächsten Morgen. Stephan wollte innehalten auf dem mit ihr begonnenen gemeinsamen Weg, eine Pause nach dem anstrengenden Umzug, ein Durchatmen nach dem Ausscheiden aus der alten Kanzlei, ein Tapetenwechsel für die an ihren erfolglosen Bewerbungen leidende Marie. Wie frustrierend musste es sein, trotz guten Examens keine geeignete Stelle als Germanistin zu finden? Marie verstieg sich in den Aufbau ihres gemeinsamen Haushalts und wusste zugleich, dass sie darin keine Erfüllung finden würde. Das neue Leben verlangte ein erstes Einhalten. Marie willigte ein, erst zaudernd, dann erlöst lächelnd. Sie würden sich umeinander bemühen müssen. Das Zusammenleben barg die Gefahr der Gewöhnung.

Der am selben Tage in einer Dortmunder Zeitung erschienene kleine Artikel, betitelt mit ›Zum Sterben nach Gran Canaria‹ wirkte dagegen nebensächlich:

›Der unheilbar an Lungenkrebs erkrankte Dortmunder Tiefbauunternehmer Justus Rosell steht vor dem Ende seines Lebens. Es gebe keine Hoffnung mehr, sagte er unserer Zeitung auf Anfrage. Sein einziger Wunsch sei, seine letzten Tage mit seiner Frau auf Gran Canaria zu verbringen. Rosell besitzt dort ein Haus in Küstennähe, in das er sich zurückziehen will. Er wird von seiner Frau begleitet und vor Ort von seinem Rechtsanwalt Stephan Knobel unterstützt, die ihn auf seinem letzten Weg betreuen. Gestern verabschiedete sich Rosell von seiner Haushälterin, die einstweilen weiter im Haus der Rosells in Dortmund bleiben wird. Rosell hatte vor rund zwei Jahren den ihn behandelnden Facharzt für Innere Medizin, Jens Hobbeling, auf Zahlung eines erheblichen Schmerzensgeldes verklagt, weil er es schuldhaft versäumt habe, den damals noch operablen Tumor zu erkennen. Rosell verlor den Prozess, weil er seine Behauptung nicht beweisen konnte (wir berichteten).‹

Neben dem knappen Artikel befand sich das Foto, das Stephan bei den Rosells zu Hause gesehen hatte. Die Bildunterschrift lautete:

›Die Eheleute Rosell am Strand von Maspalomas. Dort möchte Justus Rosell seine letzten Tage verbringen.‹

6

Eine Woche später flogen Marie und Stephan nach Gran Canaria. Der Flug ging um vier Uhr morgens ab Köln/Bonn. Sechs Stunden später kamen sie erschöpft im Hotel Villa del Conde in Maspalomas an. Die Empfangshalle des Hotels war eine imposante Nachbildung der Kathedrale von Agüimes. Die unterhalb dieses Prunkbaus sich bis zur Küstenpromenade erstreckende Hotelanlage bestand aus einer Vielzahl architektonisch unterschiedlich gestalteter kleinerer und größerer Einzelbauten, aufgelockert durch dazwischen liegende Pool- und Liegeflächen. Sie wirkte in ihrer Gesamtheit wie ein historisch gewachsenes kanarisches Dorf. Villa del Conde hieß Dorf des Grafen. Marie und Stephan folgten einem Hotelangestellten durch ein lang verzweigtes Flursystem, über das sie endlich ihr Ziel erreichten: ein geräumiges in Beige und warmen Rottönen gestaltetes Zimmer mit großem Bad, separatem Ankleideraum und einem Balkon. Von ihm eröffnete sich nach rechts der Blick über die wie kleine Seen gestalteten Schwimmbecken bis hinauf zur Kathedrale und nach links der Ausblick auf den Atlantik, der azurblau bis an den Horizont reichte, gesäumt von der gefurchten Küste mit ihren rötlichbraunen schroffen Felsen. Im Hintergrund, etliche Kilometer entfernt, standen auf einer ins Meer ragenden Landzunge hohe, wie unförmige Bausteine wirkende Gebäude. Es waren jene Häuser, die Stephan von dem Foto kannte, auf dem die Rosells auf der Strandpromenade vor dem Atlantik posierten. Doch ein Blick durch das Fernglas entpuppte die vermeintlichen Häuser als hohe Silotürme einer Industrieanlage, und Stephan wunderte sich, dass die Behörden die Errichtung eines solch unansehnlichen Komplexes an der Touristenküste zugelassen hatten.

Marie und Stephan richteten sich in dem Zimmer ein, das für einige Zeit ihr Zuhause sein würde und sie spätestens dann wieder verlassen würden, wenn Justus Rosell verstorben war. Der Gedanke daran passte nicht zu dem Anblick der vielen Touristen, die schon um diese frühe Uhrzeit nach dem Frühstück ihre Liegen ausgerichtet hatten und ihre Körper präsentierten. Kleine Kinder mit Schwimmflügeln kreischten im Wasser, ein Gummikrokodil flog in den Pool und traf klatschend auf das Wasser. Marie war neben Stephan auf den Balkon getreten. Sie hatten Aufenthalte in solchen Anlagen bislang vermieden und ihre Ziele abseits der großen Touristenburgen gesucht.

»Es ist letztlich kein Urlaub«, sagte Stephan auf Maries unausgesprochene Frage. Das saubere, trotz seiner wohnlichen Farbgebung sterile Zimmer hatte nichts mit den verwinkelten und häufig auch schmuddeligen Unterkünften gemein, die sie bei ihren ersten Urlauben in England und Irland aufgesucht und in denen sie eine Behaglichkeit empfunden hatten, die sie hier nicht finden würden. Stephan merkte, dass ihrer neuen Wohnung in Dortmund noch das Leben fehlte. Sie hatten bisher zu wenig beachtet, wie sie wirklich leben wollten.

Unterhalb des Balkons räkelte sich ein braungebrannter Pensionär auf seiner Liege und schlug die Bildzeitung auf. Marie lachte und ging wieder in das Zimmer. Sie nahm eine kleine Flasche Sagrotan aus der Handtasche, besprühte damit den kleinen Nachttisch neben ihrem Bett und wischte die Fläche mit einem Tuch ab. Stephan schüttelte ungläubig den Kopf.

7

Justus Rosells Haus lag nur wenige Gehminuten entfernt. Marie und Stephan verließen die Hotelanlage am unteren Ende durch ein kleines Gittertor und traten auf die Küstenpromenade. Von hier aus sah man bereits das nur einige hundert Meter entfernt liegende Gebäude. Es war ein niedriges Haus in karminroter Farbe mit einem schwach geneigtem Dach, umgeben von einer ebenfalls karminroten Mauer mit verspielten Zinnen, die in Stufen der Hanglage folgend zum Meer hin das Anwesen wie eine Burg umschloss. Hinter dem Haus stieg das Gelände mit trockener spärlicher Vegetation an.

Sie erreichten den Eingang über eine schmale Sackgasse, die die wenigen, in dieser exponierten teuren Lage angesiedelten Häuser erschloss und direkt vor Rosells Anwesen endete.

Frau Rosell empfing beide am schmiedeeisernen, in die karminrote Mauer eingelassenen Tor. Dann ging sie voran ins Haus und bat, einen Augenblick in der Diele zu warten. Sie wolle ihren Mann erst mit einigen Worten auf den Besuch vorbereiten. Ruhe sei jetzt das Wichtigste, sagte sie. Sie ging durch einen kurzen Flur und verschwand in einem der angrenzenden Zimmer. Stephan stellte fest, dass der Grundriss dieses Hauses nach seinem ersten Eindruck demjenigen des Hauses in Dortmund ähnelte. Der Dielenboden war mit blauweißen Fliesen belegt. An der Wand hingen einige Bilder mit kanarischen Motiven, auch einige mit Buntstiften gemalte Kinderbilder. Marie sah genauer hin und erkannte auf einem einen Piraten vor einem weißen Haus, das nah am Meer stand und dahinter von einem dunklen Berg dominiert wurde. Auf dem Haus stand eine große Satellitenschüssel, in die ein Mondgesicht gezeichnet war. ETRA-SAT stand in großen Druckbuchstaben darunter.

Marie betrachtete noch das Bild, als Frau Rosell zurückkehrte. Sie lächelte.

»Das sind Zeichnungen von meinem Neffen David«, sagte sie. »Er ist ein Piraten-Fan und was Sie sehen, ist das Piratennest.«

»Und ETRA-SAT?«, fragte Marie.

»Das ist der Sender des Piraten Etra«, erklärte Frau Rosell mit der Ernsthaftigkeit eines in seiner Fantasie lebenden Kindes. Dann lachte sie.

»Heute haben die Piraten keine alten Segelschiffe mehr. Unsere Kinder gehen mit der Zeit. Etra bewohnt zwar noch ein romantisch gelegenes einsames Haus am Strand, aber ansonsten genießt er allen High-tech-Komfort. Er hat ein Atom-U-Boot, Raketen, die um die Erde fliegen, und eben den Sender ETRA-SAT, mit dem er die Welt beherrscht. So ist die Welt eines neunjährigen Jungen …«

»In dem Alter denkt man noch, dass einem die ganze Welt offensteht«, nickte Stephan.

»Und dass das Leben unendlich ist«, ergänzte Frau Rosell. »Es ist früh genug, wenn man später erfährt, dass alles anders ist«, sagte sie.

»Aber Etra ist ein eigenartiger Name«, wandte Marie ein. »Gibt es diesen Namen im Spanischen?«

»Nein. Wir vermuten, er hat ihn von ETA abgeleitet. Kinder finden auch Terrororganisationen spannend«, sagte sie entschuldigend.

»Kommen Sie, bitte!«

Frau Rosell führte die beiden in das Zimmer ihres Mannes. Es entsprach in Größe und Einrichtung demjenigen in seinem Wohnhaus in der Heimat.

Das Krankenbett stand in der Mitte, ein Ventilator mit grauen Flügeln hing an der Decke. Ein kleiner Tisch und zwei Stühle für die Besucher befanden sich auf der anderen Seite des Zimmers, neben dem Kopfende des Bettes ein kleiner Nachttisch und darauf eine Vielzahl von Packungen und Dosen, eine Schale, eine Wasserflasche, Gläser und das Handy. Justus Rosell lag im Bett und war trotz der recht hohen Raumtemperatur bis zum Kopf zugedeckt. Anders als zu Hause war das Bett nicht fahrbar, sondern bestand aus einem dunklen eichenen geschlossenen Bettkasten, auf dem die Matratze ruhte. Marie empfand den Bettkasten unweigerlich wie eine Kiste, auf der Justus Rosell aufgebahrt war. Der Mandant blickte vom Bett aus direkt auf das gegenüberliegende quadratische Fenster und durch dieses auf den Atlantik hinaus. Das Meer glänzte in der Sonne, die am Vormittag hinter dem Haus stand und ihre Strahlen noch nicht in das Krankenzimmer warf. Seitwärts gab es ein weiteres Fenster. Es eröffnete den Blick auf den ansteigenden Hang hinter dem Haus. Man sah eine Palme, deren Wedel sich sanft im schwachen Wind bewegten.

Justus Rosell lag im Halbdunkel und sah unverwandt auf das Meer. Seine Frau hatte ihm zwei Kissen unter den Kopf gesteckt, damit er über die Bettdecke hinweg nach draußen sehen konnte.

»Wir sind vor knapp einer Woche hergekommen«, sagte sie. »Justus ist noch sehr schwach von der Reise. Über vier Stunden Flug sind für ihn praktisch nicht mehr zu verkraften. Wir hätten unsere Zelte in Deutschland schon früher abbrechen sollen. – Kommen Sie, wir reden draußen weiter, damit Justus sich noch etwas entspannen kann«, bat sie, bevor Marie und Stephan mit dem Mandanten ein Wort wechseln konnten.

Sie verließen das Zimmer und traten durch die Terrassentür auf eine gepflegte, kurz geschnittene Rasenfläche. Eine Sprinklerdüse verteilte leise klackernd Wassernebel und ließ die Grashalme wie Perlen glänzen.

»Ich habe vor dem Abflug mit verschiedenen Medien gesprochen«, erklärte Frau Rosell. »Ein Reporter eines Boulevardmagazins will morgen Vormittag ein Interview führen. Ich denke, dass Justus dann auch wieder besser beieinander ist. Die Reise, der Klimaumschwung und sogar die kleine Zeitverschiebung belasten ihn. Aber ansonsten kann ihm der Süden in seinen letzten Tagen nur guttun. Alles hat hier eine Leichtigkeit, die Herz und Seele streichelt.« Sie sprach den Satz aus wie eine Lebensformel, die dem nahenden Tod seine Bedrohlichkeit nehmen und alles Denken in eine unbeschwerte Weite lenken sollte.

Sie trat einen Schritt vor, bückte sich und wedelte mit der Hand Erdkrumen von Lehmziegeln, die ein Beet mit kleinen Kakteen einfassten.

»Es reicht also, wenn Sie morgen früh gegen zehn Uhr bei uns sind«, sagte sie und richtete sich wieder auf. »Im Moment ist nichts zu veranlassen. Wir werden bald sehen, wie wir uns vorbereiten müssen.«

Sie sah Stephan fest ins Gesicht.

»Justus zählt auf Sie, Herr Knobel!«

»Hier ist Ihre Heimat, nicht wahr?«, fragte Marie.

Frau Rosell lächelte.

»Ja, nicht weit von hier. Es ist ein kleiner Ort, der auf dieser Insel kaum eine Rolle spielt, erst recht nicht für den Massentourismus. – Ich kam früh ins Hotelgewerbe, so, wie es viele junge Frauen und Männer hier tun. Der Fremdenverkehr ist unsere Hauptbranche. Aber Gran Canaria hat viel mehr zu bieten. Die Insel ist nicht nur für Strandliebhaber ein Paradies.«

»Sie sprechen ein fehlerfreies Deutsch«, staunte Marie.

»Ich hatte schon Deutsch gelernt, bevor ich Justus kennenlernte«, antwortete Frau Rosell. »Dann habe ich über zehn Jahre in Deutschland gelebt.« Sie lachte. »Aber der Akzent bleibt – und muss auch bleiben. Ich bin im Herzen Spanierin – und auch im Pass. Julita Rosell, geborene Julita Alonso Rodriguez, das sind doch schöne Namen! – Ich habe sogar etwas typisch Deutsches gelernt: Steuerfachgehilfin.« In ihrer Stimme schwang Stolz mit. »Fast vier Jahre habe ich das bei einem Steuerberater gemacht. Dann hatte ich das notwendige Wissen, um in der Firma meines Mannes die

Buchhaltung zu führen. Das hört sich langweilig an. Aber das Hotelgewerbe machte mir keinen Spaß mehr. Es war kein Zuckerschlecken. Beobachten Sie das Personal in Ihrem Hotel! Die meisten haben keine wirkliche Freude an ihrem Beruf. Sie machen es, weil sie sich nicht rechtzeitig um andere Tätigkeiten gekümmert oder einen Schulabschluss haben, aus dem sich anderes machen ließe.«

»Werden Sie wieder nach Gran Canaria zurückkehren?, fragte Marie.

»Sie meinen, wenn Justus tot ist?«, präzisierte Frau Rosell. »Sagen Sie es ruhig. – Mit dieser Tatsache müssen wir umgehen. Auch verbal. – Ja, ich überlege es«, sagte sie. »Das Haus hier ist traumhaft gelegen. Sie sehen es ja. Aber es ist auch noch längst nicht bezahlt. Ich hoffe, es mit dem finanzieren zu können, was Justus mir hinterlässt. In Deutschland hält mich nichts. Es ist nicht nur klimatisch ein kaltes Land. Die deutsche Gesellschaft ist mir zu wenig lebensfroh. Die Stimmung ist häufig schlecht, das soziale Verständnis nicht sehr ausgeprägt. Wir auf unserer Insel leben mit anderer Wertschätzung. Das gilt für die Menschen untereinander, aber auch im Hinblick auf die Natur. Die Insel ist eine Schatzkiste voller Naturschönheiten und zugleich im permanenten Kampf um ihre Ressourcen, die sie zum Überleben braucht. Wir kämpfen hier um das Wasser. Das übersieht man leicht, wenn man in Hotelpalästen wie dem Villa del Conde wohnt und im Pool planscht. Überall fließt und sprudelt das Wasser im Überfluss. Die Gäste ahnen nicht, wie sehr wir auf der Insel um das Wasser ringen. Überall auf dieser Welt geht es um einen gewissenhaften Umgang, sowohl miteinander als auch mit der Natur. Ohne Gewissen gibt es kein Überleben. – Sie sehen es an meinem Mann. Er ist nicht sorgfältig behandelt worden. Und darum geht er jetzt an die Medien. Wenn sein Tod einen Sinn hat, dann denjenigen, dass er am Ende das Gewissen der Menschen erreicht, und insbesondere das seines Arztes. Ich denke, Sie verstehen Ihre Aufgabe, Herr Knobel: Justus möchte so weit gehen, wie es erlaubt ist.«

»Heißt das, dass auch sein Sterben gezeigt werden soll?«, fragte Marie.

»Auch das!« Frau Rosell antwortete ohne Zögern. »Der Tod gehört zum Leben, sagt man immer. Und auf der Insel wird das besonders deutlich. Sie haben die Szene vorhin bewusst erlebt. Das habe ich gemerkt. Das tiefblaue Meer, die gleitenden Segelboote und im Kontrast dazu mein unter dem leiernden Propeller dahinsiechender Mann. Das ist ein Bild, Herr Knobel, ein gewaltiges Bild. – Aber er will die Medien nicht zur eigenen Bereicherung. Was er aus den Veröffentlichungen einnimmt, spendet er diversen Hospizen. Es gibt keine Perversion, Herr Knobel. Aber ich verstehe, dass mein Mann, der durch das Verschulden eines anderen sein Leben verliert, über die Medien seine Stimme erhebt.« Sie strich ihre Hand an ihrem bunten Rock ab und reichte sie Stephan.

»Wir sehen uns morgen, Herr Knobel, und Sie verehrte Frau …«

»Schwarz«, half Marie.

»Frau Schwarz«, vollendete Julita Rosell.

»Ein düsterer Name zu einer attraktiven Frau.« Sie lächelte wieder. »Aber Schwarz ist durchaus auch eine elegante Farbe.«

8

Das Abendessen im Villa del Conde wurde als reichhaltiges Büfett präsentiert, das sich auf viele bunt geschmückte Gondeln in mehreren Räumen unterhalb der imposanten Kathedrale verteilte, an der sogenannten Plaza, dem kulturellen Zentrum dieser künstlichen Welt. Marie und Stephan mussten sich mit dem Arrangement erst vertraut machen und pendelten unschlüssig zwischen den verschiedenen Bereichen hin und her, in denen mediterrane und kontinentale Vor-, Haupt- und Nachspeisen in großen Portionen von den zumeist deutschen Gästen auf die Teller geladen wurden. Sie beobachteten befremdet das emsige Treiben, in dem diejenigen Gäste durch aggressive Zielstrebigkeit auffielen, die sich – an ihrer Sonnenbräunung erkennbar – schon länger im Hotel aufhielten. Sie gingen die abendliche Mahlzeit strategisch an, indem sie sich geschickt und schnell durch die Büfettbereiche bewegten und ihre Kinder in den Speisentransport einbezogen, die sie zeitgleich mit der Vorspeise das begehrte Eis in üppigen Portionen zu ihren Plätzen mitnehmen ließen, um später nicht das Nachsehen zu haben.

Stephan beugte sich über die Salatauslagen und wählte langsam aus. Er gruppierte sorgfältig die Spargelstangen und Champignons neben die Rucolablätter und wurde dabei unversehens von einem dicklichen älteren Deutschen angerempelt, der sich ungeduldig drängelnd über die Salatschüsseln beugte und mit einer Zange nach den mit Kaviar garnierten Eiern schnappte, dabei Stephan anstieß, sodass sein Teller kippte und auf den Boden fiel. Marie empörte sich, doch bevor auch Stephan etwas sagen konnte, entschuldigte sich der Deutsche umgehend und ließ beiden errötend den Vortritt.

Nach dem Essen saßen Marie und Stephan auf der Plaza, tranken einen Wein und lauschten der Live-Band, die hier offensichtlich jeden Abend unter einem kleinen Glasdach spielte und die Gäste mit Discomusik unterhielt. Später am Abend sahen sie den dicken Deutschen wieder, der sich durch die engen Tischreihen zwängte, schließlich Stephan und Marie entdeckte und dann zielgerichtet auf sie zuging. Er winkte seine Frau herbei, die abseits am Rande der Plaza stand, und stellte sich schließlich als Hendryk Polloschek aus Gladbeck vor. Marie verdrehte überdrüssig die Augen, doch Herr Polloschek parierte mit unerwarteter Höflichkeit.

»Ich weiß, ich habe mich sehr unanständig verhalten. Gestatten Sie meiner Frau und mir, Sie auf einen Drink einzuladen. – Ich kann nur hoffen, dass Sie meine Entschuldigung annehmen.«

Inzwischen war Frau Polloschek bis zu ihrem Tisch vorgestoßen. Sie war nicht weniger korpulent als er, trug ein für ihre Figur unvorteilhaftes Top und war damit nicht alberner bekleidet als ihr Mann, dessen grell gemustertes Hawaiihemd sich über den dicken Bauch spannte und über der hellen Sommerhose abstand. Stephan fühlte sich unvermittelt an Hubert Löffke erinnert.

Die Polloscheks luden auf einen Caipirinha ein. Marie und Stephan erfuhren, dass sie zum wiederholten Male in diesem Hotel gastierten. Herr Polloschek kannte die Hotelanlage in- und auswendig. Er wusste die Leistungen des Hotels wie ein Reiseveranstalter zu preisen, lobte die gelungene Architektur und wusste, dass man im Prinzip die Anlage für einen gelungenen Urlaub nicht verlassen müsse.

»Hier bekommen Sie alles, was Sie brauchen«, erklärte er. »Nur wenn man einmal direkt an den Strand will, muss man unten am anderen Ende auf die Promenade und dann vielleicht 300 bis 400 Meter gehen.«

Marie sagte kaum etwas. Hendryk Polloschek war das Paradebeispiel eines deutschen Sonnentouristen. Es widerte sie an, wie er genüsslich die Erdnüsse knabberte, die der Kellner zu den Caipirinhas gereicht hatte. Und er stank nach Zigarre. Es war ein schwerer, etwas süßlicher Geruch.

»Und Sie?«, fragte Polloschek, »was treibt Sie auf die Insel?«

Stephan erwiderte nur, dass er und Marie das erste Mal auf Gran Canaria Urlaub machten.

»Da haben Sie hier das beste Hotel erwischt«, bekräftigte Polloschek. »Auch wenn hier nichts so ist, wie es scheint. Man glaubt, man befinde sich in einem gewachsenen kleinen Ort. Doch das stimmt nicht. Im Villa del Conde ist alles arrangiert.«

»Ich weiß«, antwortete Stephan knapp und blickte unverwandt auf die Band. Der Sänger imitierte gekonnt Frank Sinatras My Way. Das Publikum war begeistert.

»Vielleicht können wir mal was zusammen machen«, sagte Polloschek in den nachfolgenden Applaus. »Wir aus dem Ruhrgebiet haben doch immer die gleiche Wellenlänge.« Er stutzte. »Ich vermute doch richtig? Ihre Mundart ist unverwechselbar.«

Dann erhoben sich die Polloscheks. Sie ließen 30 Euro zurück. Mehr als genug, um alle Getränke zu zahlen. Sie verabschiedeten sich.

Marie und Stephan verließen schweigend den Platz und setzten sich noch eine Weile auf den Balkon ihres Zimmers. Links, weit hinten im Meer, sahen sie die kalte Beleuchtung der in das Meer gebauten Industrieanlage. Der Mond spiegelte sich im ruhigen Meer. Von rechts drang gedämpft die Live-Musik von der Plaza. An den Türmen der nachgebauten Kathedrale von Agüimes leuchteten mystisch violette Leuchtstäbe. Die Hoteldirektion ließ auf allen Balkonen die Lichter brennen. Das kleine künstliche Dorf lauerte in die Nacht hinein. Schräg gegenüber, jenseits des still glänzenden Pools, konnten sie schemenhaft die Polloscheks auf dem Balkon ihres Zimmers sehen. Täuschte sich Stephan, oder hob Herr Polloschek ein Glas und prostete ihm zu? – Nein, er irrte sich nicht. Stephan winkte unmerklich zurück. Polloscheks Zigarre glimmte schwach auf. Von rechts hörten sie gedämpft den Schlussbeifall für die Band.

»Das Ruhrgebiet wird nie meine Heimat«, sagte Marie leise.

»Es gibt solche und solche«, erwiderte Stephan unbestimmt. Wie oft hatten sie darüber geredet, dass

Marie zwar ihre Heimat nicht mehr im Münsterland sehe, wo sie geboren war, aber in Dortmund keine Heimat finden könne. Sie sagte so etwas immer, wenn sie auf Leute wie die Polloscheks trafen. »Sie sind alle gleich«, sagte sie dann. Stephan redete nicht mehr dagegen an. Als wenn es die Polloscheks nicht auch in Hamburg oder München gäbe.

Schräg gegenüber hob Polloschek erneut sein Glas, doch Stephan reagierte nicht. Er fasste Marie an die Hand und drückte sie fest. Die Balkonbeleuchtungen erloschen. Es wurde Nacht im Dorf des Grafen. Die Kathedralentürme ragten wie schwarze Finger in den Himmel.

9

Stephan erschien am nächsten Tag pünktlich um Viertel vor zehn in Rosells Haus. Seine Frau hatte das Bett frisch bezogen. Sie hatte die schneeweiße, nach parfümiertem Waschmittel duftende Bettdecke Justus Rosell bis vor das Kinn gezogen. Der Propeller an der Decke drehte schneller als gestern und fächerte die Luft mit gleichmäßigen Schlägen durch das Zimmer. Julita Rosell hatte das zum Atlantik weisende Fenster weit geöffnet. Unterhalb dieses Fensters – ein ganzes Stück weiter unten auf der Strandpromenade – mussten Menschen sein. Man hörte Wortfetzen aus der leichten Plauderei der vorbeischlendernden Touristen, manchmal auch Gelächter. Hinten auf dem weiten Blau des Atlantiks glitten Segelboote. Ein Wasserskifahrer kreuzte hinter dem ziehenden Boot und sprang über die Wellen. Im Hintergrund standen grau und monströs die Silos der Industrieanlage. An der anderen Wand, unterhalb des auf den Hang hinausgehenden Fensters, stand nun der Besuchertisch mit zwei Stühlen. Julita Rosell hatte einige Fotos aus früheren glücklichen Zeiten wie wahllos auf dem Tisch verteilt. Die Plätze an dem Tisch waren vorbestimmt. Stephan würde mit dem Rücken zur hinteren Wand sitzen, von wo er ständigen Blickkontakt zu Justus Rosell halten konnte. Der Journalist würde direkt unter dem Fenster sitzen, gerade eben vom Licht der einfallenden Sonne erfasst, die während der von Muße getriebenen Stunden über die rotbraunen Gebirge und staubigen Täler der Insel auf deren westliche Seite wanderte. Der Mandant lag im Schatten.

»Mein Mann hatte eine schlechte Nacht«, sagte seine Frau, richtete wieder seine Bettdecke und ließ eine Tablette in ein Wasserglas fallen, wo sie sich sprudelnd zersetzte. »All das sind Mittel, die uns suggerieren, als sei noch etwas zu retten«, erklärte sie, »aber wer weiß – es reicht uns mittlerweile, wenn sie helfen, ihm die nächsten Stunden zu erleichtern.«

Sie ordnete geschäftsmäßig die wenigen Utensilien, die im Zimmer herumstanden. Rosell lag still mit geschlossenen Augen da. Er atmete ruhig und gleichmäßig. Seine Frau ging in regelmäßigen Abständen zu ihm und fühlte seine Stirn. Einmal verließ sie für einige Augenblicke den Raum und kam mit einer Kanne Tee, zwei Gläsern und Gebäck zurück. Alles war für den Journalisten arrangiert.

»Meinen Sie nicht, dass es Ihren Mann anstrengen wird?«, fragte Knobel.

Der Patient lag ruhig atmend in seinem Bett. Von der Küstenpromenade drangen keine Geräusche mehr zu ihnen. Nur das Wasserskiboot rauschte aufheulend durch die leichte Brandung, schlug sanft auf das Wasser auf und stand mit dem Propeller im Wettstreit, der monoton an der Decke kreiste.

»All das als Rache für einen Arzt, der stets seine Verantwortung bestritten hat?«, fragte Stephan und vermied, Julita Rosell ins Gesicht zu sehen. Sie traf geschäftig letzte Vorkehrungen für den Medienbesuch.

»Stellen Sie sich vor, Ihnen wäre widerfahren, was mein Mann durchleiden muss. Denken Sie daran, dass ihn das Schicksal nicht von außen ereilt, sondern dass es einen Menschen gibt, der all das zu verantworten hat. – Wie würden Sie handeln, Herr Knobel?«

Sie lächelte. Stephan verstand, dass sie stets so lächelte, wenn sie etwas sagte, das ein Außenstehender nicht entkräften konnte. Er – Stephan – war Außenstehender – und zugleich als Anwalt Vertreter seines sterbenden Mandanten und allein deshalb mehr als ein Anwalt. Er musste desto mehr in seinen Mandanten hineinwachsen, je mehr diesen die Kräfte verließen. Stephan würde mehr und mehr die Stimme seines Mandanten sein müssen. In ihm sollte Justus Rosell weiterleben und an dem Gewissen des Arztes rütteln, der Rosell sterben ließ. Es konnte nicht um wirklich wichtige noch zu klärende Rechtsfragen gehen. Rosell hatte, wie er sagte, alles geregelt. Kein Testament, keine sonstigen Rechtsgeschäfte, die noch zu tätigen waren. Stephan war auch kein medialer Berater. Er verstand, dass er das Organ von Justus Rosell sein und dem Sterbenden in der sich fortdrehenden Welt die Stimme verleihen sollte.

Julita Rosell schenkte Tee ein und stellte die Schale mit Mandelgebäck auf.

Der Journalist war da und wartete im Flur. Sie hob vorsichtig den Kopf ihres Mannes und flößte ihm die milchig-graue sprudelnde Flüssigkeit aus dem Glas ein. Rosell schluckte und verschluckte sich. Er hüstelte, hustete und röchelte. Dann fiel sein Kopf ermattet in das Kopfkissen zurück.

»Es ist ein Kampf für ihn, aber wir kämpfen gemeinsam«, sagte seine Frau entschieden.

Stephan saß in geschäftsmäßiger Haltung an dem kleinen Tisch und fühlte sich unwohl.

Der Journalist trug Jeans und ein weißes T-Shirt, lockige, nackenlange Haare und ein rotes Notizbuch mit eingeklemmtem weißem Kugelschreiber. Er legte seine Digitalkamera auf den Tisch, eilte zum Krankenbett, verharrte, nahm sich zurück und stellte sich höflich als Reporter seines Magazins vor.

»Ich hoffe, ich belästige Sie nicht«, sagte er und erwartete nicht ernsthaft eine Antwort. Julita Rosell hatte ihn vorbereitet. Der Journalist ging direkt zu Stephan. Er würde nur mit ihm sprechen. Der Patient sollte nicht belästigt werden.

»Sie entscheiden, wie ich später fotografiere«, eröffnete er formal. »Ich fühle mich ganz in Ihre Situation ein«, säuselte er geschäftsmäßig. »Unsere Leser werden so unmittelbar dabei sein, wie Sie es wollen. Wir respektieren die Würde eines jeden Menschen. – Sagen Sie einfach, wenn Ihnen einzelne Fragen zu persönlich sind. – Wehren Sie solche Fragen einfach ab!« Er sagte es beschwörend und mit leutseligem Augenaufschlag, aber er würde beleidigt sein, wenn man seine Fragen tatsächlich abwehrte. Dann stellte er sein Diktiergerät auf den Tisch.

»Ich darf unser Gespräch aufnehmen?« Er sah Stephan kurz an.

»Wenn es zu belastend ist, sagen wir Bescheid«, fiel Frau Rosell ein.

»Selbstverständlich.« Zeitgleich schob er den Stecker des Diktiergeräts in die unter dem Tisch befindliche Steckdose. Stephan sah zu Frau Rosell. Sie bedeutete mit einer Handbewegung, mäßigend auf den Journalisten einzuwirken.

Der Reporter richtete sich wieder auf. Er schlug sein rotes Notizbuch auf.

»Herr Rosell leidet an Lungenkrebs. Ist das richtig?«

Stephan nickte stumm.

Der Journalist machte eine kurze Notiz, dann sah er wieder auf.

»Unsere Leser interessiert natürlich, mit welchen Gedanken ein Mensch seine letzten Tage verbringt.«

Seine Blicke wechselten zwischen Stephan und Frau Rosell. Die Frage wirkte unanständig, aber in der Sache war es völlig klar: Was sonst sollte die Leser an dieser Geschichte interessieren, nachdem der Rechtsstreit mit Jens Hobbeling, dem Arzt, verloren und deshalb ohnehin kein Thema mehr war?

»Die Menschen wollen wissen, wie sie sterben«, erklärte er ungerührt, »immer vorausgesetzt, der Leser hat seinen eigenen Tod nicht unmittelbar vor Augen. Es ist unsere Aufgabe, Betroffenheit zu vermitteln – und sie zugleich von der eigenen Person zu lösen«, erläuterte er sein Handwerk und bereitete auf die kommende Frage vor:

»Lebt man im Bewusstsein des nahenden Todes intensiver?«, fragte er nun.

»Herr Rosell unternimmt noch einige Weltreisen«, antwortete Stephan sarkastisch und rührte in seinem Tee.

»Herr Knobel!«, fuhr Julita Rosell milde dazwischen. »Es ist für uns alle ein schweres Thema. Mein Mann und ich genießen die letzten Stunden in stiller Zweisamkeit«, parierte sie weich. »Die verbleibende Zeit ist zu knapp, um Großes zu tun. Und seine Kraft schwindet von Tag zu Tag mehr.«

»Also möchte man intensiver leben, und ist zugleich durch die schwindenden Kräfte gelähmt«, schloss der Journalist. »Das ist interessant!« Er schrieb sich etwas auf.

»Hat man in dieser Situation das Gefühl, in der gesunden Zeit zu wenig intensiv gelebt zu haben?«, fragte er beflissen weiter. Er klemmte den Kugelschreiber zwischen die Lippen, während er in seinem Notizbuch eine Seite umblätterte.

»Jeder Mensch begreift einmal, dass er aus seinem Leben mehr hätte machen können«, antwortete Julita Rosell. »Es ist eine Erkenntnis, die man leider immer erst am Ende gewinnt. – Allerdings ist man im Grundschulalter für solche Einsichten zu jung, und nur aus der Jugend heraus erscheint das Leben unendlich. Das dürften auch Sie wissen!«

Ihre Stimme war hart geworden. Der Journalist zeigte sich wenig sensibel. Justus Rosell lag still im Bett. Auf seiner Stirn glänzte der Schweiß. Er starrte leer an die Decke.

»In Todesnähe berichten manche Menschen von besonderen Eindrücken oder Wahrnehmungen. Ein helles Licht zum Beispiel. Kann Ihr Mann von solchen Dingen berichten?«

Seine sensationslüsterne Frage wirkte eigentümlich sachlich. Er sah Frau Rosell freundlich und lauernd an.

»Unsere Leser wird das berühren«, warb er. »Wir müssen die Herzen ansprechen. Und dieses Schicksal rührt an.«

»Nein«, antwortete sie leise. »Meines Wissens erleben Menschen solche Dinge auch erst unmittelbar vor dem Tod. Soweit ist es noch nicht.«

»Man redet gern distanziert von solchen Dingen«, lächelte der Journalist sybillinisch und wiederholte Julitas Worte. »Es ist für alle schwierig.«

Es war offensichtlich, dass er Sympathie einforderte, um mit seinen Fragen noch direkter werden zu können. Doch er schwenkte um.

»Haben Sie noch jemals Kontakt zu Ihrem Arzt gehabt?«, fragte er. »Ich meine Herrn Hobbeling, dem Ihr Mann dieses Leiden, seinen nahen Tod anlastet?« Er wollte mit dem Tod provozieren, damit sich seine Interviewpartner öffneten.

»Nein«, antwortete Julita Rosell. »Es gab keinen direkten Kontakt mehr, seitdem er die schreckliche Diagnose gestellt hatte.«

»Ich möchte nicht, dass Sie schreiben, dass Hobbeling dafür verantwortlich ist«, warf Stephan ein. »Formulieren Sie neutraler! Schreiben Sie, dass seinerzeit der Vorwurf erhoben, aber nicht bewiesen wurde.«

Der Journalist schien enttäuscht. »Anders wäre es plakativer und zugkräftiger«, meinte er.

»Ich weiß! Aber ich möchte nicht, dass meine Mandantschaft rechtlich belangt werden kann. Auch wenn der Vorwurf gegen Hobbeling berechtigt ist.«

Der Journalist nickte gehorsam. Doch das Interview war ihm nicht farbig genug.

»Wir sollten uns mehr auf das Sterben konzentrieren. Die andere Geschichte lassen wir im Hintergrund. Ich habe das mit der Redaktion vorbesprochen. Wir haben die Idee, jede Woche zu berichten. Also in jeder Ausgabe unseres Magazins immer auf derselben Seite, immer in der gleichen Aufmachung. Der Leser bleibt nah dran, wenn Sie verstehen, was ich meine. Jede Woche kann er den Zustand Ihres Mannes mit demjenigen der Vorwoche vergleichen. Die Eindrücke bleiben im Gedächtnis. Der Leser ist dabei. So will er es. Aber wir müssen natürlich ganz Persönliches einflechten. Träume, Ängste, vielleicht noch einmal eine rührende Liebeserklärung.«

Frau Rosell wandte sich angewidert ab. Der Journalist ließ das Notizbuch sinken.

»Es muss schon ein Geschäft für beide Seiten sein«, belehrte er nachdrücklich. »Wir wissen doch, dass Sie Hobbeling mit unserem Artikel treffen wollen. Er wird unser Magazin lesen müssen. Wie werden Sie das erreichen? Schicken Sie es ihm zu?«

»Per Einschreiben«, nickte Frau Rosell. »Mehrmals. Nach Hause, in seine Praxis, überall dorthin, wo er ist oder sein könnte.«

»Natürlich«, lächelte der Journalist. »Und Sie hoffen, dass er es nicht ungelesen wegwirft. Er wird aus seiner Gewissensnot heraus nicht anders können als hineinzusehen. Ich glaube ja auch, dass das klappt. Und wir werden auch schreiben, dass Sie hoffen, dass Hobbeling unseren Artikel über Ihren Mann liest.

Das ist doch unbedenklich, oder …?« Er wandte sich Stephan zu.

»Nun ja …« Stephan hob unschlüssig die Schultern.

»Wie auch immer, Frau Rosell«, fuhr der Journalist fort. »Wir können es uns nicht leisten, Artikel zu schreiben, die nur für den einen Adressaten bestimmt sind, den Sie im Visier haben. Unser Adressat ist unsere Lesergemeinde. Das ist eine Masse dürstender Menschen. Und dieser Durst lässt sie nach Herz und Schmerz, Blut und Schicksal lechzen. So sind wir doch alle. Oder sind Sie etwa anders, Herr Rechtsanwalt?« Er sah Stephan provozierend ins Gesicht.

»Nicht wahr, Sie lesen unser Magazin nur passiv. Sie lesen es bei Ihrem Sitznachbarn im Zug oder in der Arztpraxis. Sie kaufen das Magazin nicht. Aber Sie wissen immer, was drinsteht.«

Er lächelte triumphierend und wurde sofort wieder geschäftlich.

»Wir brauchen natürlich auch ein Foto. Jede Woche ein neues Foto. Eine Dokumentation des Verfalls. Warum soll ich Ihnen etwas anderes sagen? Sie wissen wie ich, worauf es ankommt. Und es ist ja auch die Botschaft, die Sie senden wollen. Deshalb haben Sie sich doch an unser Magazin gewandt, Frau Rosell! Und Sie haben es richtig gemacht! Das sind Geschichten, die das Leben schreibt, und die die Leser interessieren. Und jeder wird denken: Was ist der Arzt für ein Schwein, dem damals dieser Fehler unterlaufen ist.«

»Vorsichtig mit dem Fehler«, mahnte Stephan wieder. Er rutschte unruhig auf seinem Stuhl.

»Ja, ja.« Der Journalist nickte. »Ich habe verstanden. Wir gehen mit solchen Dingen profimäßig um, glauben Sie mir. Wir wollen auch keine Unterlassungsklage gegen den Verlag. Wir wollen einfach unsere Umsätze.«

Er klappte sein Notizbuch zu.

»Ich bin für unser Magazin immer auf den Kanaren vor Ort und liefere nach Deutschland. Welcher Promi ist da? Welche Skandale bahnen sich an? Was gibt es zu lachen oder was gibt es zu beweinen? Ein beneidenswerter Job, oder? Mal Gran Canaria, mal Teneriffa, mal Lanzarote. Aber die Geschichten brauchen auch ihre Bilder, das verstehen Sie doch.«

Jetzt stand er auf.

»Ich habe meine Fototasche draußen. – Wir müssen uns insbesondere um die richtige Ausleuchtung kümmern.«

Er ging hinaus.

Frau Rosell blieb unbewegt in der Ecke stehen. Sie sah mitleidig auf ihren Mann, der das Gespräch still verfolgt hatte. Wie musste er sich fühlen? Was musste er denken? Stephan erhob sich und trat angewidert an das Fenster, das zum Hang gelegen war, und öffnete es.

Er hörte scharrend rutschendes Erdreich und kleine Steine, die hell klingend auf den Asphalt sprangen. Stephans Blicke folgten irritiert den Geräuschen, und er sah noch eben einen Mann über die kleine Straße davon hasten. Er war sofort hinter einem hervorspringenden Mauersims verschwunden. Der langsam zu Boden sinkende bräunliche Staub verriet, dass er auf dem kleinen Hang gegenüber gestanden hatte. Stephan lehnte sich weiter hinaus. Man konnte nur das Ende der Sackgasse und die karminrote Mauer von Rosells Haus sehen. Vermutlich hatte der Mann hinter der Palme gestanden, deren Wurzeln sich in das abschüssige trockene Erdreich am Hang krallten.

Als sich Stephan umwandte, begann der Journalist, seine Fotogerätschaften aufzubauen.

»Werden Sie von irgendjemandem beobachtet?«, fragte Stephan Frau Rosell.

»Beobachtet?«, wiederholte sie irritiert.

Stephan erzählte, was er gesehen hatte.

»Ein dickerer Typ, vielleicht Mitte 60?«, fragte sie weiter.

Stephan bejahte erstaunt.

»Kennen Sie ihn?«

Sie schüttelte den Kopf. »Er schnüffelte schon gestern hier rum. Ich habe nichts zu verbergen. Vielleicht ist es ein anderer Reporter.«

»Wir waren uns doch einig, dass wir die Story exklusiv machen«, bemerkte der Journalist verärgert, während er an seinem Stativ schraubte und Frau Rosell misstrauisch aus den Augenwinkeln heraus musterte.

»Von uns weiß keiner was«, bekräftigte Julita Rosell.

»Von mir erst recht nicht«, ergänzte Stephan.

Das geeignete Foto entstand schon beim ersten Auslösen. Der Journalist war begeistert. Er hatte das Zimmer hell ausgeleuchtet und begutachtete das Ergebnis seiner Mühe im Detail. Man werde Rosells Gesicht in der Redaktion überarbeiten, entschied er. Es sollte jetzt noch rosiger sein, ab dem nächsten Mal werde man zunehmend Grautöne einmischen. Das letzte Bild vom lebenden Justus Rosell werde nur schwarz-weiß sein. Schwindende Farbe symbolisiere schwindendes Leben, fand er.

»Der Tod gehört dazu«, entschuldigte er.

10

Stephan ging nachdenklich ins Hotel zurück. Man hatte vereinbart, von nun an jede Woche montags zur gleichen Uhrzeit einen Termin mit dem Journalisten abzuhalten. Jour fixe für die Illustration des nahenden Todes.

Mit den Eheleuten Rosell verabredete sich Stephan unabhängig davon für jeden zweiten Tag, wenn nichts Außergewöhnliches anstand. Er würde also abwechselnd einen Tag Urlaub mit Marie in der Sonne und am Strand machen und einen Tag – vielleicht auch nur für jeweils wenige Stunden – Begleitung am Sterbebett leisten.

Marie lag am mittleren Pool der Hotelanlage unter einem Sonnenschirm. Sie hatte die Sonnenbrille lässig in die schwarzen Haare gesteckt und las die neueste Ausgabe von ›myself‹. Als sie Stephan bemerkte, legte sie das Magazin zur Seite. Sie hatten vereinbart, dass sie sich nach Stephans Besuchen bei Rosell immer hier treffen wollten.

»Und?«, fragte sie.

Er setzte sich zu ihr auf das Fußende ihrer Liege.

»Sehr befremdlich«, sagte er. »Der Journalist will den Tod vermarkten.«

»War etwas anderes zu erwarten?«, fragte sie zurück. »Oder hat Rosell etwas anderes gewollt?«

»Er hat gar nichts gesagt. – Ich glaube, es geht ihm

schon ziemlich dreckig. Auf die Fragen des Journalisten haben entweder seine Frau oder ich geantwortet. Es war ziemlich würdelos.«

Sie richtete sich auf und zuckte mit den Schultern.

»Wir mussten mit einer Inszenierung rechnen. Überraschend kommt das nicht.«

»Was viel überraschender ist: Ich glaube, Polloschek war an dem Haus und hat sich umgesehen.«

»Der dicke Typ von gestern Abend?«

»Ich bin mir nicht ganz sicher«, sagte Stephan, »aber ich meine, dass er es war. Ich habe ihn eher zufällig aus dem Fenster heraus entdeckt, welches an der Hangseite des Zimmers liegt. Wahrscheinlich hat er mich dann gesehen und das Weite gesucht. Ich vermute, er stand hinter einer Palme versteckt und konnte von dort sogar in Rosells Zimmer sehen. Jedenfalls hat er dann die Flucht ergriffen. Ich habe ihn nur kurz und auch nur von hinten gesehen. Aber warum sollte er flüchten, wenn er nicht fürchtete, entdeckt zu werden? – Hast du die Polloscheks heute Morgen beim Frühstück gesehen?«, wollte Stephan wissen.

»Nein. Aber das heißt nichts. Hunderte von Gästen wälzen sich über Stunden durch die Frühstücksräume. Das ist ja kein intimes Essen.«

Marie dachte nach.

»Meinst du, er hat dich gestern Abend extra angerempelt?«

»Wenn das vorhin Polloschek war, gehe ich fest davon aus«, meinte Stephan. »Aber woher sollte er uns kennen? Woher sollte er wissen, dass wir wegen

Rosell hier sind? Und warum sollte er sich überhaupt für Rosell interessieren?«

»Er war gestern Abend auf der Plaza eigentlich ganz nett«, erinnerte Marie. »Er hat zwar nach uns gefragt, aber er hat nicht insistiert. – Komm!«

Sie schlüpfte in ihre Badeschuhe, rollte das Handtuch auf der Liege zusammen und ließ es in die Strandtasche gleiten. Dann verließen sie den Poolbereich.

Sie passierten den Fitnessbereich, eine Kneipp-Wassertretanlage und eine im Stil eines kanarischen Restaurants gehaltene Bar mit Billardtischen. Eine Treppe führte sie auf die nächste Ebene. Sie überquerten die Plaza, auf der sie gestern Abend gesessen hatten. Dann fuhren sie innerhalb der Kathedrale mit einem Aufzug in die imposante Imitation des Kirchenschiffs und gingen zu der stilvollen Empfangstheke. Die Frau dahinter präsentierte sich im schicken grauen Kostüm und gab sich geschäftig freundlich.

»Wir haben gestern ein nettes Ehepaar aus Gladbeck kennengelernt«, eröffnete Marie, »mit denen wir gern etwas unternehmen würden, aber wir haben leider nicht die Zimmernummern ausgetauscht, und so wissen wir auch nicht, wie wir die beiden über das Telefon der Anlage erreichen können. – Wenn Sie uns freundlicherweise die Zimmernummer nennen könnten! Es ist das Ehepaar Polloschek aus Gladbeck.«

Marie lächelte gewinnend. Sie hatte ihre schwarzen Haare zu einem Zopf zusammengebunden, beugte sich über die Theke und verfolgte interessiert die Bemühungen der Frau, die ausweislich ihres Namensschildes eine Holländerin sein musste.

»Polloschek – sind Sie sicher?« Noch während sie fragte, huschten ihre Finger flink über die Tastatur. Sie korrigierte, glich ab und gab den Namen erneut ein.

»Es tut mir leid, es gibt hier kein Ehepaar Polloschek.« Sie blickte auf und lächelte entschuldigend.

»Vielleicht ein ähnlicher Name«, sagte Stephan. »Aber jedenfalls Gäste aus Gladbeck.«

»Gladbeck.« Sie wiederholte den Namen ohne Nachfrage. Stephan ahnte, dass in diesem Hotel auch die Namen kleinerer deutscher Orte bekannt waren – und die des Ruhrgebiets sowieso.

»Leider nein, derzeit weilt auch niemand aus Gladbeck in unserem Haus«, beschied sie höflich. Sie schlug bedauernd mit den Augenlidern.

»Haben Sie vielleicht andere Anhaltspunkte?«

Sie fragte in der Gewissheit, dass es keine anderen Anhaltspunkte gab. Stephan hätte Herrn Polloschek beschreiben können, aber so wie er sahen viele aus. Deshalb hätte die Person, die hinter dem Haus von Rosell davongelaufen war, auch jeder andere rundliche Tourist im fortgeschrittenen Alter sein können. Aber jetzt, als sich offenbarte, dass es keine Polloscheks aus Gladbeck gab, war Stephan sich sicher, dass er es gewesen sein musste.

Sie bedankten sich, gingen in ihr Zimmer zurück und traten auf den Balkon. Stephan sah auf den Gebäudekomplex auf der anderen Seite des Pools. Er überlegte, von wo aus ihm Hendryk Polloschek gestern Abend zugeprostet hatte. Dann war er sich sicher: Es war das Zimmer im zweiten Stock, links neben dem schlanken Palmenstamm. Stephan nahm das Fernglas zur Hand. Dort, wo Polloschek gestern Abend sein Glas erhoben hatte, standen zwei Korbsessel und ein kleiner Tisch auf dem Balkon. Es war das gleiche Mobiliar wie auf jedem anderen Balkon des Hotels. Er stellte das Fernglas schärfer. Über einem der Stühle hing ein Kleidungsstück, vielleicht ein T-Shirt zum Trocknen. Die Balkontür dahinter war verschlossen, die Vorhänge zugezogen. Polloscheks Balkon lag den ganzen Tag im Schatten. Alle Gäste in den Nachbarzimmern ließen die Balkontür geöffnet.

»Irgendetwas stimmt nicht«, sagte Stephan und ließ das Fernglas sinken.

Er drehte sich um, doch Marie war schon wieder im Zimmer. Er ging hinein und fand sie im Bad. Sie wischte mit einem feuchten Tuch die Ränder des Waschbeckens nach.

»Warum machst du das neuerdings?« Er blieb im Türrahmen stehen. Es war die Frage, die er jeden Tag mehrfach hätte stellen wollen, aber meist nicht zu stellen wagte.

Sie putzte weiter.

»Das Hotel ist sauber«, sagte er. »Oder siehst du das anders?«

»Du ordnest alles, und ich putze alles«, erwiderte sie, ohne aufzublicken.

»Aber in deiner früheren Wohnung stand alles herum – und es war auch nicht unbedingt sauber – oder sehe ich das falsch?«

Er tastete sich behutsam heran und war beschämt, dass er distanzierend und analysierend fragte. Er hatte ihre Wohnung häufig als chaotisch empfunden. Aber das Chaos erschien liebenswert, so lange es nicht seine Wohnung war.

»In unserer neuen Wohnung wird alles anders«, sagte sie. »Du willst schließlich, dass alles ordentlich aussieht. Du füllst die Regale wie in einer Bibliothek, ordnest nach Themenbereichen. Wir müssen schon an einem Strang ziehen.«

»Deshalb diese Batterien von Tüchern und Desinfektionsdöschen?«, fragte er.

»Wenn du genauer hingeschaut hättest, wüsstest du, dass ich die schon früher hatte.«

Stephan antwortete nicht. Er hatte Maries Wohnung wegen ihrer Unordnung auch stets als unsauber empfunden. Aber war sie das wirklich gewesen? Anders herum: War sein Ordnungssinn Garant für Hygiene und Sauberkeit? Er wusste, dass es nicht so war. Stephan ging behutsam auf sie zu und umschloss sie mit seinen Armen.

»Wir regeln alles.« Er sagte das oft, wenn er sich wünschte, dass sich die Probleme lösten, ohne zu wissen, wie sie sich lösen sollten.

»Bestimmt!«, setzte er nach und streichelte sie.

Sie blieben bis zum Abend in der Hotelanlage, nahmen frische Badetücher aus ihrem Zimmer und belegten zwei Liegen unter einem Sonnenschirm abseits vom Pool. Das Geschrei der im Wasser planschenden Kinder drang hier nicht so störend in ihre Ohren. Zugleich konnten sie den Balkon des Hotelzimmers der Polloscheks aus recht gut getarnter Position im Blick behalten. Doch dort tat sich nichts. Die Balkontür blieb verschlossen, die Vorhänge blieben zugezogen. Die Stühle und den Tisch konnten sie aus dieser Perspektive nicht sehen. Stephan verließ zwischendurch ihren Platz und machte einen Spaziergang durch die ganze Anlage. Die Polloscheks waren nirgends zu sehen.

Beim Abendessen ließen sich Marie und Stephan Zeit. Sie erschienen pünktlich zur Eröffnung des Buffets und blieben, bis die Kellner begannen, die vielen inzwischen frei gewordenen Tische für den nächsten Morgen einzudecken, und die Geschäftigkeit des Personals nach und nach die wenigen verbliebenen Gäste animierte, das Essen zu beenden und sich zur allabendlichen Unterhaltung auf der Plaza einzufinden. Die Zwillingstürme der Kathedrale thronten majestätisch und blau beleuchtet über den Platz. Die Live-Band spielte ihr übliches Repertoire. Die neu angekommenen Gäste lauschten interessiert, die anderen unterhielten sich.

Marie und Stephan tauchten in die alltäglichen Abläufe des Villa del Conde ein.

Von den Polloscheks fehlte jede Spur. Als Marie und Stephan gegen zehn in ihr Zimmer gingen, um sich noch etwas auf den Balkon zu setzen, war die Balkontür im Zimmer der Polloscheks geöffnet. Die Beleuchtung tauchte die Balkonnische in gelblich-milchiges Licht. Der Blick durchs Fernglas verriet, dass das über den Stuhl gelegte Kleidungsstück entfernt war. Der Vorhang hinter der geöffneten Tür bewegte sich sanft im lauen Abendwind. Dahinter war es dunkel. Stephan ließ den Balkon nicht aus dem Blick. Doch es tat sich nichts. Irgendwann erlosch wie jeden Abend die Beleuchtung, und kurze Zeit später verstummte auch die Musik. Einzig die Leuchtstäbe an der Kathedrale behielten ihr violettes Licht und zeichneten die Konturen der Türme in den Nachthimmel.

Sie gingen zu Bett. Stephan fiel in einen unruhigen Schlaf.

11

Am anderen Morgen eilte er mit Marie in den gegenüberliegenden Gebäudekomplex. Das Zimmer im zweiten Stock, viertes von links, musste es sein. Auf dem Etagenflur standen Servicewagen des Personals. Die Tür zum Zimmer der Polloscheks war weit geöffnet. Zwei Hotelangestellte führten die Grundreinigung durch. Das Bett war abgezogen, die benutzten Laken lagen mit den Hand- und Badetüchern auf dem Boden. Es roch nach Zigarre. Schwer und süßlich.

»Widerlich«, fand Marie, als sie hineingingen. »Es sollte nur noch Nichtraucherzimmer geben.«

Stephan versuchte sich mit englisch-deutschem Kauderwelsch nach dem Verbleib der Bewohner zu erkundigen. Eine der beiden Frauen schien ihn zu verstehen. Sie breitete die Arme aus und flatterte mit den Händen. Sie lachte.

»Abgeflogen-ausgeflogen, ich verstehe«, meinte Stephan. Er stützte resigniert die Hände in die Hüfte. Jetzt lachte auch die andere Frau. Stephan sah auf dem kleinen Schreibtisch zwei 20-Euro-Scheine liegen. Die Polloscheks hatten reichlich Trinkgeld gegeben.

Marie und Stephan unternahmen einen zweiten Versuch beim Hotelempfang. Auch die Angestellte, die sie nun bediente, sprach bestes Deutsch. Die vom gestrigen Tage war glücklicherweise nicht zu sehen.

»Wir hatten uns mit dem Ehepaar auf Zimmer 6113 angefreundet und gestern den Abend gemeinsam auf der Plaza verbracht. Die Dame war so nett, mir ihre Strickjacke zu leihen«, erzählte Marie. »Leider sind die beiden, wie wir gerade erfahren haben, heute Morgen abgereist. Wir wären Ihnen sehr dankbar, wenn Sie uns Namen und Adresse mitteilen könnten, damit wir ihr die Jacke zuschicken können. Uns ist das sehr peinlich.«

Die elegant gekleidete junge Frau hinter der Theke lächelte verständnisvoll, tippte etwas in ihren Computer, checkte und wiederholte ihre Eingabe.

»Es tut mir leid«, sagte sie schließlich, ohne ihr Lächeln zu verlieren. »Ich darf Ihnen keine Auskünfte geben. Es ist zum Schutz unserer Gäste. Darf ich Ihnen den Vorschlag machen, die Jacke hier abzugeben? Wir werden uns dann darum kümmern, dass die Jacke wieder zu ihrem Besitzer kommt. Ich werde gern vermerken, dass Sie sich in der Sache so bemüht haben, Frau …« Sie blickte mit großen Augen auf. »Bitte verstehen Sie, dass wir bei der Vielzahl unserer Gäste um so mehr Vorsicht walten lassen müssen. Es ist selbstverständlich kein Misstrauen gegen Ihre Person«, warb sie weiter. »Dürfen wir Ihnen auf Kosten des Hauses einen Drink servieren?« Sie wusste, wie in solchen Fällen zu verfahren war.

Marie schüttelte den Kopf.

Stephan fand sich pünktlich zum regelmäßigen Treffen im Haus von Rosell ein.

Seine Frau führte ihn ins Wohnzimmer.

»Es hat heute keinen Zweck«, erklärte sie mit leiser Stimme. »Mein Mann erbricht sich immer wieder. Er hat eine schlimme Nacht gehabt. Die Medikamente haben extreme Nebenwirkungen. Es ist ein Auf und Ab. Wir wussten das. – Und zu allem Überfluss auch noch dieses ...« Sie nahm einen geöffneten Brief von einer reich verzierten Kommode und reichte ihn Stephan. Er erkannte auf den ersten Blick den Briefkopf des Anwalts, der Hobbeling in dem damaligen Prozess vertreten hatte. Er hatte die Schriftsätze des Kollegen in Löffkes Akte gelesen. Er überflog den Brief:

›... nehmen wir mit Befremden zur Kenntnis, dass Sie damit fortfahren, unseren Mandanten für Ihr gesundheitliches Schicksal verantwortlich zu machen. Insoweit ist nicht erheblich, dass Sie es unterlassen, diesen Vorwurf wörtlich zu wiederholen. Sie tun es konkludent, indem Sie auf den vermeintlichen Behandlungsfehler anspielen und die Presse den Namen meines Mandanten im Zusammenhang mit Ihrem Umzug nach Gran Canaria nennen lassen. Gerade weil das damalige und rechtens zu Ihrem Nachteil ausgegangene Verfahren eine erhebliche Beachtung in der Öffentlichkeit fand, ist der neuerliche in der hiesigen Presse erschienene Zeitungsartikel geeignet, meinen Mandanten abermals in Misskredit zu bringen. Die mediale Verbreitung bringt die gegen Herrn Hobbeling seinerzeit erhobenen Vorwürfe in Erinnerung. Sie wissen, dass auch bloße Gerüchte einem Menschen schaden. Ich habe Sie deshalb aufzufordern, in geeigneter Weise, nämlich mittels eines zeitnah erscheinenden Artikels in der örtlichen Presse, klarzustellen, dass Sie in keiner Weise wörtlich oder sinngemäß den Vorwurf erheben, dass mein Mandant in irgendeiner Weise

Ihr schlimmes Schicksal zu verantworten hat. Leider haben die seinerzeit gegen Sie erwirkten Unterlassungsverfügungen keine Wirkung gezeigt. Nehmen Sie es als Zeichen des menschlichen Verständnisses meines Mandanten, dass er im Hinblick auf Ihre bedauerliche Situation davon Abstand genommen hat, ohne vorherige Ankündigung weitergehende gerichtliche Hilfe in Anspruch zu nehmen. Den Eingang Ihrer Antwort habe ich mir bis zum Ende der nächsten Woche vorgemerkt, in der ich auch den Entwurf einer geeigneten textlichen Darstellung erwarte, die – nach diesseitiger Prüfung – zur Veröffentlichung an die Presse zu geben ist.

Hochachtungsvoll, Dr. Sebastian Schreiber, Rechtsanwalt‹

Stephan legte den Brief auf den Tisch. Er kannte den knapp 70-jährigen knurrigen Rechtsanwalt Dr. Schreiber aus Dortmund. Seine Schriftsätze waren seit jeher von einem verschachtelten Satzbau geprägt und wiederholten gedehnt, was aus Sicht des Kollegen geeignet erschien, dem Begehren seines Mandanten zum Erfolg zu verhelfen. Aber hatte er nicht recht?

»Ich habe immer gesagt, dass ich den Gang an die Presse für problematisch halte«, sagte Stephan.

Julita Rosell nickte und sah gedankenverloren auf die Terrasse. Die Sonne leuchtete die gepflegte Grünanlage hell aus, die das Grundstück umschließende Mauer mit ihren Zinnen strahlte in kräftigem Rot, und über sie hinweg sah man den Atlantik. Ein tiefes Blau, soweit das Auge reichte.

»Wir haben verloren, alles verloren«, sagte sie

schließlich. »Ich wage nur einfach nicht, meinem Mann die Idee mit der Presse auszureden. Ich halte auch nichts von den Veröffentlichungen in dem Magazin. Es war so entwürdigend, wie der Journalist das Foto arrangierte. Und es hilft letztlich keinem. Hobbeling wird sich auch nicht beeindrucken lassen. Sie sehen ja, wie er reagiert.« Sie deutete mit dem Kopf auf den Brief. »Hat es Sinn, sich dagegen zu wehren?«

Stephan hob unschlüssig die Schultern.

»Es ist nachvollziehbar, was er will. Ob er es tatsächlich rechtlich verlangen kann – wer weiß?«

»Mein Mann hat keine Kraft für so was«, entgegnete sie bestimmt. »Und ich auch nicht mehr. Ich möchte die letzten Tage seines Lebens nicht damit verbringen, irgendwelche rechtlichen Gefechte auszutragen.« Sie wischte sich fahrig durchs Gesicht. »Wissen Sie, Herr Knobel, eines habe ich in der letzten Zeit gelernt: Gerade wenn man weiß, dass einem die Zeit wegläuft, wird sie so wertvoll wie nie zuvor.«

Stephan schwieg. Natürlich hatte sie recht.

»Hat es Sinn, mit dem Anwalt zu reden?«, fragte sie, und es wirkte wie der spontane Versuch, sich mit einem Schlag eines Gespenstes zu entledigen, das sich mit dem Brief von Dr. Schreiber angekündigt hatte. »Irgendwie müssen wir ja wohl reagieren. Aber bitte nicht mit Richtigstellungen in der Presse oder Ähnliches. Wirklich nicht!«

Sie sah Stephan erschöpft an.

»Sie ahnen nicht, wie Justus' letzte Nacht war, Herr Knobel. Aber ich weiß, dass dies nur ein Vorgeschmack auf die Qualen ist, die uns bevorstehen«

»Häufig kann man die Dinge einfacher im Gespräch klären«, sagte Stephan. »Wenn Sie wollen, rede ich mit dem Anwalt.«

»Kennen Sie ihn?«

»Flüchtig«, wich er aus.

»Er ist ziemlich bissig«, meinte Frau Rosell. »Ich weiß, wie scharf er damals aufgetreten ist.« Sie schüttelte verständnislos den Kopf.

»Er macht für seinen Mandanten, was er rechtlich tun muss«, relativierte Stephan.

»Ich muss erst alles mit Justus besprechen. Bitte, ich darf es nicht über seinen Kopf hinweg entscheiden. Vielleicht kommen Sie morgen noch mal zu uns. Ich hoffe, dass es ihm dann besser geht. Man kann nichts prognostizieren. Aber es ist auch so, dass ihm die Hitze zusetzt. So schön es hier auch sein mag, gesundheitlich ist es für ihn wahrscheinlich schwerer als in der Heimat. Aber müssen wir darauf Rücksicht nehmen? Vielleicht lebt er hier sechs Tage weniger. Ist das wesentlich?«

Sie lächelte bitter.

»Lassen Sie mich doch mit Ihrem Mann reden«, sagte Stephan. »Ich komme gar nicht mit ihm ins Gespräch.«

»Sie?« Sie lächelte wieder, diesmal war es mitleidig. »Sie haben doch Angst vor meinem Mann. – Verstehen Sie mich nicht falsch, aber dafür ist es eigentlich schon zu spät. Justus ist schon ein ganz anderer als der, mit dem Sie gesprochen haben. Er findet nur noch selten klare Gedanken. Ich muss ihn lenken, damit er überhaupt bei der Sache bleibt. Manchmal mahlt er im

Mund die Worte, die er aussprechen möchte. Dann weiß ich, dass der Schmerz so von ihm Besitz ergriffen hat, dass er zu normalen Gedanken nicht mehr fähig ist. Was wollen Sie noch mit ihm bereden? Justus wäre es ziemlich egal, wenn gleich ein Atomkrieg ausbrechen würde. Verstehen Sie, was ich meine?«

Stephan schluckte. Er war ihr dankbar, dass sie ihm die Gespräche mit Justus Rosell abnahm, und fühlte sich dennoch unwohl. Er bekam zu seinem Mandanten keinen Kontakt mehr.

»Jeder, den eine solche Krankheit befällt, denkt: Warum ausgerechnet ich?«, fuhr sie fort. »Und jeder, der gesund ist, denkt, dass ihn ein solches Schicksal nicht ereilen wird. Aber all das ist müßig. Die Tatsachen sind, wie sie sind.« Sie seufzte. »Wir machen es wie besprochen: Ich rede mit meinem Mann, sobald es geht. Wir reden morgen. Vielleicht endet Ihr Auftrag hier schneller als erwartet. Genießen Sie den restlichen Tag mit Ihrer Freundin. Es ist nichts schöner als unbeschwert sein zu dürfen. Ein Geschenk des Himmels!« Sie lächelte.

Stephan erhob sich.

»Sagt Ihnen der Name Polloschek etwas?«, fiel ihm ein.

»Polloschek? Nein.«

»So nannte sich der Mann, der aller Wahrscheinlichkeit derjenige war, der gestern hier das Grundstück beobachtet hat. Er wohnte mit seiner Frau, vielleicht auch nur mit einer Bekannten, im Villa del Conde. Meine Freundin und ich gehen davon aus, dass er sich gezielt an uns herangemacht hat. Wie es aussieht, ist er heute Morgen abgereist. Wie er wirklich heißt, wissen wir nicht. Polloschek jedenfalls nicht. Aber vielleicht hat er unter diesem Namen Kontakt zu Ihnen gesucht?«

Frau Rosell überlegte.

»Nein, mir sagt der Name nichts. Wie gesagt, er war schon einen Tag zuvor an unserem Haus. Aber ich habe ihn auch nur kurz wahrgenommen. Er fiel mir nur durch seine Korpulenz auf. Mehr nicht.«

Sie verabschiedeten sich.

Stephan rief Marie über Handy an, während er den Weg aus der Sackgasse heraus bis zur Querstraße nahm und von dort die Stufen zur Küstenpromenade hinunterging. Sie verabredeten sich unterhalb der Hotelanlage. Marie hatte ihre neue Kamera mitgenommen. Sie schlenderten über die Promenade bis zum Leuchtturm von Maspalomas, fotografierten hier und da, gingen dann wieder zurück bis zu der kleinen Bucht mit dem Sandstrand, auf dem sich Hunderte von Touristen tummelten. Sie mieteten einen Sonnenschirm, blieben bis in die Abendstunden und fotografierten abschließend von der Promenade aus die untergehende Sonne. Der Horizont färbte sich gelb und rot. Es war ein Bild voller kräftiger Farben und scharfer Kontraste. Es war ein Bild des Lebens.

12

Am nächsten Morgen rief Frau Rosell an. Sie habe mit ihrem Mann gesprochen. Knobel solle versuchen, sich mit dem Anwalt von Hobbeling zu einigen.

»Tun Sie alles, dass es nicht zu weiteren Streitigkeiten kommt. Sie haben dazu alle Vollmachten.« Sie sprach energisch, dann brach sie ein und schluchzte am Telefon. »Bitte regeln Sie das in unserem Sinne, Herr Knobel! Telefonieren Sie mit Rechtsanwalt Schreiber! Ich werde auch den Journalisten des Magazins bitten, zurückhaltender zu sein. Muss denn aus allem ein Geschäft gemacht werden?«

»So ist die Welt«, antwortete Stephan hilflos. »Kann ich für Ihren Mann noch etwas tun?«

»Bitte bremsen Sie nur die Maschinerie! Wir haben uns verrannt.«

Dann hängte sie weinend ein.

Stephan rief den gegnerischen Rechtsanwalt an.

»Wie stellen Sie sich denn eine Einigung vor?«, fragte Dr. Schreiber erstaunt, als Stephan geendet hatte.

»Vielleicht sprechen Sie zunächst mit Ihrem Mandanten«, schlug Stephan vor und bat um baldigen Rückruf.

Die Antwort kam eineinhalb Stunden später.

»Die Sache wird nicht billig für Ihren Mandanten – bei allem Bedauern für seine bemitleidenswerte und aussichtslose Situation. Herr Hobbeling wird in seiner Praxis bereits von Patienten auf den Zeitungsartikel angesprochen. Und einige Patienten haben ohne Angabe von Gründen bereits vereinbarte Termine abgesagt. Was dahinter steckt, liegt auf der Hand. – Also: Wir reden über Wiedergutmachung in jeder Hinsicht, und das heißt auch Schadenersatz für Jens Hobbeling. Sie wissen, dass der Tod Ihres Auftraggebers die Sache nicht beendet. Notfalls haftet die Witwe. Oder schlägt sie die Erbschaft aus? – Seien Sie versichert, dass ich für meinen Mandanten noch alle möglichen Ansprüche vor dem Tod Ihres Auftraggebers geltend mache.«

Seine Stimme schnarrte taktische und rechtliche Erwägungen herunter.

»So grausam sich das anhört«, belehrte der Kollege, »wenn Herr Rosell stirbt, hinterlässt er ein Bündel von Verbindlichkeiten. Und das sind all die Ansprüche, die ich für Herrn Hobbeling jetzt geltend machen werde. Seien Sie mir nicht böse! Aber jetzt geht es um teure Rehabilitation. Morgen Nachmittag um drei in meiner Kanzlei, Kollege Knobel?«

Dr. Schreiber sprach keine Einladungen aus; er bestellte ein.

13

Stephan unterrichtete über Handy die Ehefrau seines Mandanten. Dann entschied er, mit Marie den nächsten Flug nach Hause zu nehmen. Sie bekamen am späten Abend einen Last-minute-Flug nach Hannover. Am nächsten Morgen kamen sie übermüdet zu Hause an. Es war regnerisch und trotz der frühen Morgenstunde schwül. Der Anblick der mürrischen Mienen der wenigen Menschen, die jetzt unterwegs waren, und der regennasse glitzernde Asphalt der noch leeren Straßen ließen die farbgewaltigen Eindrücke von der kanarischen Insel augenblicklich vergessen. Im Villa del Conde mochte alles schöner Schein sein, hier war alles bleierne Realität. Sie schliefen ein paar Stunden.

Am frühen Nachmittag machte sich Stephan auf den Weg zur Kanzlei des Kollegen Dr. Schreiber. Er war vorzeitig da und wurde von der burschikosen Sekretärin angewiesen, noch im Wartezimmer zu bleiben, bis man ihn rufe. Stephan musterte den an alte Arztpraxen erinnernden Raum, in dem abgegriffene Zeitschriften aus dem Lesezirkel auf einem unansehnlichen Nierentisch lagen. Er mochte keine dieser Zeitschriften und Magazine in die Hand nehmen, nicht nur, weil Marie mit ihrer neu entdeckten Vorliebe für mustergültige Hygiene in den verknitterten Exemplaren vorzügliche Bakterienherde entdeckt hätte. Er wusste, dass es Hochglanzmagazine jener Art waren, die Leid und Lust schamlos ausweideten. Um den in der Mitte stehenden Nierentisch herum standen, streng an die Wände platziert, alte Stühle mit speckig glänzendem Kunstlederbezug, und in den Ecken zur Fensterwand Gummibäume, auf deren Blättern Kalkrückstände der aus dem Bestäuber aufgetragenen Wassertropfen weißliche Spuren hinterlassen hatten. Rechtsanwalt Dr. Schreiber war einer jener Vertreter seiner Zunft, die sich technischen und stilistischen Neuerungen mit dem nicht zu entkräftenden Argument widersetzten, dass man alles schon immer so gemacht habe, wie er es noch heute praktiziere, und er jedem gut gemeinten Ratschlag zu entgegnen wusste, dass das Alte nach wie vor funktioniere. Dr. Schreiber galt in Kollegenkreisen als knurrig und unbelehrbar. Seine Fallbearbeitungen erfolgten von dem schmalen Terrain des gegen alle neuen Entwicklungen verteidigten alten Wissenstandes aus. Gleichwohl: Er gewann Prozesse und profitierte davon, dass ein Rechtsanwalt kein rechtliches Wissen haben musste. Der Anwalt musste lediglich die Fakten liefern, der Richter sprach das Recht. Der altmodische Dr. Schreiber überzeugte noch immer Mandanten. Er beeindruckte durch seine unnachgiebige Verhandlungsführung. Er schlachtete Sachverhalte aus, formulierte scharfzüngig und manchmal beleidigend.

Als Dr. Schreiber Stephan aus dem Wartezimmer abholte, ging er mit harten Schritten über den Flur voran und wies mit knappen Worten seine Bürokraft an, dass er jetzt nicht gestört werden wolle. Dann öffnete er die Tür zu seinem dunklen, mit schweren

Eichenmöbeln eingerichteten Büro, stellte soldatisch hölzern seinen dort wartenden Mandanten vor und eröffnete das Gespräch mit markigen Worten:

»Entweder Ihr Mandant bewegt sich gewaltig auf uns zu, oder ich trete eine Prozesslawine los.«

Dr. Schreiber glitt in den alten Chefsessel hinter seinem großflächigen Schreibtisch, Stephan und Jens Hobbeling saßen nebeneinander davor. Stephan wandte sich Hobbeling zu. Erstmals sah er den Arzt persönlich. Er fand, dass er auf den Zeitungsfotos nicht richtig getroffen war. Hobbeling war etwa Mitte 40 und trug sein dunkles, mit grauen Strähnen durchsetztes wallendes Haar hinten zu einem Zopf zusammengebunden. Auf den Fotos trug er einen Scheitel. Aber auch das von dem markanten Kinn dominierte Gesicht wirkte auf den Fotos ebener, als es in Wirklichkeit war. Stirn und Wangen waren gefurcht und verliehen Hobbeling zusammen mit der Haarpracht eher das Aussehen eines Künstlers. Der Arzt und sein Anwalt verkörperten äußerlich jeweils ganz unterschiedliche Typen, und Stephan fand, dass sie auch gegensätzliche Charaktere waren.

Hobbeling sagte während des Gesprächs nur wenig, aber was er sagte, klang weich und mitfühlend.

»Glauben Sie mir, dass mir das Schicksal von Justus Rosell jenseits aller rechtlichen Fragen sehr nahe geht. Es ist immer schlimm, wenn man bei einem Patienten eine so fatale Diagnose stellen muss. Es ist für jeden gewissenhaften Arzt eine Niederlage, wenn er erkennen muss, dass er allen medizinischen Möglichkeiten zum Trotz nicht mehr helfen kann.«

»Aber wir wollen auch nicht vergessen, weshalb wir hier sitzen«, fuhr Dr. Schreiber dazwischen und lenkte das Gespräch in die gewünschte Richtung. »Denken Sie an den Patientenschwund, nachdem Sie von Rosell in die Medien gezerrt und dort von ihm geschlachtet wurden. Was man Ihnen vorgeworfen hat, bleibt hängen! Nichts ist in unserer Gesellschaft tödlicher als die raffiniert platzierte Falschmeldung. Da hilft es nicht viel, wenn die Behauptung nicht bewiesen werden kann.«

Dr. Schreiber bellte fast. So kannte man ihn aus den Gerichtsverhandlungen. Er dröhnte, aber er machte es anders als Löffke. Dr. Schreiber verkörperte durch seine hoch aufgeschossene Erscheinung, seine tadellosen Maßanzüge, seine weißen Haare und die kantige Goldrandbrille eine Autorität. Im fehlte das plumpe Gebaren, mit dem Löffke häufig seinem Auftreten ungewollt die Ernsthaftigkeit nahm.

»Sie müssen Rosell in keiner Weise in Schutz nehmen«, belehrte Dr. Schreiber laut seinen Mandanten. »Es steht außer Frage, wer hier der Täter und wer das Opfer ist. Oder sind Sie anderer Meinung?«

Er sah Hobbeling streng über die auf die Nasenspitze herabgezogene Brille an.

»Das ist natürlich richtig«, salutierte der Arzt weich.

»Also«, schloss Dr. Schreiber, »wir haben einen Lösungsvorschlag vorbesprochen, den ich Ihnen hier präsentiere:

Ihr Mandant widerruft mit dem Ausdruck des Bedauerns den Vorwurf, dass Hobbeling in irgendeiner Weise Schuld an seinem Schicksal trägt. Ohne Wenn und Aber, das dürfte klar sein.

Er lässt diesen Widerruf in den Medien verbreiten, derer er sich bedient hat. Und damit das auch wirkt und nicht eine lauwarme langweilige Gegendarstellung wird: Rosell wird sich im Beisein der Medien bei Hobbeling persönlich entschuldigen.

Rosell zahlt einen pauschalierten Schadenersatz an Hobbeling in Höhe von 200.000 Euro und trägt selbstverständlich auch die Kosten meiner Inanspruchnahme. – Das ist das Angebot, Herr Knobel! Sie können Ja oder Nein sagen. Die Konsequenz beim Nein kennen Sie! – Nun?«

Er schob die Brille wieder hoch und spähte Stephan angriffslustig an.

»Wohl zu teuer?«, fragte Dr. Schreiber lauernd. »Rosell hat noch genug Geld, glauben Sie mir! Und der Preis ist nicht zu hoch. Ihnen steigen Tränen in die Augen, wenn ich Ihnen die Umsatzrückgänge in der Praxis meines Mandanten darlege.«

Stephan überging den theatralischen Einwurf.

»Wie stellen Sie sich die Entschuldigung vor?«, fragte er. »Rosell liegt todkrank auf Gran Canaria im Bett. Er ist gar nicht mehr transportfähig.«

»Dann fliegt Hobbeling zu ihm«, konterte Dr. Schreiber. »Natürlich bezahlt Rosell diese Reise. Aber wir wollen eine Entschuldigung mit Text und Bild. Und zwar so schnell wie möglich. Ich denke, die Zeit drängt, Herr Kollege Knobel. Ich will, dass

Ihr Mandant noch bei klarem Bewusstsein ist, wenn wir das machen.«

Stephan zuckte.

»Ja, was haben Sie sich denn vorgestellt, Kollege Knobel?«

Dr. Schreiber weidete sich an Stephans Reaktion und schnalzte mit der Zunge.

»Bereden Sie sich mit Ihrer Partei! Ich sehe Ihrer Antwort mit großem Interesse entgegen.«

Nachdem Stephan Schreibers Kanzlei verlassen hatte, rief er Julita Rosell an. Er berichtete von dem Gespräch mit der Gegenseite. Frau Rosell schwieg.

»Hallo?«, fragte Stephan behutsam nach.

»Also eine Niederlage auf der ganzen Linie«, sagte sie gepresst.

Stephan hörte, dass sie zu weinen begann.

»Wie soll ich das meinem Mann beibringen? Welche Demütigung soll er über sich ergehen lassen? – Es wird ihn umbringen.«

Sie hängte ein.

Stephan ging nachdenklich zu seinem Auto zurück und fuhr in die neue Wohnung. Marie saß auf einer noch ungeöffneten Umzugskiste und las einen Brief. Auf dem Boden lagen mehrere geöffnete Briefumschläge.

»Absagen«, murmelte sie, »nichts als Absagen.«

Er nahm Marie in den Arm und streichelte sie. Die Jobsuche zermürbte. Wie oft hatte sie Briefsendungen mit Bewerbungen kurz vor Leerung abends zum Postkasten gebracht, stets in der Hoffnung, dass diesmal eine positive Antwort kam. Doch die nach einiger Zeit eintrudelnden Antwortbriefe verrieten ihren Inhalt, ohne dass man den Umschlag öffnen musste. DIN-A4-Umschlag hieß: Die Bewerbungsmappe kam zurück. Im knappen Begleitschreiben ein in Textbausteinen zusammengesetztes Bedauern und die besten Wünsche für den weiteren Lebensweg. Eine Germanistin mit besten Noten war derzeit nicht gefragt. Das Land stellte keine Lehrer ein. Haushaltssperre.

Marie hatte die Fotos, die sie auf Gran Canaria geschossen hatte, ausgedruckt und akkurat auf dem Tisch ausgelegt. Stephan betrachtete wehmütig das letzte Foto mit dem gelb-roten Sonnenuntergang.

»Du bist neuerdings so akribisch«, lächelte er unsicher.

»Du bist derjenige mit dem Ordnungssinn«, gab sie zurück. »Aber ich lerne ja, dass dies Vorteile hat. Bei den Bildern lohnt sich ein näheres Hinsehen, insbesondere, wenn du sie mit dem Foto aus der Zeitung vergleichst, das Justus Rosell vor seiner Krankheit zeigt.«

Erst jetzt sah Stephan, dass sie Löffkes Akte aufgeschlagen daneben gelegt hatte.

Er betrachtete die Bilder und verglich sie mit dem Zeitungsfoto.

»Ja, und?«, fragte er.

»Die Bilder haben alle einen Schönheitsfehler«, sagte sie.

»Welchen?«

»Du hattest dich beim ersten Blick vom Balkon unseres Hotelzimmers daran gestört, aber dann wahrscheinlich wie alle daran gewöhnt …«

»Du meinst die Industrieanlage, die weit hinten ins Meer gebaut ist?«

»Es ist eine Zementfabrik, wie ich jetzt weiß«, sagte sie. »Ich habe es im Reiseführer gelesen. Sie ist direkt ans Meer gebaut. Auf dem Bild mit dem Sonnenuntergang sieht man sie besonders konturenscharf.«

Stephan nahm das Foto zur Hand. Sie hatte recht. Die Umrisse der Anlage zeichneten sich deutlich ab.

»Wenn du das Bild genau mit dem Zeitungsfoto vergleichst, siehst du einen kleinen Unterschied.«

»Man sieht auf beiden Bildern das Zementwerk im Hintergrund«, stellte er fest.

»Genauer!«, forderte sie.

Er betrachtete eingehender die beiden Fotos. Er sah keinen Unterschied.

»Rechts am Rand der Anlage befindet sich ein Gebäude, das auf dem Zeitungsfoto kleiner ist als auf unserem Foto«, bemerkte sie, und Stephan hörte einen fast kindlichen Stolz heraus.

»Es war damals vermutlich im Bau oder es ist nachträglich aufgestockt worden«, vermutete er. Er betrachtete das Foto nochmals genauer.

»Der Unterschied ist so winzig, dass man schon mehrfach hinsehen muss. – Wie kommst du darauf?«

»Ich habe eben Zeit, lieber Stephan. Mein Tag füllt sich mit dem Verfassen nutzloser Bewerbungen, dem

Lesen frustrierender Absagen und dem Putzen unserer Wohnung.«

»Marie!«

Er hielt inne, weil er wusste, dass sie unversehens an einer empfindlichen Stelle standen. Er konzentrierte sich wieder auf die Bilder.

»Du hattest dir die Bilder also nur so genauer angesehen?«

»Nein. Ich wollte einfach wissen, um was für eine Industrie es sich handelt, die man auf fast allen Bildern ertragen muss, die von der Küste aus gemacht worden sind. – Wie gesagt, der Reiseführer hat es mir verraten, und dann wollte ich sehen, wie genau man die Zementfabrik wirklich sieht. Und deshalb habe ich das Foto von dem Sonnenuntergang genauer betrachtet, weil es die Konturen so scharf hervorhebt. Und wenn du noch genauer hinsiehst, dann erkennst du neben dem inzwischen gewachsenen Gebäude einen dünnen senkrechten Strich. Das ist vermutlich ein Baukran, denn diesen Strich siehst du auch schwach auf dem Zeitungsfoto, oben dann noch mit einem hauchdünnen Querstrich. Das wird der Kranausleger sein. Also: Auf beiden Bildern ist etwas im Bau, und zwar vermutlich ein Zementsilo, das so groß werden wird wie die Danebenstehenden. Auf dem Zeitungsfoto hat das Silo etwa die halbe Höhe erreicht, auf unserem Foto ist der Bau schon weiter fortgeschritten, aber eben noch nicht abgeschlossen. – Du weißt, was das heißt!«

Stephan sah auf.

»Das heißt, dass das Foto in der Zeitung nicht so alt sein kann, wie die Rosells sagen«, schloss er.

»Es sei denn, der Bau des Silos zieht sich über Jahre hin, aber das ist unwahrscheinlich.«

»Gut, dann haben sich die Rosells eben erst vor Kurzem auf der Promenade fotografieren lassen. Aber die Aussage ist doch richtig: Sie fahren schon seit Jahren in ihr Haus an der Küste. Es rührt die Leser an, wenn sie den todkranken Mann vor der traumhaften Kulisse sehen – von dem weit hinten liegenden Zementwerk mal abgesehen.«

»Denk mal weiter!«, sagte Marie. »Wie lange der Silobau dauert, könnte man notfalls feststellen. Ich kann mir einfach nicht vorstellen, dass dies eine lange Zeit beansprucht. Vielleicht nur einige Wochen.«

»Die Südländer bummeln häufig«, warf Stephan ein.

Marie überging seinen Einwand.

»Justus Rosell wird irgendwann vor deiner Beauftragung mit seiner Frau in Maspalomas gewesen sein. Nur kurze Zeit vorher. Und bei dieser Gelegenheit wurde das Foto gemacht, Stephan, ich bin mir sicher.«

»Ja, und?«

»Wie ist er zu der Stelle gekommen, an dem die Aufnahme gemacht wurde? Du kennst doch die Örtlichkeiten. Es gibt keine Möglichkeit, mit dem Auto hinzufahren. Es ist eine Promenade nur für Fußgänger und Radfahrer. Von welcher Seite auch immer er dort hingelangt ist: Er musste einige hundert Meter gehen. Von seinem Haus aus musste er sogar etliche Stufen überwinden. Das geht nicht bei einem Menschen, der zu dieser Zeit schon sterbenskrank und kaum bewegungsfähig war. – Sieh mal, wie gerade er auf dem Bild steht! Das kann nicht sein!«

Stephan schüttelte den Kopf. Er betrachtete nachdenklich den kleinen dünnen Strich.

»Dieser Baukran soll also aus meinem Mandanten einen Simulanten machen? Ich kann das nicht glauben, Marie. Denk mal an all die anderen Umstände: Das Gerichtsverfahren gegen Hobbeling, die von dem Arzt gefertigte Röntgenaufnahme, die die katastrophalen Tumorwerte ergeben hat. Die Aufnahme lag damals in dem Gerichtsverfahren vor. Es ist von Hobbeling nie bestritten worden, dass Rosell todkrank ist. Denk an die jetzige Auseinandersetzung mit Hobbeling. Das Gespräch mit diesem Dr. Schreiber war alles andere als angenehm. Wie es aussieht, muss Rosell sogar noch eine erhebliche Summe an Hobbeling zahlen. Wie soll all das mit dem vereinbar sein, was du andeutest? Ich möchte nicht in der Haut von Justus Rosell stecken, das kannst du mir glauben …«

Marie verschwand wortlos im Bad. Stephan hörte, wie sie einen Putzeimer mit Wasser füllte.

»Marie!« Er eilte ihr nach.

»Marie, es tut mir leid. Aber meinst du nicht auch, dass es für den Baukran eine ganz harmlose Erklärung gibt? Wie viele Baustellen stehen in Deutschland über Monate, vielleicht sogar über Jahre, still? – Vielleicht gehört der Kran zum Werk und steht dort ständig? Ein einziger kleiner Strich auf dem Foto beweist doch nichts. – Sag mir einfach nur, wie du darauf kommst.

Mir wäre im Leben nicht eingefallen, die Fotos bis ins Detail zu untersuchen, ob es irgendwelche Anhaltspunkte dafür gibt, dass uns Justus Rosell etwas vorspielt.«

»Ich finde alles zu dick aufgetragen«, sagte Marie. »Alles ist medial aufbereitet. Wenn ich sterben würde, würde ich mich zurückziehen.«

»Wie einfach du das sagst!«, wunderte sich Stephan. »Wann denkt man schon darüber nach, wie man stirbt? Ich jedenfalls habe daran noch nie gedacht. Oder wenn ich daran gedacht habe, habe ich es sofort wieder verdrängt.«

»Und was wollte der dicke Kerl an Rosells Grundstück?«, fragte Marie.

Stephan zuckte mit den Schultern.

»Ich war mir ziemlich sicher, dass es Polloschek war, aber beschwören würde ich es natürlich nicht«, sagte er.

»Ein Polloschek, der kein Polloschek ist, das weißt du doch«, hielt sie ihm vor. »Du machst dir etwas vor. Da drängen sich Fragen auf, du spürst es doch!«

14

Frau Rosell rief am nächsten Tag zurück.

»Wir können dem nicht zustimmen«, eröffnete sie. »Mein Mann wird sich nicht bei Hobbeling entschuldigen. Es wäre ein Freibrief für ihn. Er soll bleiben, wo er ist. Und Justus wird auch keine 200.000 Euro zahlen. Wir halten uns von der Presse fern, diese Zusage kann ich geben. Ich will kein öffentliches Sterben. Alle sollen meinen Mann in Erinnerung behalten, wie sie ihn kennen. Er hat schon wieder abgenommen. Ich lasse auch den glitschigen Journalisten dieses Magazins nicht mehr in das Haus. Wir haben den falschen Weg eingeschlagen, Herr Knobel. Ich weiß: Sie haben uns vorher gewarnt. Sie hatten recht. – Bitte, regeln Sie die Sachen in unserem Sinne! Wir setzen auf Sie! Und kommen Sie bitte zurück! Ich bin mit der Situation überfordert. Außerdem war der dicke Kerl wieder da. Ich habe ihn gesehen. Er fotografiert von der Anhöhe hinter unserem Haus aus. – Bitte, Herr Knobel, wir brauchen Sie jetzt!«

Stephan telefonierte mit dem Kollegen Dr. Schreiber.

»Er will also nicht«, blökte der Kollege durch die Leitung. »Dann setze ich eben meine Maschinerie in Gang«, kündigte er eigentümlich befriedigt an.

Die Weisung der Rosells, den Forderungen des Arztes nicht nachzukommen, verhieß im Zweifel die Einnahme weiterer Gebühren. Dr. Schreiber würde sich an dem Fall abarbeiten. Er brauchte nur darzustellen, was geschehen war. Er konnte sich auf den Sieg in dem damaligen Prozess Rosell gegen Hobbeling stützen, würde die Umsatzeinbußen darstellen und dann wortgewaltig vorbringen, was das Begehren seines Mandanten rechtfertigte. Die Plattform für ein Feilschen über die Schadenersatzforderungen des Arztes war schnell geschaffen.

»Meinem Mandanten war es übrigens ernst damit, Ihren Auftraggeber auf Gran Canaria aufzusuchen«, fuhr er unerwartet milde fort. »Es tut Herrn Rosell vielleicht einfach nur gut, in Frieden zu gehen. Und das heißt, sich mit allen auszusöhnen, mit denen er sich im Laufe des Lebens überworfen hat.«

Stephan staunte über diese gleichermaßen rationale wie empathische Betrachtungsweise. Bevor er antworten konnte, setzte Dr. Schreiber nach: »Aber er will diese Lösung offensichtlich nicht haben. Jetzt ist es Zeit für die juristischen Schwerter. – Ich gehe davon aus, dass ich Ihnen meine Forderungsschreiben direkt zusenden darf, Herr Kollege Knobel. Sie sind doch bevollmächtigt, nicht wahr? – Verzeihen Sie mir, dass ich mir nicht die Mühe machen möchte, die spanische Domiziladresse von Herrn Rosell herauszufinden. Ich möchte meine Briefe auch nicht lange durch Europa geistern lassen. Sie wissen, warum ich das tue. Wenn Ihr Mandant stirbt, müssen die Forderungen gegen ihn fällig geworden sein. Sonst gehen sie ja nicht auf die Erbin über. Angesichts der weigerlichen Haltung Ihrer Klientel werde ich die Forderung aus anwaltlicher Vorsicht erhöhen: 500.000 Euro.«

»Sie spinnen«, ereiferte sich Stephan.

»Wenn Sie so alt sind wie ich, betrachten Sie das Leben und seine Facetten aus einem anderen Blickwinkel«, belehrte Dr. Schreiber ruhig. »Und im Übrigen: Meine Gebühren sind genauso hoch wie Ihre. Sie meckern doch nicht wirklich über hohe Streitwerte. Tun Sie nicht so heilig! Unser Beruf ist unser Geschäft, Kollege Knobel. Sie hätten sich mal in meiner Kanzlei bewerben sollen. Wie ich höre, gehen Sie jetzt Ihren Weg allein. – Vernünftige Entscheidung, ich kann das beurteilen. Ich wollte auch nie mit jemandem, und niemand wollte mit mir. Aber wissen Sie was: So etwas prägt! – Also wirklich: An Ihnen könnte ich Gefallen finden. Mit fast 70 höre ich doch irgendwann auf. Vielleicht reden wir mal darüber. Ich hinterlasse einen soliden Mandantenstamm. Sie müssten mich nur noch einige Jahre halbtags ertragen. Wissen Sie, die Kanzlei ist mein Refugium. Stellen Sie sich vor, ich müsste den ganzen Tag mit meiner Frau verbringen – oder sie mit mir.« Er lachte schallend. »Herr Kollege, Sie hören von mir, Auf Wiederhören.«

Schreibers angekündigter Brief ging am nächsten Tag in der Kanzlei ein. Löffke selbst brachte den Brief in Stephans Büro.

»Herr Kollege Knobel, Sie haben da einen Posteingang. Ich beehre mich, Ihnen das Schriftstück persönlich zu überbringen«, sagte er mit genussvoller Ironie.

Er warf den Brief lässig auf den Schreibtisch. Stephan wollte Löffke gerade hinauswerfen, doch der kam ihm zuvor.

»So lange Sie hier noch quasi Untermieter sind, Herr Knobel, sollten wir die wirtschaftlichen Eckpunkte für die Nutzung des Equipments unseres Hauses festlegen.«

Equipment und unser Haus: Beide Begriffe passten und waren von Löffke wohl überlegt gewählt.

»Ich schlage vor, dass wir genau nach Zeitaufwand abrechnen«, sagte Löffke.

»Wenn Sie also für die Bearbeitung Ihres einen Falles eine Schreibkraft unseres Hauses beanspruchen, wobei ich Ihnen ohne Weiteres die qualifizierten Kräfte mit einigen Berufsjahren und nicht die Junghühner von der Berufschule zugestehe, dann sollten wir auf der Basis eines zu vereinbarenden Tarifs minutengenau abrechnen. Was meinen Sie, Knobel?«

Löffke hatte, wie üblich, eine regelungsbedürftige Angelegenheit in demütigende Worte gekleidet.

Der Rivale brachte sich in Positur und wartete.

»Ist das okay?«, fragte er. Dann ging er. Es war keine wirkliche Frage gewesen.

Stephan blickte nicht auf und öffnete Schreibers Brief.

Die Forderungen waren wie angekündigt: Widerrufserklärung in der Presse, persönliche Entschuldigung, fotografisch dokumentiert und 500.000 Euro pauschalierter Schadenersatz.

Der Brief endete ›mit kollegialer Hochachtung‹.

Stephan lächelte, als er an das gestrige Telefonat mit ihm dachte.

Er bat eine Auszubildende in sein Büro und übergab ihr die Akte.

»Fotokopieren Sie bitte alles und erfassen die Anzahl der Fotokopien!«

Marie würde eine Kopie behalten wollen, während er allein noch einmal nach Spanien flog. Sie wollte zugleich die Zeit nutzen, noch weitere Bewerbungen zu schreiben. Es war ein Teufelskreis: Obwohl das Ergebnis ihrer Bemühungen absehbar war, wollte sie wie aus Trotz den Absagen mit noch mehr Bewerbungen begegnen.

»Vor- und Rückseite als eine Kopie oder als zwei Kopien zählen?«, fragte die Auszubildende.

Stephan merkte, dass ihr aufgetragen war, diese Frage zu stellen. Sie lächelte schüchtern, und in ihrem Mund funkelte eine silberne Zahnspange.

»Eine Kopie«, flüsterte Stephan verschwörerisch, »und für jede Kopie mit Rückseite erhalten Sie persönlich zehn Cent. Ist das ein Wort?«

Sie nickte heftig.

Am nächsten Morgen fuhr Stephan zum Flughafen. Diesmal startete er von Düsseldorf nach Gran Canaria. Wieder ein Last-Minute-Flug. Im Gepäck hatte er das Original der Akte Rosell gegen Hobbeling.

Er fühlte sich unwohl inmitten der Sonnentouristen. Stephan war der einzige an Bord, der etwas Geschäftliches zu erledigen hatte. Er blieb isoliert, las die am Flughafen erworbene ›Zeit‹, sah nicht einmal auf, als die warme Mahlzeit mit kalten Getränken oder die Artikel aus dem Bordshop präsentiert wurden.

Vom Flughafen aus nahm er ein Taxi in das Villa del Conde. Die Rosells zahlten alles. Sie hatten seine großzügige Vorschussrechnung ausgeglichen und würden auch alles Weitere zahlen. Sein Hotelzimmer befand sich in dem Gebäudeteil, in dem er mit Marie gewesen war. Nur ein Stockwerk höher. Es gab nur Doppelzimmer. Er richtete sich schnell ein und trat auf den Balkon. Links, weit hinten an der Atlantikküste, sah er das Zementwerk. Er stellte sein Fernglas scharf. Jetzt, wo er wusste, worauf er zu achten hatte, erkannte er das im Bau befindliche Silo. Tatsächlich stand dort ein Kran.

Als er nachmittags die Rosells besuchte, gab er sich nüchtern und geschäftsmäßig. Er bat, zu seinem Mandanten vorgelassen zu werden, doch Julita Rosell verneinte wegen des inzwischen weiter verschlechterten Gesundheitszustandes. Justus leide unter starken Schmerzen. Jede Anstrengung überfordere ihn.

»Alles, was zu besprechen ist, können Sie doch auch mit mir besprechen«, wiederholte sie und warb um Vertrauen. Sie erkundigte sich, ob der Flug angenehm gewesen und er wieder ordentlich im Villa del Conde untergebracht worden sei. Stephan blieb sachlich nüchtern. Es sei alles prima, erwiderte er zusammenfassend und fragte Frau Rosell, ob ihr Mann genügend und die richtigen Medikamente bekomme.

Die Frage überraschte sie. Sie stutzte, bevor sie erstaunt bejahte.

»Es geht nur noch um Schmerzlinderung, nicht um Therapie«, sagte sie.

Stephan nickte. Wo der dicke Mann gestanden habe, fragte er weiter, während er ans Fenster trat und hinausblickte. Frau Rosell erklärte, dass sie ihn gestern an der Stelle entdeckt habe, an der auch Stephan ihn gesehen hatte.

»Also kommt er, obwohl er weiß, dass er einmal entdeckt worden ist«, schloss er, ging nach draußen und untersuchte den Hang. Tatsächlich befanden sich dort Rutschspuren in dem trockenen feinen Geröll. Stephan stieg zu der Palme empor, hinter der sich Polloschek versteckt haben dürfte und betrachtete von dort aus das Anwesen der Rosells. Man konnte über die karminrote Mauer hinwegspähen, die obere Hälfte der hangwärts gelegenen Fenster sehen und, wenn innen das Licht brannte, hineinsehen. Stephan suchte flüchtig nach Spuren, aber er konnte nichts finden. Kein beschriebener Zettel oder Sonstiges, was auf die Identität dieses Menschen hätte schließen lassen können. Es wäre auch zu schön gewesen. Er ging wieder in das Haus zurück.

»Nichts!«, stellte er fest.

Julita Rosell hatte Tee gekocht. Sie bat Stephan ins Wohnzimmer. Die Terrassentür war weit geöffnet. Draußen sprudelte seicht ein Springbrunnen.

»Wenn es nicht anders geht, zahlen wir an Hobbeling«, griff sie das letzte Gespräch mit Stephan auf. »Handeln Sie etwas aus! – Wir wollen und können uns nicht mehr mit diesen Dingen auseinandersetzen«, wiederholte sie. »Und wenn es gar nicht anders geht, soll Hobbeling eine Form der Entschuldigung bekommen«, setzte sie resignierend hinzu.

Stephan bestätigte, was sie wollte, und empfand eine eigenartige Distanz zu ihr. Bevor er das Grundstück verließ, schaute er zurück auf das Fenster, hinter dem Justus Rosells Zimmer lag. Die Vorhänge waren zugezogen, das Fenster nicht einmal einen Spalt geöffnet. Ob drinnen die Blätter des Ventilators kreisten? Ob Justus Rosell überhaupt in dem Zimmer war? Stephan fiel auf, dass er in der Wohnung keinen Rollstuhl gesehen hatte. Wenn Rosell so geschwächt war, musste er auf diese Hilfe angewiesen sein. Wie kam er zur Toilette? Stand er für das Essen auf? Dämmerte er nur vor sich hin? Julita Rosell hatte seine Frage nach den Medikamenten nicht erschöpfend beantwortet. Aber er hatte auch nicht hartnäckig nachgefragt. Justus Rosell galt in der öffentlichen Darstellung als jemand, der die Ärzte mied. Das mochte so sein. Aber die Präparate, die seine letzten Tage erleichtern sollten, waren mit Sicherheit verschreibungspflichtig. Woher hatte er sie? Welche Schmerzmittel nahm er?

15

Stephan telefonierte vom Hotelzimmer aus mit Dr. Schreiber. Sie einigten sich schnell auf 200.000 Euro Schadenersatz für Hobbeling.

»Am Ende bekomme ich immer, was ich will«, dröhnte der Anwalt. »200.000 Euro für alle Schäden, die mein Mandant in Vergangenheit und Gegenwart durch Ihren Auftraggeber erlitten hat und noch erleiden wird. Das ist eine runde Sache, durchaus gerecht.«

Stephan sah vor seinem geistigen Auge, wie sich Dr. Schreiber die Hände rieb.

»Es war goldrichtig, in der Forderungshöhe richtig zuzulangen. Was jetzt rauskommt, passt.« Er schnarrte zufrieden am Telefon.

Schwieriger war die der Rehabilitation dienende Entschuldigung gegenüber Hobbeling. Stephan konnte durchsetzen, dass das Wort Entschuldigung seitens Justus Rosell nicht wörtlich benutzt werden müsse, sondern inhaltsgleich umschrieben werden könne. Am Ende hatten sie den Wortlaut des angedachten Gesprächs zwischen Rosell und Hobbeling im Detail ausgehandelt und wie ein Rollenspiel vorbereitet.

»Der Deal muss beiden Seiten gerecht werden«, resümierte Dr. Schreiber immer wieder. Überraschend schlug er vor, die Presse bei dem Gespräch außen vor zu lassen.

»Es macht sich nicht gut, wenn ein Sterbender

so präsentiert wird«, meinte er, doch sein Wunsch erklärte sich sofort: »Am Ende sympathisieren die Leute schon aufgrund des Verfalls mit Rosell und verstehen das Ganze nicht mehr als Entschuldigung gegenüber Hobbeling, sondern eher als großherzige und fast übermenschliche Verzeihung des Sterbenden gegenüber meinem Mandanten. Das konterkariert die Botschaft. Irgendwie ist das Mitleid in unserer Gesellschaft immer ein unkalkulierbarer Faktor. Das Risiko ist mir zu groß, verstehen Sie, Kollege Knobel?«

»Wie kommen Sie auf so was?«, fragte Stephan.

»Ein Gedanke, auf den mich Hobbeling gebracht hat. Durchaus richtig. Wir müssen das psychologische Moment beachten. Also: Hobbeling und ich werden morgen nach Gran Canaria kommen. Wir beide, verehrter Kollege, werden dem Gespräch der Kontrahenten beiwohnen. Und ich werde danach eine Presseerklärung abgeben. Kein Bild mehr von Rosell in der Presse. Wir sehen uns unter der Sonne des Südens, Herr Knobel. Außergewöhnliche Sache. Ich bin in meinem ganzen langen Berufsleben noch nicht dienstlich auf den Kanaren gewesen.«

Stephan rief Marie vom Hotelzimmer aus an. Sie berichtete, dass Rosells Tiefbaufirma in der Branche keinen guten Ruf mehr genoss. Sie hatte sich bei verschiedenen örtlichen Baufirmen als Interessentin für die Errichtung eines Einfamilienhauses ausgegeben und erklärt, dass sie die Tiefbauarbeiten der Firma Rosell übertragen wolle. Fast alle hätten abgeraten, erklärte sie. In der Branche kursiere seit Längerem das Gerücht, dass die Firma kurz vor der Insolvenz stehe. Als sie endete, schwieg Stephan.

»Warum sagst du nichts?«, fragte sie.

»Du kannst dich nicht von dem Gedanken lösen, dass Rosell nur spielt. Denk mal darüber nach, welch ungeheuerlichen Vorwurf du erhebst.«

»Ich forsche nur nach, Stephan«, verteidigte sie. »Es existieren einige Ungereimtheiten. Und der Zweifel ist doch längst auch in dir erwacht, Stephan, ich spüre es. Du erzählst ja gar nichts von dem Treffen mit Rosell. Lass mich raten: Du hast ihn nicht persönlich gesehen …«

Er antwortete nicht.

»Siehst du«, frohlockte sie.

»Warum kniest du dich so in diese Sache hinein?«, fragte er nach und bedauerte im selben Moment, die Frage gestellt zu haben.

»Ich habe alle Zeit der Welt«, sagte sie. »Leider habe ich für das Lesen der heute eingetroffenen Absagen nur knapp zwei Minuten gebraucht – inklusive Öffnen der Briefe. Tut mir leid, Stephan. Ich habe auch schon die letzten zwei Kisten ausgepackt.«

»Marie!«

»Ist schon gut, Stephan! Dich bescheint die Sonne, das weiß ich ja. Hier regnets. So unterschiedlich ist die Welt. – In jeder Beziehung.«

Sie hängte ein.

Stephan warf sein Handy wütend auf das Bett.

Abends ging er auf die Plaza vor der imposanten Hotelkathedrale und setzte sich nicht zufällig an den Tisch mit den beiden jungen Frauen, die er auf der Küstenpromenade gesehen hatte, als er von den Rosells zurückkehrte. Wichtig war nur die eine, die vielleicht 28-jährige Blonde mit dem türkisfarbenen engen Top und den weißen Bermudashorts. Die Band spielte wie jeden Abend unter dem Pavillondach. Stephan erkannte nach den ersten Liedern das heutige Repertoire. Gleich würde wieder ABBA kommen, später würde der eine Sänger Joe Cocker interpretieren. Alles lief wie immer in dem Hotel. Stephan lauschte mit dem einen Ohr der Musik und mit dem anderen den beiden Frauen. Eine knappe Stunde später wusste er, dass er es mit Conny und Alex aus Köln zu tun hatte, das heißt, er hatte es nur mit Conny zu tun, der schlanken Blonden, die sich mit ihrer Freundin diesen Urlaub zum bestandenen Zweiten juristischen Staatsexamen gegönnt hatte. Noch mal eine halbe Stunde später kam er mit beiden ins Gespräch, das heißt, er bediente Alex im Gespräch artig mit. Was Conny sagte, sog er aufmerksam ein. Conny würde nach dem Urlaub mit Bewerbungen bei namhaften Kanzleien beginnen. Sie war voller Optimismus.

»Da kann nichts schiefgehen«, bekräftigte er und spendierte beiden einen Drink. »Es geht alles, wenn man nur richtig will«, log er.

Conny strahlte. Die Zukunft lag wie eine weite sprießende Ebene vor ihr. Sie blieben, bis die Musik endete und die Beleuchtung auf den Balkonen erlosch. Er begleitete beide noch zu ihrem Zimmer. Sie wohnten in einem der günstigeren Räume ohne Meerblick. Man könne ja den nächsten Abend auf seinem Balkon einen

Wein trinken. Man habe einen wunderbaren Blick über die Bucht bis zum Horizont. Conny und Alex lachten. Sie würden sich freuen, ihn wieder zu sehen, sagte die rundliche Alex.

Er ging beschwingt in sein Zimmer, warf die Tür hinter sich zu und setzte sich auf den Balkon. Kurze Zeit später brummte sein Handy. Stephan sah in das dunkle Zimmer und auf dem noch nicht abgedeckten Bett das bläulich leuchtende Display seines Handys. Er ging hinein und rief die Antwort ab.

›Ich liebe dich über alles‹, schrieb Marie. ›Vergiss das nicht.‹

Er schämte sich.

Er frühstückte am nächsten Morgen, sobald das Hotelrestaurant geöffnet hatte. Er wollte sicher sein, Conny und Alex nicht treffen zu müssen. Sie würden noch schlafen und erst kurz vor elf erscheinen, wenn sich die Kellner anschickten, das Frühstücksbüffet abzuräumen und die Tische für das Abendessen einzudecken. Der tägliche Ablauf im Villa del Conde.

Dr. Schreiber traf mit Jens Hobbeling gegen 14 Uhr ein. Stephan war kurz vorher im Haus der Rosells erschienen. Das Taxi hielt vor dem Anwesen. Stephan beobachtete die Ankunft der beiden durch das Dielenfenster. Dann ging er mit Frau Rosell hinaus. Dr. Schreiber trat in bedeutungsvoller Pose auf: schwarzer Anzug, weißes Hemd, die Krawatte sorgfältig gerichtet, dazu eine altmodische Sonnenbrille. Er trug einen weinroten dickbauchigen Aktenkoffer. So trat er in jedem Gerichtstermin auf. Was ihn in der Heimat seriös erscheinen ließ und anderen Respekt einflößte, wirkte in der Leichtigkeit der Ferieninsel deplatziert und albern. Die Sonnenbrille verlieh ihm ein eher mafiöses Aussehen. Jens Hobbeling war mit Jeanshose und T-Shirt bekleidet. Er wirkte wie ein Sunnyboy, der genau hierher passte und im Schatten von Dr. Schreiber wie ein Schützling des gestrengen Patrons auftrat.

Stephan sah flüchtig auf den gegenüberliegenden Hang. Es war niemand zu sehen.

Julita Rosell geleitete Stephan und die Besucher in das Zimmer ihres Mannes. Stephan fiel als Erstes der süßliche Geruch auf, der das Zimmer erfüllte. Der Geruch hatte etwas Penetrantes, Abstoßendes. Er fühlte sich an eine Obduktion erinnert, der er vor vielen Jahren in seiner Ausbildung als Referendar beigewohnt hatte. Der Geruch hatte sich in seinem Sinnesgedächtnis festgesetzt. So roch der konservierte Tod.

Stephan begrüßte scheu seinen Mandanten. Das Zimmer war abgedunkelt, die Vorhänge zugezogen. Der Ventilator vermischte stoisch drehend den süßlichen Geruch mit dem Gestank von Schweiß und Urin. Warum hatte es nicht so gerochen, als Stephan ihn allein besucht hatte?

Dr. Schreiber ging mit der Sonnenbrille in das Zimmer und nahm sie erst nach einigen Minuten ab. Hobbeling drückte Rosell kurz die Hand und bezog am Fußende seines Bettes Position.

Stephan blieb dort stehen, wo er vor Tagen gesessen hatte, als der Journalist das Interview führte. Frau Rosell hatte den Besuchertisch und die Stühle entfernt. Ein länger verweilender Besuch war offensichtlich nicht eingeplant. Stephan betrachtete seinen Mandanten aus gebührender Entfernung. Das Gesicht war schweißnass und grau, soweit es Stephan im Halbdunkel dieses Zimmers erkennen konnte.

Dann redete Dr. Schreiber und erhob das Gespräch zur Zeremonie. Er erklärte, was wie gesagt werden müsse, wobei er sich zwischendurch zu Stephan umdrehte, um dessen Zustimmung einzuholen, dass alles so abgesprochen sei und aus juristischen Gründen so und nicht anders erklärt werden dürfe. Justus Rosell hustete und röchelte zwischendurch.

Julita Rosell bediente ihn dann, führte ein Glas zu seinem Mund, flößte Wasser ein und wischte seine Lippen. Dr. Schreiber hielt währenddessen inne und wirkte wie ein vom Applaus unterbrochener Entertainer, der das Ende des Beifalls abwartete, um fortzufahren. Schließlich trat ein, was Dr. Schreiber befürchtete: Justus Rosell erklärte mit schwacher Stimme, dass er Hobbeling verzeihe, und Dr. Schreiber korrigierte sanft, dass eine Vergebung seitens Rosell nicht in Rede stehe. Justus Rosell schien nicht zu verstehen, und Stephan schaltete sich ein. Schließlich wurden die wechselseitigen Erklärungen wie vereinbart abgegeben, und wie zum Schwur gelang der abschließende Händedruck. Rosell starrte währenddessen an die Decke, Jens Hobbeling bemühte sich um ein gewinnendes Lächeln. Er streichelte die Hand von Rosell.

Dr. Schreiber erklärte, dass nun alles vollzogen sei. Er wandte sich zu Stephan um und bestätigte mit einem Kopfnicken. Sie verabschiedeten sich und gingen hinaus.

»So etwas ist nicht leicht«, sagte Dr. Schreiber. »Man sagt ›Auf Wiedersehen‹ und weiß, dass es kein Wiedersehen gibt. Das ist tragisch, ganz ohne Zweifel.«

Er drückte Julita Rosell die Hand, als kondoliere er. Dann sah er auf die Uhr.

»Die Zeit drängt, es tut mir leid. Wir müssen den Flieger kriegen. Es ist entsetzlich, aber ich habe heute Abend noch einen Termin.« Er schnaufte geschäftig und setzte wieder die Sonnenbrille auf. »Ich denke, wir sind klar, Herr Kollege Knobel!«

Er winkte die Straße herunter. Das Taxi, das sie hergebracht hatte, fuhr wieder vor. Es hatte hundert Meter weiter gewartet.

Sie fuhren fort. Stephan wandte sich zu Frau Rosell um.

»Ich hoffe, dass jetzt Frieden einkehrt«, sagte sie. »Wir werden das Geld bald überweisen. Es soll ein Ende finden. – Was halten Sie von Jens Hobbeling?«

»Was soll ich sagen?«, fragte Stephan. »Er macht einen durchaus sympathischen Eindruck. Aber das hat natürlich nichts damit zu tun, dass er einen gewaltigen Fehler gemacht hat. Ich glaube, Ihrem Mann wird das egal sein, ob er nett ist oder nicht.«

»Ich glaube, im Herzen tut es Hobbeling leid«, sagte Frau Rosell. »Aber er kann wahrscheinlich nicht aus seiner Haut.« Sie lächelte bitter. »Aber wer kann das schon?« Sie ging ins Haus und kam mit der neuesten Ausgabe des Magazins zurück.

»Nehmen Sie das Heft, Herr Knobel, aber es lohnt nicht, darin zu lesen.«

Stephan blickte dennoch hinein.

»Sonne bis zum letzten Tag«, titelte das Magazin.

Stephan schüttelte den Kopf.

»Sie sind da, wenn ich Sie brauche?«, bat Frau Rosell fragend. Sie sah ihn flehentlich an. Sie merkte, dass sich etwas verändert hatte. Stephan nickte, rollte das Magazin zusammen und ging.

Marie saß währenddessen in der Düsseldorfer Niederlassung der Quovoria-Lebensversicherung. Der junge Mann ihr gegenüber hieß Holger Schwamhof, saß im zwölften Stock des stählern glänzenden Büroturms und bestellte frischen Kaffee.

Marie trug das Kostüm, das sie für ihre mündliche Examensprüfung erworben und seither nie wieder angezogen hatte. Königsblauer, glatter Stoff. Sie schlug die Beine übereinander, streifte den Rock glatt und stellte ihre lederne, schwarz glänzende Handtasche seitwärts auf den Boden.

»Ich danke für den schnellen Termin«, sagte sie.

Herr Schwamhof lächelte unsicher.

»Sie haben es ja dringend gemacht – und wir sind für die Kunden da – also auch für deren Anwälte.«

»Es geht darum, dass sich Herr Rosell noch einen

Überblick verschaffen kann«, sagte sie. »Er befindet sich im Endstadium seiner Krankheit. Es gibt keine Hoffnung mehr, und es stellt sich für ihn die Frage, ob er vor seinem Ableben noch Verfügungen ändert. Es geht dabei insbesondere auch um seine notleidende Firma.«

Herr Schwamhof hob interessiert die Augenbrauen.

»Ich brauche einen Überblick über die bestehenden Versicherungen«, fuhr Marie unbeirrt fort.

»Ja, sicher«, bestätigte Herr Schwamhof freundlich. »Sie hatten ja angekündigt, diese Information zu benötigen.«

Er schwenkte den Bildschirm auf seinem Schreibtisch, damit Marie die Information sehen konnte.

»Das ist der Vorteil der virtuellen Akte. Man hat alle Informationen sofort griffbereit. – Aber ich drucke Ihnen selbstverständlich alles aus«, versicherte er, stand auf und beugte sich vor. Er tippte mit dem Kugelschreiber auf die dritte Zeile der tabellarischen Auflistung.

»Hauptsächlich dürfte es um diese Lebensversicherung gehen«, erklärte er. »Herr Rosell hat sie vor vier Jahren abgeschlossen und bedient sie monatlich mit hohen Prämien. Sie ist in 15 Jahren zur Auszahlung fällig. Im Erlebensfalle bekommt er das Geld, wovon angesichts des Leidens Ihres Mandanten nicht mehr auszugehen ist. Im Todesfall ist seine Frau Begünstigte. Sogar unwiderruflich. Rosell darf also nachträglich keine andere Person begünstigen. Allerdings steht die Begünstigung der Frau unter der auflösenden Bedingung, dass das Bezugsrecht entfällt, wenn die Ehe gescheitert ist. Scheitert die Ehe, gibt's kein Geld. – Soweit klar?«

»Selbstverständlich«, säuselte Marie. »Und wenn Sie mir bitte die Höhe der Versicherungsleistung nennen …«

»Eineinhalb Millionen«, antwortete Herr Schwamhof, setzte sich wieder und behielt Marie im Visier.

Der Kaffee kam. Er gab Zucker in seine Tasse und rührte langsam.

Marie sah weiter auf den Bildschirm.

»Für einen Ausdruck wäre ich dankbar. – Und die anderen Versicherungen?« Sie blickte wieder auf.

»Ansonsten hat Herr Rosell auch umfangreich auf Versicherungsschutz in den anderen Bereichen zurückgegriffen, soweit dieser über unser Haus mit angeboten wird. Unfallversicherung, Feuerversicherung und so weiter. Sie wissen schon, was ich meine. Aber diese Versicherungen, denke ich, werden Sie nicht interessieren.«

»Nein!« Marie wandte den Blick nicht ab.

»Es geht im Wesentlichen um den Joker, nicht wahr? Die dicke Lebensversicherung mit den anderthalb Millionen …« Er schaukelte behaglich in seinem Schreibtischsessel. »Da hat Herr Rosell, oder besser gesagt Frau Rosell, Glück und Pech zusammen.«

Er lächelte gedehnt.

»Nehmen Sie doch bitte Ihren Kaffee, Frau Schwarz. Sie trinken ja gar nicht.«

»Eher Pech«, sagte sie hastig und schlürfte den Kaffee.

»Warum war der Termin so dringend?«, fragte Schwamhof.

»Sagen Sie: Rauchen Sie, Herr Schwamhof?«

»Nein«, sagte er erstaunt.

»Es riecht hier etwas nach Zigarre. Schwer und süßlich.«

»Das sind Hinterlassenschaften meines Vorgängers. Er ist vor einigen Wochen aus unserem Unternehmen ausgeschieden. Den Gestank bekommt man nicht so schnell raus. Ich habe sein Dezernat beerbt.«

Maries Augen begannen zu leuchten.

»Ein dicker, etwas gedrungener Mann, Mitte 60, in seiner Art etwas – sagen wir – ruhrpöttisch?«

»Ruhrpöttisch?«, Herr Schwamhof lachte. »Was auch immer ruhrpöttisch ist: Ich bin mir sicher, dass Sie Herrn Schürmann meinen.«

»Und er hat eine Frau, die äußerlich zu ihm passt?«

»Nun, ja.« Herr Schwamhof überlegte. Er musterte Marie eine Weile. »Ich denke, Brigitte ist so, wie Sie sagen«, antwortete er schließlich. »Sie arbeitet in unserem Hause in einer anderen Abteilung.«

»Und Herr Schürmann war Sachbearbeiter für Rosells Versicherungen?«, fragte Marie weiter.

Schwamhof zögerte wieder. Marie wurde unsicher. Zweifelte Schwamhof an ihr? Sie trat die Flucht nach vorn an. Aus ihr sprudelte heraus, was sie wusste. Sie erzählte von dem Zusammentreffen im Villa del Conde, von Stephans Beobachtungen an Rosells Anwesen und von dem rätselhaften Verschwinden des vermeintlichen Ehepaares Polloschek aus dem Hotel.

Dann deckte sie auf, mit welchem Trick sie zur Quovoria-Versicherung gefunden hatte.

»Also glauben Sie an Schürmanns Theorie«, schloss Schwamhof und nickte bedächtig. »Die Sache Rosell war in unserem Hause damals ein heißes Thema. Aber wir haben keine Beweise für einen möglichen Versicherungsbetrug – oder besser, von einem bevorstehenden Versicherungsbetrug, obwohl manches merkwürdig erscheint. Schürmann ist ein Besessener. Klar gesagt: Es gibt keinen offiziellen Auftrag vom Vorstand unseres Hauses.«

»Geben Sie mir Schürmanns Handynummer«, bat Marie.

»Die Handynummer?« Schwamhof zögerte wieder und musterte Marie. »Ihr Freund ist noch in Spanien?«, fragte er.

Marie nickte.

»Ich verstehe.« Er stand auf und ging in ein anderes Zimmer. Als er zurückkam, reichte er Marie einen Zettel mit Schürmanns Handynummer. »Sie werden mich bitte in jedem Fall vom Ausgang der Sache unterrichten …«

Marie versprach es und verabschiedete sich dankbar.

16

Stephan war außer sich, als Marie triumphierend berichtet hatte.

»Du hast was gemacht?«, bellte er.

Sie überging seine künstliche Gereiztheit.

»Ich hatte doch deine Akte in Kopie«, sagte sie. »Darin befindet sich auch eine Kopie der Vollmacht von Rosell. Ich habe sie einfach vervollständigt, in den Betreff das Wort Auskunftsersuchen geschrieben und die Vollmacht mit einem Datum von vor rund zwei Wochen versehen.«

»Und dann?«

»Dann habe ich als Rechtsanwalt Knobel alle in Deutschland tätigen Lebensversicherungsgesellschaften angeschrieben.«

»Als Rechtsanwalt Knobel?«, fauchte er.

»Stell dich nicht so an, Stephan! Ich bin in die Kanzlei gegangen, habe in deinem Büro die Schreiben aufgesetzt und sie dann mit deinem Namen unterschrieben. Du hast doch eine Unterschrift, die nicht so schwer ist.«

Sie tat kindlich naiv, doch Stephan reagierte nicht darauf.

»Was hast du geschrieben?«, fragte er.

»Sehr geehrte Damen und Herren«, las sie vor, »ich zeige Ihnen kraft der in der Anlage in Kopie beigefügten Vollmacht an, dass ich Herrn Justus Rosell, wohnhaft in Dortmund, anwaltlich vertrete. Mein Mandant wird infolge einer unheilbaren Krebserkrankung leider in naher Zukunft versterben. Meinem Mandanten ist es wichtig, vor seinem Ableben alle ihn, seine Familie und die Firma Rosell GmbH betreffenden wirtschaftlichen Angelegenheiten zu regeln. Insbesondere wird es darum gehen, Begünstigungen Dritter in etwaigen Versicherungsverträgen dahingehend zu überprüfen, ob Bezugsrechte gegebenenfalls noch zu ändern sind. Aufgrund der Vielzahl der abgeschlossenen Versicherungen, über die mein Mandant leider keinen genauen Überblick hat, bitte ich Sie ebenso höflich wie dringend darum, mir darüber Auskunft zu geben, ob, und bejahendenfalls welche Versicherungen mein Mandant bei Ihrem Unternehmen abgeschlossen hat. Wegen der fortschreitenden Erkrankung meines Mandanten bin ich auf Ihre baldige Information angewiesen und ersuche Sie auf diesem Wege, mir unverzüglich Mitteilung zu machen, wenn mein Mandant Versicherungsverhältnisse mit Ihrem Hause abgeschlossen haben sollte.‹

»Zu devot«, sagte Stephan barsch.

»Wie?«

»Ich schreibe nie, dass ich jemanden ersuche. Das hört sich an wie im Kaiserreich.«

»Und sonst?«, fragte sie weich.

»Wie bist du darauf gekommen, die Lebensversicherungen anzuschreiben?«

»In Löffkes Akte ergibt sich aus einem Vermerk, dass Rosell über eine hohe Lebensversicherung verfügen muss.«

Sie hatte es glänzend gemacht.

»Und dann?«, fragte er.

»Dann habe ich für dich einen neuen Briefbogen entwickelt, unten kopieren lassen und dann jeden Brief einzeln unterschrieben und per Fax versandt.«

»Unten kopiert?«, fragte er lauernd.

»Bei Löffkes Sekretärin«, antwortete sie. »Es war sonst niemand zu sprechen. Löffke hat mir die Kopien dann nach oben gebracht.«

»Löffke?«, schrie er.

»Du hast es doch gehört, Stephan. Er hat sich königlich amüsiert, sich vor mir verneigt und mich mit Frau Anwältin angeredet und eine Rechnung über die Kopierkosten überreicht. Du weißt doch, was er für ein Arschloch ist. Müssen wir wirklich darüber reden? Du hast dich mittlerweile gegen diese Kanzlei entschieden. Du hast sie doch nicht mehr zu fürchten.«

»Und dann hat sich sofort die Quovoria-Versicherung gemeldet?«, fragte er weiter.

»Der Anruf kam von Schwamhof zwei Stunden später, nachdem ich das Fax versandt hatte. Daran siehst du, dass die Gesellschaft an der Sache dran ist.«

»Aber auch nicht so richtig, wenn ich die Bemerkung des Herrn Schwamhof zutreffend deute.«

»Stephan! Wir müssen nur die richtigen Schlüsse ziehen. Setz dich mit Schürmann zusammen. Es ist doch offensichtlich, dass er nicht abgereist ist. Er hat das Hotel verlassen, aber ich wette, dass er noch auf Gran Canaria ist. Wir müssen weitermachen. Du hast doch dieselben Fragen wie ich …«

Sie gab Stephan Schürmanns Handynummer durch.

»Und sonst?«, fragte sie. »Kannst du dich auch erholen?«

»Tagsüber Pool oder Strand, abends essen, dann Plaza, dann Balkon. Du kennst ja den Ablauf. Nichts Besonderes.«

»Tagsüber Briefkasten leeren, Bewerbungen schreiben und abschicken, abends auf den Balkon, wenn es einmal nicht regnet. Du kennst ja den Ablauf. Auch nichts Besonderes«, erwiderte sie.

»Tut mir leid«, sagte er.

»Schlaf schön!«, erwiderte sie.

Er schluckte.

17

Kurz nach dem Frühstück erfuhr Stephan, welchen Termin Dr. Schreiber am gestrigen Abend nach seiner Rückkehr in Dortmund noch einzuhalten hatte: Er nahm einen Pressetermin wahr, in welchem er ausschweifend über die getroffene Einigung seines Mandanten mit Justus Rosell berichtet hatte. Marie hatte ihm den Zeitungsartikel ins Hotel gefaxt, und die dienstbeflissenen Kräfte an der Rezeption des Villa del Conde hatten ihm das Fax sofort auf sein Zimmer bringen lassen. Dr. Schreiber war auf einem großen Foto neben dem Artikel abgebildet. Er lächelte und hielt ein nicht genauer erkennbares Schriftstück in die Höhe. Es mochte ein Schreibblock oder irgendein beschriebenes Blatt sein. Dem Betrachter suggerierte das Foto, dass es der Vertrag zwischen Rosell und Hobbeling sei.

›Er erzielte die Einigung in buchstäblich letzter Minute: Rechtsanwalt Dr. Schreiber aus Dortmund‹, lautete die Bildunterzeile. Der Bericht gab zutreffend wieder, was man ausgehandelt hatte. Dr. Schreiber wurde mehrfach wörtlich zitiert, Stephan nur einmal mit folgenden angeblichen Worten: ›Insbesondere aber war es der menschliche Wille beider Kontrahenten, unter diese traurige Geschichte einen Schlussstrich zu ziehen. Jens Hobbeling ist ein guter unbescholtener Arzt, dem sich die Patienten anvertrauen dürfen.‹

Stephan rief kurz darauf Schürmann auf dem Handy an. Der ehemalige Mitarbeiter der Versicherung lachte heiser.

»Schwamhof hat mich angerufen. Er ist immer so zurückhaltend. Zu weich für dieses Leben. Aber Sie sind endlich auf der richtigen Spur.«

Sie verabredeten sich kurz nach Mittag. Stephan sollte vor dem Hoteleingang des Villa del Conde warten. Schürmann wollte ihn dort mit dem Auto abholen.

Die Zeit bis dahin verbrachte er am Pool. Er hatte das Magazin mitgenommen und las den Artikel ›Sonne bis zum letzten Tag‹. Der Journalist hatte seine Sache gut gemacht. Man schmeckte aus behaglicher Distanz den Tod.

Alex erschien und nahm die Liege neben ihm.

»Heute allein?«, fragte Stephan.

»Connys Freund ist gestern Abend überraschend hier angekommen«, berichtete sie.

»Die beiden hatten sich letzte Woche heftig gestritten, und da haben wir kurz entschlossen gebucht. Es war auch übel von ihm, sie am Tag des Examens nach der Prüfung nicht abzuholen. Wenn ich einen Freund hätte, der sich so etwas leistet, dürfte er für immer gehen.«

Stephan verstand die versteckten Botschaften.

»Das war aber auch gemein«, sagte er und rollte das Magazin zusammen. »Leider muss ich gleich beruflich weg.«

»Beruflich auf Gran Canaria? Das ist aber interessant«, staunte sie. Sie begann, ihren schneeweißen Körper mit Sonnenmilch einzureiben und nahm das Oberteil ihres Bikinis ab. Stephan schaute unbeeindruckt geradeaus.

»Schutzfaktor 50. Meinst du, das reicht?«, fragte sie.

»Wenn man Sonne nicht gewohnt ist, sollte man nicht textilfrei sein«, sagte er.

»Aber wir sitzen doch hier unter einer Palme.« Sie rieb mit heftigen Bewegungen die Oberschenkel ein, sodass die Brüste bebten.

»Die Sonne dreht im Laufe des Tages«, sagte er lakonisch.

Er wollte gerade aufstehen, als Conny und ihr Freund hinzukamen. Sie hielten sich vertraut an der Hand. Conny strahlte und stellte Stephan ihrem Freund vor. Er hieß Matthias und trug eine modische Sonnenbrille und Designershorts. Der nackte durchtrainierte Oberkörper war gleichmäßig vorgebräunt, die Muskeln an den Oberarmen bewegten sich kraftstrotzend geschmeidig bei jeder Bewegung. Stephan begrüßte ihn förmlich. Matthias war einer der Typen, gegen die er noch nie eine Chance hatte. Doch im Unterschied zu früher wollte er auch keine Chance mehr haben.

»Ihr habt Glück, dass ich gehen muss«, sagte Stephan. »Die Liege neben mir ist auch noch frei, dann habt ihr alle drei nebeneinander Platz.«

Er zwinkerte mit den Augen.

Matthias zeigte keine Regung und blickte hinter der verspiegelten Sonnenbrille wohin auch immer. Conny sagte nichts, und Alex unterbrach das Einschmieren. Richtig glücklich war keiner von ihnen mit Stephans Vorschlag.

»Man sieht sich.« Stephan erhob sich und rollte sein Badetuch zusammen.

Er rief Marie an und küsste sie durchs Telefon. Sie sagte, sie werde morgen den nächsten Flug nehmen.

Als Stephan um Punkt 13 Uhr vor das Portal der Kathedrale und somit auf den elegant gestalteten Hotelvorplatz trat, wartete Schürmann schon auf ihn. Der korpulente Mann trug eine kurze Hose, ein kariertes kurzärmeliges Hemd, weiße Tennissocken und Sandalen. Stephan lächelte. Marie würde ein jedes dieser Kleidungsstücke ohne Zögern aus seinem Kleiderschrank entfernen. Schürmann führte ihn die von Palmen gesäumte Auffahrt hinunter zu seinem Auto, das er auf der Straße geparkt hatte. Es war ein kleiner weißer Seat. Stephan stieg ein. Schürmann schlug die Beifahrertür schwungvoll hinter ihm zu und kletterte erstaunlich flink auf den Fahrersitz. In dem alten Auto stank es entsetzlich nach Rauch. Der Aschenbecher quoll über. Stephan kurbelte das Seitenfenster herunter.

»Ich hoffe, es gefällt Ihnen noch im Villa del Conde«, sagte Schürmann und startete das Auto, das dabei laut aufjaulte. »Sie haben uns ja aus dem Paradies vertrieben«, ergänzte er lächelnd.

»Sie sind selbst gegangen, eher grundlos geflüchtet«, widersprach Stephan.

Schürmann schüttelte den Kopf.

»Wir konnten ja nicht wissen, ob Sie mit den Rosells unter einer Decke stecken. Das wurde uns zu heiß.«

»Sie hatten mich absichtlich an dem bewussten Abend im Speisesaal angerempelt, oder?«

Schürmann nickte vergnügt.

»Das war doch klar, Herr Knobel. Wir wussten aus der Zeitung, dass Sie mit Rosell nach Maspalomas kommen würden. Es gab eigentlich nur zwei Möglichkeiten: Entweder würden Sie auch im Haus der Rosells wohnen; was eher unwahrscheinlich war, denn das hätte den Kranken ja in seiner Bewegungsfreiheit eingeschränkt, wenn ich das so sagen darf. Oder – und eben wahrscheinlicher: Sie gehen in das nächstgelegene Hotel. Und das ist nun mal das dazu noch gute Villa del Conde. Da hält es ein Rechtsanwalt für seinen todkranken Mandanten schon länger aus, nicht wahr?«

Er sah Stephan prüfend kurz von der Seite an, während er den Wagen auf die Autobahn lenkte.

»Wohin fahren wir?«, fragte Stephan. Der Seitenwind blies warm und staubig in das Auto. Schürmann steckte sich einen Zigarrenstummel in den Mund und zündete ihn mit seinem Feuerzeug an.

»Lassen Sie sich überraschen, Herr Knobel. Es wird Ihnen gefallen. Es ist ein interessantes Ziel – in jeder Hinsicht.«

Er paffte und verlangte dem kleinen Auto alles ab.

»Man sollte bei Mietwagen mehr auf die Qualität achten«, raunte er. Die Tachonadel zitterte bei 90. Das Auto hechelte auf der Autobahn eine lang gezogene Steigung hinauf.

»Tja, so wusste ich also Ihren Namen«, fuhr Schürmann fort. »Und wie Sie aussahen, war auch nicht so schwer in Erfahrung zu bringen. Ein Blick ins Internet – und ich fand Ihr Portfolio auf der Webseite Ihrer Kanzlei. Ganz einfach also. – Wie ich höre, verlassen Sie das Büro. Ist das richtig?«

Er sah wieder zur Seite. Der blaue Qualm waberte süßlich in die kleine Fahrgastzelle. Stephan merkte, dass ihm schwindelig wurde.

»Ist Ihnen schlecht?«, fragte Schürmann erstaunt. Er nahm den Zigarrenstummel aus dem Mund und drückte ihn in dem Aschenbecher aus.

»Eine dumme Angewohnheit, ich weiß. – Gab es Scherereien in der Kanzlei? Vielleicht mit Ihrem Kollegen Löffke, der damals Rosell in dem Prozess gegen Hobbeling vertreten hat? Ein windiger Hund. Steckt er mit drin? – Sie sind ihm auf die Schliche gekommen, oder? Das hätte sich Rosell nicht träumen lassen, dass er jetzt einen Anwalt hat, der koscher ist.«

Stephan schwieg.

»Sie brauchen dazu nichts zu sagen«, lächelte Schürmann. »Es ist ja auch so etwas wie ein Geschäftsgeheimnis.«

Das Gespräch verebbte eine Weile. Schürmann merkte, dass er zu weit gegangen war. Auf den Autobahnschildern standen Hinweise nach Puerto de Mogán.

»Unser Ziel«, sagte er. »Das wird Ihnen gefallen, glauben Sie mir!«

»Und Sie haben sich als Polloschek in das Hotel eingebucht?«, nahm Stephan das Gespräch wieder auf.

»Als Polloschek nicht, das werden Sie doch in Erfahrung gebracht haben, oder? – Nein – schon unter unserem richtigen Namen. Geht ja auch nicht anders. Sie müssen doch die Ausweise vorlegen. Ich war Sachgebietsleiter bei der Quovoria, ich bin kein Geheimagent mit getarnter Identität. Aber ich wollte nicht, dass Sie mir oder meiner Frau auf die Spur kommen. Deshalb habe ich darauf hingewirkt, dass man an der Rezeption in keinem Fall unsere Namen preisgibt. Ich habe einfach gesagt, ich sei ein Europapolitiker und wollte nicht gestört werden. Ständig sei die Presse hinter mir her ...« Er lachte, bis er husten musste. »Europapolitiker, so etwas geht immer«, erklärte er. »Man ist unheimlich wichtig. Und zugleich darf man sich sicher sein, dass niemand die behauptete Identität hinterfragt. Wer kennt schon einen Europapolitiker? Eine wunderbare Tarnung.«

»Der Europapolitiker Schürmann«, staunte Stephan.

»Und somit waren wir geschützt«, erklärte der andere weiter. »Ich habe also beobachtet. Meine Frau und ich sind zwei Tage nach Erscheinen des Zeitungsartikels, in dem berichtet wurde, dass Rosell zum Sterben nach Gran Canaria übersiedelt, hier angekommen. Und seither versuche ich, ihn beim Sterben zu beobachten, das heißt, ihn beim gesunden Leben zu erwischen.« Schürmann grinste zufrieden.

»Deshalb klettern Sie immer in den Hang hinter Rosells Haus?«

»Natürlich. So kann man über die rote Mauer schauen und in die Festung blicken. Man sieht insbesondere das Zimmer, in dem Rosell liegt. Ich habe ihn mehrfach dort gesehen, wenn das Fenster geöffnet ist. Mittlerweile glaube ich, dass das Fenster nur geöffnet wird, wenn er dort liegt. Denn ich weiß, dass die Rosells mich entdeckt haben. Das ist eine dumme Sache, aber auch nicht zu ändern. Ich bin nicht so sportlich und so leicht, dass ich mich wie ein Eichhörnchen über den Hang bewege. Als Sie mich dann bemerkt haben, wurde es Zeit, dem Villa del Conde den Rücken zuzukehren. Sie wussten, dass ich Rosell beobachtete und gezielt zu Ihnen Kontakt aufgenommen hatte. Also raus. Jetzt, wo ich weiß, dass Sie auf der richtigen Fährte sind, ist alles kein Problem mehr.«

Sie erreichten Puerto de Mogán. Der kleine Ort schmiegte sich an einen Hügel und präsentierte sich auf den ersten Blick als Fischerdorf mit südlichem Charme und Flair. Schürmann parkte das Auto. Dann gingen sie durch hübsche Flaniergassen zwischen zweistöckigen, schneeweißen Häusern mit prächtig leuchtenden Blumen auf den Holzbalkonen zum Jachthafen. Ein Restaurant reihte sich an das andere. Sie umrundeten die Hafenmole, in der Fischschwärme im glasklaren Wasser flüchtig aufglänzten und wieder ruckartig in der Tiefe verschwanden. Schließlich erreichten sie ein Café, in dem Frau Schürmann saß.

Sie begrüßten sich.

»Puerto de Mogán ist unser neues Domizil«, sagte sie und bestellte eine weitere Cola.

»Warum sind Sie so sicher, dass alles ein Betrug ist?«, wollte Stephan wissen.

»Sie haben die Akte über den damaligen Prozess gelesen, nehme ich an«, sagte Schürmann. Er bestellte ein Bier.

Stephan bejahte.

»Was ist Ihnen aufgefallen?«

»Der Prozess ist verloren gegangen, weil Rosell nicht beweisen konnte, dass Hobbeling bei der ersten Untersuchung den Tumor nicht entdeckt hatte, obwohl er mutmaßlich zu diesem Zeitpunkt erkennbar und auch noch operabel war. Bei der nächsten Untersuchung war dann alles zu spät«, fasste Stephan zusammen.

»Richtig, Herr Knobel«, bestätigte Schürmann. »Ich habe den Prozess beobachtet und war in der Verhandlung dabei. Außerdem wurde ja alles in der Presse ausgewalzt. Jetzt stellen Sie sich vor, dass Rosell nur knapp zwei Jahre vor dem Zeitpunkt, an dem die vermeintlich erste Untersuchung stattgefunden haben soll, eine Lebensversicherung abgeschlossen hat, die eine auch für unsere Gesellschaft ungewöhnlich hohe Auszahlungssumme vorsieht. Die Versicherer freuen sich über solche Geschäfte, aber sind natürlich auch misstrauisch. Im Versicherungsantrag hat Rosell bestätigt, dass er keine Vorerkrankungen hat.«

»Was ja auch sein kann, wenn es sich um einen plötzlich auftretenden und dann schnell wachsenden aggressiven Tumor handelt«, entgegnete Stephan. »Er kann tatsächlich zum Zeitpunkt des Abschlusses des Vertrages noch gesund gewesen sein.«

Schürmann nahm einen tiefen Zug aus dem Bierglas und wischte mit dem Handrücken den Schaum von seinen Lippen.

»Geschenkt, Herr Knobel!« Schürmanns Stirn glänzte schweißnass. »Einige Zeit später fühlte sich Rosell unwohl, dann folgte die erste Untersuchung, dann die zweite mit dem Todesurteil. Das Röntgenbild von der ersten Untersuchung wurde von Hobbeling nachweislich abgesandt, ist aber bei Rosell angeblich nicht angekommen.«

»Das ist Pech für Rosell«, wandte Stephan ein.

»Das zweite Röntgenbild zeigt den Tumor«, redete Schürmann unbeirrt weiter. »Dass die Diagnose katastrophal ist, blieb im Prozess unstreitig. Mehr noch: Hobbeling bestätigte sogar ausdrücklich das Ergebnis der zweiten Röntgenaufnahme. Deshalb wurde hier auch nichts sachverständig überprüft.«

»Meinen Sie denn, dass das zweite Bild getürkt war?«

»Ich habe im Prozess genau zugehört«, antwortete Schürmann. »Da wurden die Tumorwerte nochmals erklärt. Ich habe sie notiert, und wir haben das von einem Onkologen checken lassen. Die Werte sind als solche objektiv tödlich. Der medizinische Sachvortrag, den beide Parteien in dem Prozess gemacht haben, ist schlüssig. Wir gehen davon aus, dass es sich um ein echtes Röntgenbild eines todkranken Patienten handelt, aber eben eines anderen Patienten. Es steht nur der Name von Rosell drauf.

Dass man das technisch hinkriegen kann, ist keine Frage. Und das erste Röntgenbild durfte es natürlich nicht geben. Hätte Rosell im Prozess das Bild vorgelegt, von mir aus auch wieder das eines anderen Patienten, vielleicht auch ein früheres desjenigen, von dem das zweite Röntgenbild gemacht wurde, hätte der Anwalt von Hobbeling im Interesse seines Mandanten bestritten, dass man zum früheren Zeitpunkt die Krankheit hätte feststellen können. Und prozessual, das wissen Sie, hätte ein Sachverständiger die Angelegenheit überprüft, was zwangsläufig dazu geführt hätte, dass dieser auch Justus Rosell selbst noch einmal untersucht hätte. Das durfte nicht passieren. Stattdessen also ein Prozess, in dem Rosell lautstark und medienwirksam seinen Arzt verklagte, aber letztlich scheitern musste, weil er den ihm obliegenden Beweis nicht führen konnte. Schöner Effekt: Dass Rosell angeblich todkrank ist, stand im Prozess als Wahrheit fest. Und so schrieben es die Zeitungen aus vollen Federn. Die Öffentlichkeit hatte Mitleid mit dem armen Justus Rosell, der seinen so nachvollziehbaren Hass auf Hobbeling und auch sein Sterben publizierte. Dieselbe Masche reitet er jetzt wieder. Hierbei haben auch Sie, Herr Knobel, eine Rolle zu spielen. Sie vertreten den Sterbenden, ordnen und glätten den absehbar neu aufflammenden Streit zwischen Rosell und Hobbeling.«

Er holte eine zusammengefaltete Kopie des heutigen Zeitungsberichts aus der Brusttasche seines karierten Hemdes.

»Kennen Sie den Artikel?«, fragte er.

Stephan nickte.

»Ich bin am Ball geblieben, Herr Knobel. Im Gegensatz zu meiner Firma«, verkündete Schürmann stolz. »Was ist die Konsequenz? Justus Rosell stirbt öffentlich und langsam. Er agitiert wieder gegen den vermeintlichen Übeltäter und einigt sich kurz vor seinem Tod mit ihm. Die Tiefbaufirma von Rosell geht den Bach runter. Ich habe ermittelt, dass Rosell nach und nach immer mehr Geld der GmbH entnommen hat, vielmehr, als es ein ordentlicher mit Gewinnerzielungsabsicht arbeitender Kaufmann jemals tun würde. Die Firma wird also ausgeblutet und das Geld privat angehäuft. Die hohe Lebensversicherung ist wirksam abgeschlossen, und der Tod wird langsam in die Wege geleitet. Begünstigte ist die Ehefrau, mit der Justus Rosell natürlich unter einer Decke steckt. Was sagen Sie dazu, Herr Knobel?«

Er lehnte sich zufrieden zurück und leerte sein Glas in einem Zug. Frau Schürmann saß still dabei. Sie kannte die Schlussfolgerungen ihres Mannes genau.

Stephan überlegte.

»Löffke hat mit der Sache nichts zu tun«, sagte er.

»Glaube ich«, antwortete Schürmann, »er ist ein bulliger Anwalt, der sich wie ein Elefant im Gerichtssaal bewegt. Er denkt auch nicht ernsthaft nach. Er prozessiert drauf los, und am Ende winkt gutes Geld. Stimmt's?«

Stephan staunte, dass Schürmann Löffke so gut durchschaut hatte.

»Also?«, fragte Schürmann.

»Ihre These geht von der Prämisse aus, dass Hobbeling Mittäter ist. Denn er musste ja mitspielen, indem er im Prozess bestätigte, dass sein Patient Rosell tatsächlich so krank geworden ist.«

»Stimmt«, bestätigte Schürmann.

»Und was soll er davon haben?«, wollte Stephan wissen.

»Sie haben es gestern verhandelt, Herr Knobel. Die Zeitungen berichten es. Er bekommt eine Abfindung für das angeblich erlittene Unrecht, das ihm Rosell durch die vermeintlichen Falschbehauptungen zugefügt hat. Vermutlich hat er noch mehr gekriegt. Jetzt wird er durch die wirksame Darstellung nach außen rehabilitiert.«

»Aber die 200.000 sind doch vergleichsweise wenig für die Rufschädigung, die er im Laufe der Zeit erlitten hat«, hielt Stephan dagegen. »Ich habe die Umsatzeinbußen nicht überprüft, aber es wird stimmen, dass er als Folge der zahlreichen Medienberichte viele Patienten verloren hat.«

»Hat er bestimmt«, mischte sich Frau Schürmann ein. »Aber er hatte nach unseren Recherchen auch nie eine Praxis, die sich durch besondere Kompetenz auszeichnet. Er gilt in Medizinerkreisen als netter, aber in seinen fachlichen Leistungen nur durchschnittlicher Kollege. Er hatte seine Facharztqualifikation offensichtlich nur mit Mühen erwerben können und sich bei den Fortbildungen in der Folgezeit immer auf das Notwendigste beschränkt. Er gilt nicht als wissensdurstig. Hobbeling ist so etwas wie ein Lebemann. Die Praxis ist gewiss nicht seine Leidenschaft. Er hat häufig geschlossen. Kurz: Wenn man einen Fachmann sucht, geht man nicht zu ihm.«

»Das ist mir zu dürftig«, sagte Stephan.

Schürmann bestellte ein weiteres Bier. Das erste trat gerade durch die Schweißdrüsen in seinem Gesicht aus. Er wischte mit seinem karierten Stofftaschentuch die nassen Perlen von seiner Stirn.

»Stellen Sie sich vor, Herr Knobel, Sie stellen besorgniserregende Symptome irgendeiner Krankheit an Ihrem Körper fest. Welchen Arzt suchen Sie auf?«

»Den Arzt meines Vertrauens«, antwortete Stephan floskelhaft.

»Und wenn Sie keinen Arzt Ihres Vertrauens haben?«, fragte Schürmann.

»Dann suche ich mir einen Spezialisten aus. Vielleicht suche ich ihn im Internet oder in den Gelben Seiten. Oder mir wird ein guter Arzt von jemandem empfohlen.«

»So ist das wohl«, bestätigte Schürmann. »Kommen Sie als Dortmunder zufällig darauf, einen Arzt in Unna aufzusuchen? – Doch wohl eher nicht, weil ich unterstelle, dass Ihre Stadt genügend qualifizierte Ärzte hat, die Sie schnell erreichen können.«

»Unna ist nur rund 25 Kilometer entfernt.«

»Es ist aber nicht nahe liegend, Herr Knobel, und zwar im doppelten Sinne. Es ist nicht nachvollziehbar, wie Rosell Patient von Hobbeling geworden ist, ohne dass diesen Arzt irgendetwas fachlich empfiehlt, das die Fahrt nach Unna plausibel macht.«

»Also gab es eine Empfehlung oder schon vorher

eine persönliche Beziehung zwischen den beiden«, folgerte Stephan.

Schürmann hob fragend die Schultern.

»Wir denken, dass dies die einzig wahrscheinlichen Alternativen sind. Aber wir können da nicht weiter ermitteln. Aus dem Prozess heraus ergab sich auf diese Frage keine Antwort, und weitere Ansatzpunkte finden wir nicht. Wir sind nicht nahe genug dran – wie etwa Sie es sind.«

Stephan verstand den Hinweis.

»Ermittelt die Polizei nicht?«

»Nein. Es ist bislang weder ein Betrug vollendet noch versucht worden. Wir sind erst in der Vorbereitungsphase. Die Fakten stinken zum Himmel, sind aber gleichwohl objektiv dünn. Man muss nur die Anzeichen zu deuten wissen. So wie ich.«

»Deshalb ermittelt Ihre Gesellschaft auch nicht offiziell«, mutmaßte Stephan.

»Sie verwendet derzeit kein Personal darauf, aber man verfolgt in der Vorstandsetage den Fall mit großem Interesse«, erklärte Schürmann und grinste. Er hob das Glas.

»Aber ein Knackpunkt bleibt, Herr Schürmann«, widersprach Stephan. »Unterstellt, es ist alles so, wie Sie vermuten: Die Geschichte verlangt am Ende doch einen toten Rosell. Denn die Versicherung wird nicht zahlen, wenn sein Tod nicht festgestellt wird. Oder glauben Sie, dass es hier auf Gran Canaria einen Arzt gibt, der wider besseres Wissen den Totenschein ausstellt und bescheinigt, dass Rosell an einem bösartigen Tumor verstorben ist?«

Schürmann lachte.

»Ja, auszuschließen ist nichts. – Aber Sie stellen natürlich die zentrale Frage. Und wir glauben, dass wir eine Antwort auf diese Frage haben. – Wissen Sie, das betrügerische Erschleichen einer Versicherungsleistung kommt ja ständig vor. Man liest immer wieder in der Presse, dass Menschen, die hohe Versicherungen auf ihr Leben abgeschlossen haben, irgendwie spurlos verschwinden und dann für tot erklärt werden sollen. Unser Justus Rosell geht den umgekehrten Weg. Er stirbt praktisch vor den Augen der Öffentlichkeit. Aber natürlich muss er auch irgendwann den Bühnentod sterben. – Sehen Sie«, er leckte genüsslich mit der Zunge über seine Lippen, »deshalb sind wir in diesem wunderschönen Puerto de Mogán. Und zum Glück bin ich hier mit meiner Frau, sodass wir uns die Aufgaben teilen können. Ich schleiche immer mal wieder um das Haus von Rosell, und meine Frau beobachtet, was sich hier in dem Jachthafen tut. – Ich denke, wir sollten einfach mal hinausgehen.«

Schürmann zahlte und ging voran. Sie verließen das Café und schritten die Hafenmole ab. Schließlich blieben sie vor einem älteren Schnellboot stehen, das gut vertäut sanft im Wasser schaukelte. Das Boot war deutlich ungepflegter und in der Ausstattung weitaus schlichter als die meisten anderen, die hier lagen und vom Reichtum ihrer Besitzer zeugten.

»Das ist Rosells kleines Schiff«, erklärte Schürmann und verschränkte mit überlegenem Stolz die Arme. »Er hat es vor einigen Jahren gebraucht gekauft, wie wir erfahren haben. Immer wenn er hier auf der Insel war, hat er es gelegentlich benutzt. Und nun der Clou: Frau Rosell ist einige Tage nach ihrer Ankunft in Maspalomas hierher gefahren und hat das Boot betanken lassen. Erinnern Sie sich: Sie waren am selben Tage zum ersten Male im Haus von Rosell oberhalb der Promenade. Es war ein Glück, dass ich den Mietwagen in der Sackgasse geparkt habe. Ich bin ihr nachgefahren. Sie fährt recht unsicher Auto und deshalb langsam. Also konnte ich ihr mit meiner Rostbeule folgen. – Wozu wird das Boot aufgetankt, wenn ihr Mann gesundheitlich gar nicht mehr in der Lage ist, das Boot zu fahren? – Und wohl gemerkt, Herr Knobel: Nur Herr Rosell hat einen Bootsführerschein, nicht seine Frau.« Er zwinkerte mit den Augen. »Das weiß ich vom Hafenmeister. Der kennt die beiden seit Jahren. Es zahlt sich aus, wenn man einigermaßen spanisch sprechen kann.« Er streckte sich stolz. »Das Betanken macht nur Sinn, wenn Rosell selbst fährt«, erklärte Schürmann. »Also ist er auch gesundheitlich in der Lage, das Boot zu steuern.«

»Und dann?«

»Dann wird das Boot vermutlich untergehen«, mutmaßte Schürmann. »Nach außen hin will sich der Mann vielleicht einen letzten Wunsch erfüllen und noch einmal auf das geliebte Meer hinausfahren. Er wird es gespielt nur mit Mühen schaffen, in seinem kranken Zustand das Ruder zu halten. Dann kommt es zum Untergang, den wie ein Wunder nur seine Frau überleben wird, während er verschwunden bleibt. – Herr Knobel, was weiß denn ich, was die beiden genau im Schilde führen? Es wird wahrscheinlich irgendeinen Unglücksfall geben. Bei Selbstmord zahlt die Versicherung nicht. Mit dem Schiffsuntergang könnte es dagegen klappen. Und die Geschichte drumherum ist stimmig. Jeder weiß, dass Rosell sterbenskrank ist. Das ist von seinem Arzt vor Gericht bestätigt worden. Das wirkt. Es gibt das bekannte Röntgenbild mit dem Tumor. Wenn man Rosell gar nicht mehr findet, hat das Bild eine noch größere Bedeutung. Denn wenn es überhaupt keine anderen Röntgenbilder von Rosell gibt, kann das Bild mit dem Tumor nun auch das tatsächliche Röntgenbild von Rosell sein. Man kann ja nichts mehr miteinander vergleichen. Er schlüpft quasi posthum in den Körper des Patienten, von dem wirklich das Röntgenbild stammt. Das ist doch raffiniert, oder? Rosell muss jetzt aus der Show des Dahinsiechens aussteigen. Es wird Zeit für den Schlussakt. Er hat das Sterben gut arrangiert. Dieses kleine Schiff hier spielt eine Rolle, glauben Sie mir das, Herr Knobel!« Er sah Stephan siegesgewiss an.

Sie verließen die Mole. Frau Schürmann ging wieder in das Café zurück.

»Es wird spät«, stellte ihr Mann fest.

Dann schlenderte er mit Stephan zum Auto zurück. In einem Lebensmittelladen an der Straße, wo das Auto geparkt war, kaufte Schürmann noch einige Dosen Bier und ein deutsches Boulevardblatt. Dann stiegen sie ein. Schürmann trat auf der

Rückfahrt das Gaspedal des alten Seat bis auf den Boden.

»Verstehe ich das richtig?«, fragte Stephan. »Ihre Frau verbringt den ganzen Tag am Hafen, um zu erfahren, was mit dem Boot passiert?«

Schürmann nickte. In den im Innern des Autos bleiern wabernden kalten Zigarrengestank mischte sich der Dunst von Schweiß und Bier.

»Wir müssen an der Sache dranbleiben«, sagte Schürmann und blickte konzentriert auf die Straße.

»Aber Sie machen doch Urlaub«, entgegnete Stephan. »Diesen Zeitaufwand bezahlt Ihnen keiner.«

»Das weiß ich«, entgegnete Schürmann. »Aber keine Gesellschaft funktioniert, wenn alle wegschauen. Die Versicherung wäre gut beraten, in diese Sache zu investieren. Ich habe immer wieder in den fast 40 Jahren meiner Dienstzeit einen guten Riecher gehabt, Herr Knobel. Auch wenn meine Versicherung anders dachte. Man muss an eine Sache glauben. Das ist überall im Leben so. Es kommt nur Großes zustande, wenn eine Idee ihre Fürsprecher und Macher hat. Dagegen ist ein geopferter Urlaub doch gar nichts. – Wovon reden wir denn hier, Herr Knobel? Sie als Anwalt dürften auch nicht anders sein. Sie müssen an einer Sache dranbleiben. Wie ein Terrier! – Oder sind Sie anders gestrickt?«

Er fuhr, so schnell es das Auto zuließ, und öffnete noch während der Fahrt die nächste Bierdose. Stephan schwieg eine Weile und sah nach draußen. Die Autobahn führte nicht am Atlantik entlang, sondern nahm eine kurvige Route durch das bergige Hinterland. Einige kurze Tunnel und Talbrücken wechselten einander ab. Die Erde war staubtrocken. In den verdorrten braunen bröseligen Boden krallten sich vereinzelt Kakteen. An einigen Hängen standen neue Hotelanlagen, weiße Wohnwürfel mit symmetrisch angepflanzten Palmen. Die Sonne stand schon weit im Westen. Sie spiegelte sich weiß glitzernd in den Scheiben der Feriendomizile. In einer lang gezogenen Linkskurve öffnete sich die Hügelkette und gab den Blick zum Meer frei. Für Augenblicke sah Stephan die grauen Silotürme des Zementwerks von Arguineguín, dann schoben sich wieder Abhänge dazwischen. Die Erde war braunrot und zerklüftet. Stephan sah einige ausgetretene Pfade, die von irgendwoher kamen und irgendwohin führten.

»Sie werden jetzt wieder das Haus von Rosell beobachten?«, fragte Stephan rhetorisch.

»Jeden Tag, bis in die Nacht hinein, Herr Knobel«, antwortete Schürmann entschlossen. »Irgendwann werde ich nachts von draußen in das erleuchtete Zimmer von Rosell sehen. Und er wird aufstehen wie ein junger Gott, das verspreche ich Ihnen. Er wird auf Toilette müssen oder auch nur an den Kühlschrank wollen. Aber er wird aufstehen. Und dann bin ich da, Herr Knobel, ich werde ihn erst fotografieren und dann stellen. Ich bin auf sein Gesicht gespannt, Herr Knobel. Ich habe es mir so oft ausgemalt.«

»Wäre es nicht viel spannender, ihm oder der vermeintlichen Witwe die Fakten erst dann vorzuhalten, wenn sie die Summe aus der Lebensversicherung anfordern wird?«

»Nein!« Schürmann schüttelte lachend den Kopf. »Ich will ihn sehen, wenn er sich erhebt. Außerdem weiß ich gar nicht, wie geschickt er für immer abtaucht. Ich will es denen vorher versalzen, Herr Knobel. Ich will selbst die Wut und Enttäuschung im Gesicht von Rosell sehen, wenn seine jahrelange Vorbereitung wie eine Seifenblase zerplatzt. – Können Sie das verstehen?«

Stephan antwortete nicht sofort. Er drehte wieder die Scheibe runter. Der Gestank wurde unerträglich. Das Bier lief blubbernd aus der Dose in Schürmanns Mund. Er wischte mit dem Ärmel seines durchschwitzten Oberhemdes nach.

»Die Versicherungsgesellschaft scheint Zweifel zu haben«, sagte Stephan vorsichtig. »Sie engagiert sich nicht.«

»Sehen Sie«, triumphierte Schürmann. »Sie hat kein Alphatier mehr, das die Spuren lesen kann.«

»Das Ende mit dem Boot überzeugt mich nicht richtig«, gestand Stephan. »Wenn es am Ende nur auf einen vorgetäuschten Unfall hinausläuft, hätte sich Rosell das ganze Theater vorher sparen können.«

»Aber so kann er seinen Tod viel glaubhafter vermitteln. Denken Sie daran: Als todkranker Mensch kann er sich nicht mehr selbst aus dem Meer retten. Es ist plausibel, wenn er verstirbt und die Frau überlebt. Eine zierliche Frau wird einen Menschen, der selbst keine Kräfte mehr hat, nicht mehr aus dem Meer retten können.«

»Und der ganze Aufwand nur für die Versicherungssumme? – Er ist doch erst Mitte 40.«

»Meinen Sie nicht, dass diese Summe für den Rest seines Lebens reicht? Ein Leben ohne Arbeit? An diese Summe würde ich legal nicht kommen, obwohl ich meiner Gesellschaft ein Vielfaches eingespielt habe.«

»Er muss irgendwo wieder auftauchen«, warf Stephan ein.

»Wer soviel Fantasie wie Rosell hat, findet ein Refugium«, war sich Schürmann sicher. »Es hat seinen Grund, dass ich ihn stellen will, bevor er seinen Tod inszeniert.«

Schürmann ließ Stephan vor dem Villa del Conde aussteigen. Er hatte glasige Augen bekommen. Sein Kopf war schweißnass. Die Haare waren verklebt.

»Sie haben sich für die richtige Seite entschieden, Herr Knobel. Bleiben Sie an Bord! Steigen Sie in die Sache ein! Beobachten Sie Ihren Mandanten und seine Frau! Bleiben Sie Ihnen auf den Fersen! Sie hängen alle zusammen: Justus Rosell, Julita Rosell und Jens Hobbeling.«

Dann röhrte Schürmann mit dem alten Auto davon.

Stephan wechselte im Hotel die Kleidung. Es war 18.30 Uhr. Die Kellner entfernten die Kordel, die den Zutritt zum Restaurant versperrte, und die Hotelgäste strömten ein. Stephan aß nur wenig. Dann setzte er sich für eine Weile auf die Plaza. Das Hotel wartete mit nochmals verstärktem Einsatz deutschen Personals auf. Statt der üblichen Band sollte heute Flamencotanz geboten werden. Die Plaza füllte sich. Am Nachbartisch wurde das gewünschte Weißbier serviert. Als Stephan die Tänzerinnen mit ihren knallroten gerüschten Röcken auf die Bühne kommen sah, brandete der Beifall auf. Die Deutschen mochten das typisch Spanische. Stephan ging. Er durchquerte das weitläufige Areal der Hotelanlage, passierte die Pools, die einige der jungen Mitarbeiter, die tagsüber die Amateure gaben, mit langen Angeln und Wassersaugern reinigten. Stephan ging auf die Promenade und nahm den bekannten Weg zum Haus von Rosell. Es war dunkel. Der Atlantik schlug mit leisen Wellen an die tief unterhalb der Promenade liegenden Felsen. Oben machten die Touristen ihre den Tag beschließenden Spaziergänge. Lauer Wind, seichtes Meeresrauschen und der sich im Wasser verspielt spiegelnde aufgehende Mond. Das war das Bild, das man sich erträumte.

Etwa 150 Meter von Rosells Haus entfernt parkte der kleine von Schürmann gemietete Seat. Stephan schmunzelte. Der dicke Mann würde auf Posten sein.

Er klingelte am schmiedeeisernen Tor.

Frau Rosell öffnete überrascht. Sie trug ein blaues Sommerkleid und weiße Pumps.

»Es ist nichts Besonderes«, beruhigte Stephan. »Ich wollte einfach mal vorbeischauen.«

»Das ist nett«, erwiderte sie und ließ ihn lächelnd ein.

»Wenn Sie mögen, trinken wir ein Glas Wein. Es ist ein wunderbarer Abend. – Kommen Sie!«

»Wie geht es Ihrem Mann?«, fragte Stephan.

»Wie immer schlecht und immer schlechter. Vielleicht schläft er jetzt. Ich habe ihm ein stärkeres Mittel gegeben.«

Sie ging durch den dunklen Flur zu Rosells Zimmer und öffnete leise die Tür. Stephan folgte ihr und sah über ihre Schulter in den Raum, in dem nur eine zur Seite geschwenkte Nachttischlampe mit ihrem Halogenlicht gegen die Wand strahlte und das Zimmer indirekt erleuchtete.

Das Fenster zum Atlantik war geöffnet. Der Ventilator drehte träge an der Decke. Justus Rosell schlief. Sein Atem war flach und gleichmäßig. Frau Rosell wandte sich Stephan zu, als wollte sie fragen, ob er genug gesehen habe. Er nickte, und sie schloss leise die Tür.

Die Terrasse lag an der anderen Hausseite. Stephan fiel erst jetzt auf, dass das Haus mit einer rechtwinkligen Ecke zum Meer wies, sodass man sowohl von der Seite, an der das Zimmer von Rosell lag, als auch von der Terrasse aus aufs Meer blicken konnte.

Julita Rosell holte Gläser, etwas Gebäck und eine Flasche kanarischen Rotwein.

»Sie sollten den Wein meiner Heimat probieren«, fand sie. »Hier werden keine großen Mengen produziert, aber es ist ein außergewöhnlicher Wein«, erklärte sie und schenkte ein.

»Wie haben Sie den Tag verbracht, Herr Knobel? –

Ich hoffe, Sie verstehen Ihre Zeit hier auch für die schönen Dinge zu nutzen.«

»Ich habe mir ein Auto gemietet und bin ein wenig herumgefahren«, sagte er gleichmütig.

»Ja, es lohnt sich, die Insel zu erkunden. Sie hat weit mehr zu bieten als die Strände. – Wo waren Sie?«

»Ich bin fürs Erste der Küste treu geblieben«, antwortete Stephan und blieb unbestimmt. Er war unvorbereitet. Stephan kannte die Insel nicht, würde nicht mit Ortsnamen aufwarten können außer dem einen, den er heute kennengelernt hatte, aber das sich abzeichnende Problem verflüchtigte sich sofort wieder.

»Sie müssen nach Puerto de Mogán fahren«, sagte sie. »Es ist ein wunderbarer Hafenort. Man kann sich kaum vorstellen, dass man das Fischernest noch vor einigen Jahren praktisch kaum auf der Straße erreichen konnte. Aber der Ort hat sich trotz des einsetzenden Booms seinen Charme bewahrt. Es gibt einen traumhaften Jachthafen dort – und wissen Sie was?«

Stephan schüttelte den Kopf.

»Wir haben ein kleines Boot dort«, sagte sie, als verrate sie ein Geheimnis. »Ein richtiger Flitzer. Mein Mann hat das Boot vor rund zehn Jahren gekauft. Wir sind viel damit unterwegs gewesen, auch von einer kanarischen Insel zur anderen.«

»Wann haben Sie es zuletzt benutzt?«, fragte er.

Sie überlegte.

»Wir waren vor einigen Wochen hier gewesen. Da ging es meinem Mann relativ gut. Aus heutiger Sicht war das so etwas wie ein letztes Aufbäumen. – Ja, da sind wir aufs Meer hinaus, und ich habe mir vorgenommen, mit ihm noch ein letztes Mal rauszufahren. Aber ehrlich gesagt sehe ich keine Möglichkeit mehr dazu. Ich weiß nicht, wie ich ihn von hier nach Puerto de Mogán befördern und auf das Boot kriegen soll.«

»Er würde es wahrscheinlich auch nicht mehr fahren können«, sagte Stephan.

In ihren Augen war ein flüchtiges Leuchten.

»Er nicht, aber ich!« Sie lächelte verschworen. »Ich habe vor rund einem Jahr heimlich den Bootsführerschein gemacht. Es sollte eine Überraschung werden. Erstmals würde nicht mehr mein Mann der große Kapitän sein. – Nun ja …«

Sie zuckte mit den Schultern und trank. Warum erzählte sie das? Hatte sie am Ende doch gemerkt, dass Schürmann ihr gefolgt war? Bereitete sie Stephan gegenüber rhetorisch das große Finale vor, das sich vielleicht doch so gestalten sollte, wie Schürmann vermutete?

»Könnte man nicht Helfer bitten, Ihren Mann nach Puerto de Mogán zu bringen?«, fragte er weiter. »Es gibt doch hier sicherlich das Rote Kreuz oder andere Organisationen, die behilflich sein könnten?«

»Es geht letztlich nicht darum, ihn zu transportieren«, erwiderte sie. »Sicherlich kann man ihn irgendwie auf das Schiff kriegen. Aber Justus ist kein Möbelstück. Er ist ein Mensch, der entsetzlich leidet. Und ich kann und will ihm das nicht zumuten. Wir müssen einfach akzeptieren, dass es in ein paar Tagen, vielleicht auch erst in ein oder zwei Wochen, vorbei sein wird. Es hört sich bestimmt grausam an, Herr Knobel. Aber mittlerweile bete ich für seinen Tod. Krebs ist eine Geißel der Menschheit. Es gibt so viele Menschen, die daran sterben. Aber es ist noch mal etwas ganz anderes, wenn man selbst davon betroffen ist. Ich erlebe das nun das zweite Mal mit, wenn auch jetzt viel intensiver. Mein Schwager Juan ist vor sechs Jahren genau an dieser Krebsart verstorben. Ich kenne die Phasen des Sterbens, Herr Knobel, glauben Sie mir das.«

»Der Vater des kleinen David?«, fragte Stephan.

Sie sah erstaunt auf.

»Ach ja, ich erinnere mich. Sie und Ihre Freundin hatten ja die Kinderzeichnung in der Diele gesehen. – Ja, es war der Vater von David. Meine Schwester hat damals sehr gelitten. Stellen Sie sich vor: Da wächst das kleine, erst dreijährige Kind heran und der Mann, mit dem Sie gemeinsam die Familie bilden, die Sie sich so sehr gewünscht haben, stirbt Ihnen unter den Händen weg. Er hatte vor seinem Tod fast zwei Monate durchgehend im Krankenhaus in Las Palmas gelegen und bestimmt die beste Versorgung bekommen. Aber genutzt hat es nicht. Und deshalb haben wir uns entschlossen, gar nicht erst einen Kampf aufzunehmen, der nicht zu gewinnen ist. Justus bekommt schmerzlindernde Mittel, mehr nicht.«

»Also haben Sie einen Arzt vor Ort, der ihm diese Mittel verschreibt?«

»Selbstverständlich«, nickte sie. »Maspalomas hat reichlich Ärzte, sogar etliche deutsche. Es gibt dort einen guten und erfahrenen Onkologen, Dr. Andreas Neumann. Er verschreibt die notwendigen Mittel.«

»Dann kommt Dr. Neumann hier auch sicherlich vorbei?«, hakte Stephan nach.

»Am Anfang hatte er es gemacht, klar. Er hat meinen Mann untersucht. So muss es ja auch sein. Der Befund war zusammen mit dem verheerenden Röntgenbild schnell erstellt. Es gibt nichts mehr zu heilen, sondern nur noch zu lindern.«

»Hat Dr. Neumann Ihren Mann noch mal geröntgt?«, fragte Stephan.

Sie lächelte bitter.

»Ja, ich verstehe, dass es sich immer wieder um die Röntgenbilder dreht. Die waren ja auch in dem Prozess gegen Hobbeling fast wichtiger als das Schicksal meines Mannes. – Nein, Herr Knobel, Dr. Neumann hat ihn nicht erneut geröntgt. Das vorhandene Röntgenbild zusammen mit der beruflichen Erfahrung des Arztes reichten völlig aus. Dr. Neumann sah, was war. Er brauchte kein neues Bild.«

Stephan nahm einen Schluck Wein und sah eine Weile scheinbar gedankenverloren in die Nacht.

»Dass Ihr Mann Hobbeling vergeben hat, ist eine großartige Leistung. Ich weiß nicht, ob ich so etwas könnte.«

»Ach, was heißt vergeben?«, wehrte sie ab. »Wir sind des Kämpfens müde geworden. Hobbeling hat einen furchtbaren Fehler gemacht, und ich denke, er hat es im Herzen und im Kopf verstanden. Äußere Schuldeingeständnisse helfen letztlich nicht weiter – und rechtliche Hahnenkämpfe auch nicht. Sie haben Hobbeling ja gesehen. Er macht doch einen netten, sympathischen Eindruck. So einen Menschen mag man. Leider haben wir uns unter ganz anderen Umständen kennengelernt. – Ich habe sogar heute über die Firma meines

Mannes eine E-Mail von ihm weitergeleitet bekommen, in der er uns mitteilt, dass er von seinem Besuch hier nachhaltig beeindruckt und in Gedanken bei uns sei.«

»Wie kam Ihr Mann überhaupt auf Hobbeling?«, fragte Stephan. »Soweit ich weiß, war ihr Mann nie krank und kannte deshalb keine Ärzte – bis auf einen Zahnarzt vielleicht. Hobbeling praktiziert doch in Unna.«

»Ja, ein Arzt in Dortmund wäre nahe liegender gewesen, nicht wahr?« Sie sah Stephan abschätzend an. Er erwiderte ihren Blick nicht.

»Ich denke schon«, sagte er.

»Jens Hobbeling war Mandant in der Steuerberaterpraxis, in der ich früher gearbeitet hatte«, erklärte sie. »Er galt als fachliche Kapazität, seriös und gewissenhaft. Ich habe ihn nicht einmal persönlich kennengelernt. Ich kannte ihn sozusagen nur aus der Buchhaltung und von dem, was der Steuerberater über ihn erzählte. Er hatte gute Erfahrungen mit Hobbeling gemacht und gelobt, dass er ein unwahrscheinlich netter Arzt sei, der sich einfühlsam für seine Patienten einsetze. So ist das eben. Welchen Arzt hält man für gut, Herr Knobel? Natürlich denjenigen, der immer nett und freundlich ist und keine harten Sachen sagt. Man ist häufig genug so dumm, dass man die Wahrheit gar nicht hören will. Und bei meinem Mann sah es ja damals weiß Gott auch nicht sofort lebensbedrohlich aus. Er nahm aus unklaren Gründen Gewicht ab und erbrach sich häufig. Sicher, das ist beunruhigend, aber bei einem Geschäftsmann, der von Termin zu Termin hastet und sich über dieses und jenes ärgern muss, durchaus erklärlich. Also habe ich ihm den Namen von Hobbeling genannt, und er ist hingefahren. So einfach ist das. Und er war sogar von Hobbeling ganz angetan. Justus berichtete, dass er eine Röntgenaufnahme gefertigt und ihn ausführlich zu seinen Lebensgewohnheiten und Vorerkrankungen befragt habe. Es sei ein nettes, sehr aufgeschlossenes und fast freundschaftliches Gespräch gewesen. Und als eine Woche später das Röntgenbild ausgewertet war, schien alles in Ordnung. Dazu kommt, dass mein Mann ein ausgemachter Arztfeind war. Er machte um alle Ärzte einen Bogen. Wenn ihm mal übel oder schwindelig war, dann ging er nie zum Arzt, sondern sagte, dass die Natur ihn schon heilen werde. Die Natur gebe und nehme, was sie wolle, sagte er immer. Und jetzt sehen wir das Ergebnis: Sie nimmt ihn wieder zu sich. Wenn mein Mann nicht mehr weiter gegen Hobbeling agitieren will, dann jenseits aller rechtlichen Finessen auch aus dem Grund, weil er in seinem Inneren eine gewisse Mitverantwortung trägt. Mein Mann wollte nie wirklich den Ursachen auf den Grund gehen, und es ist mehr als nachvollziehbar, dass er bei seinem ersten Besuch bei Hobbeling alles verharmlosend dargestellt hat. Er hat dem Arzt bestimmt nicht gesagt, dass er einmal Blut gehustet hatte. Justus wischte sich blutigen Schleim von den Lippen und meinte, er müsse vom vielen Husten wohl eine wunde Stelle im Rachen haben. Er lächelte etwas, aber ich merkte, dass er sehr erschrocken war. Immer, wenn ich ihn wieder darauf ansprach, beruhigte er mich mit Floskeln. Er verdrängte es.«

Julita Rosell hielt inne, betrachtete Stephan längere

Zeit und lächelte dann. »Wir können uns unser Leben nicht aussuchen«, sagte sie, »und unser Sterben auch nicht.«

»Belästigt Sie dieser dicke Kerl noch, der hier ums Haus geschlichen ist?«

»Haben Sie ihn wieder gesehen?«, fragte Frau Rosell zurück.

Stephan schüttelte den Kopf.

»Es könnte ein Detektiv sein«, vermutete er.

»Detektiv? – Für wen? – Ich habe nichts zu verbergen.« Sie lächelte wieder. »Es wird ein Pressefritze sein, der einige zugkräftige Fotos schießen will.«

»Aber die Presse haben Sie selbst ins Haus geholt«, wandte Stephan ein.

»Ja, ich weiß. Es war ein Fehler. Ich habe dem Journalisten, der für das Magazin arbeitet, verboten, noch mal herzukommen. Wir ertragen das alles nicht mehr, Herr Knobel. Möglicherweise wird das ein neuer Fall für Sie! Der Journalist sagt nämlich, er habe mit uns einen Vertrag, das Sterben meines Mannes in gewissen zeitlichen Abständen zu dokumentieren. Er sagt, man könne sich nicht einfach aus dem Vertrag verabschieden. Justus habe sein Sterben an das Magazin verkauft. Wie grotesk das klingt! Der ist doch krank!«

»So ist unsere Gesellschaft«, bemerkte Stephan.

»Kann man sich verpflichten, das eigene Sterben medial begleiten zu lassen?«, fragte Julita Rosell.

»Ich werde es prüfen. – Machen Sie sich keine Sorgen«, beruhigte Stephan. »Ich habe nicht nur Ihre komplette Akte hier vor Ort, sondern sogar einen kleinen Zivilrechtskommentar.«

»Sie haben also quasi Ihr Büro hierher verlegt?« Sie schmunzelte. Dann wechselte sie das Thema.

»Was macht Ihre Freundin, Herr Knobel? Ist sie daheim in Dortmund?«

»Ja, sie schreibt Bewerbungen und sammelt Absagen. Es ist frustrierend. Und ich kann ihr an dieser Stelle noch nicht einmal helfen. Germanisten sind im öffentlichen Dienst derzeit nicht gefragt.«

»Kann sie sich nicht selbständig machen?«, fragte Frau Rosell. »Selbständigkeit ist immer besser. Man muss versuchen, sich allen Zwängen zu entziehen, so gut es eben geht. Sie sehen ja, wie schnell das Leben zu Ende gehen kann. Man muss es genießen, jeden Tag. Ich weiß, das sagen alle. Aber kaum einer hält sich daran.«

Sie füllte nachdenklich Wein nach und schwieg eine Weile.

»Darf ich Sie um einen Gefallen bitten?«, fragte sie schließlich.

Stephan sah auf.

»Ich möchte einfach mal für ein paar Stunden hier raus. Wir sind jetzt insgesamt fast drei Wochen hier. Bis auf einige kurze Einkäufe und Gänge zu Dr. Neumann und zur Apotheke habe ich das Haus nicht verlassen. – Verstehen Sie mich nicht falsch! Aber ich muss einfach eine Zeit für mich allein sein und Sonne tanken. Das Leiden meines Mannes raubt mir mehr und mehr die Kraft. Ich muss für ein paar Stunden etwas anderes sehen. Verstehen Sie das?«

»Natürlich!«, versicherte Stephan.

»Meine Bitte ist, während dieser Zeit das Haus zu

hüten und meinem Mann zu helfen, wenn er Hilfe braucht. Wahrscheinlich wird das noch nicht einmal nötig sein. Er braucht nur ständig seine Medikamente. Ich sage Ihnen, welche es sind und in welchen Mengen sie gegeben werden müssen. Ich kenne hier vor Ort sonst niemanden, dem ich Vertrauen schenke und der zuverlässig ist. Meine Schwester wohnt weit ab von hier entfernt, und ehrlich gesagt möchte ich ihr diese Situation schon deshalb nicht zumuten, weil sie sich sofort an das Sterben ihres Mannes erinnert fühlen wird, den sie über alles geliebt hat. – Würden Sie mir diesen Wunsch erfüllen, Herr Knobel?«

»Natürlich!«, sagte er wieder. »Wann soll das denn sein?«

»Übermorgen, von halb zwölf bis zum frühen Abend. Nicht länger als 18 Uhr jedenfalls. Ab halb sieben gibt es ja Essen im Villa del Conde. Das sollten Sie nicht verpassen!« Sie sah Stephan aufmunternd an. »Übermorgen wäre der beste Tag. Morgen klappt es nicht, weil ich im Ort noch ein paar Einkäufe machen und insbesondere neue Schmerzmittel holen muss und darüber hinaus unsere Reinigungskraft kommt. Ich muss ihr einige Dinge zeigen, die gereinigt werden müssen. – Also übermorgen. Ist das okay?«

Stephan nickte.

»Sie wollen sich einmal ungestört an den Strand legen?«, fragte er.

»Nein! Ich will einfach mal richtig raus. Dorthin, wo ich all das hier vergessen kann. Dorthin, wo mir der Wind um die Ohren fegt.«

»Sie fahren mit dem Boot raus?«, folgerte Stephan überrascht.

»Ja! – Ich möchte ein paar Stunden dieses Gefühl von Freiheit genießen, die wir uns mit diesem Boot erkaufen wollten. Sie können währenddessen hier das Haus nutzen, als sei es das Ihrige. Essen und trinken Sie, was Sie wollen! Entspannen Sie hier auf der Terrasse und schauen Sie aufs Meer. Oder telefonieren Sie die ganze Zeit über mit Ihrer Freundin in der Heimat oder was auch immer. Sie dürfen hier alles machen, Herr Knobel! – Einverstanden?« Sie zwinkerte erleichtert mit den Augen.

Sie leerten die Flasche und stießen ein letztes Mal an. Stephan verließ kurz vor elf das Haus. Er schlenderte nachdenklich die Straße zurück und erschrak, als plötzlich vor ihm blechern etwas auf die Straße fiel. Er sah genauer hin und erkannte eine zerknüllte Bierdose. Stephan sah hinauf auf den dunklen Hang. Es regte sich nichts. Nur links neben der Palme glühte kurz eine Zigarre auf. Stephan ging langsam ins Hotel zurück.

Von dort rief er Marie an. Er erzählte ihr im Detail von den denkwürdigen Gesprächen mit Schürmann und Julita Rosell.

»Hast du ihm von dem Zementwerk mit dem Silo erzählt?«, fragte sie. »Das würde ihn doch interessieren. Dann hat er endlich seinen Beweis.«

»Nein.«

»Warum nicht?«

»Weil Rosell nach wie vor mein Mandant ist«,

erklärte Stephan. »Und weil ich ihn deshalb nicht verraten oder Sachen mitteilen darf, die ich über ihn erfahren habe.«

»Was Schürmann erzählt, rundet die Sache natürlich ab«, entgegnete Marie. »Es sieht doch alles nach einem Betrug aus. Wenngleich es natürlich besonders schäbig ist, eine solch furchtbare Krankheit vorzuspielen.«

»Menschen sind so«, sagte Stephan. »Die Gesellschaft ergötzt sich am Leiden. Also muss man das Leiden auch für seine Zwecke einsetzen. Wenn es so ist, wie es scheint, nutzt Rosell die Schwächen unserer Gesellschaft genau richtig.«

»Kannst du Rosell überhaupt noch vertreten?«, fragte Marie.

»Ich kann das Mandat jederzeit niederlegen, wenn ich es will. Aber Tatsache ist auch, dass ich im Moment noch kein weiteres Mandat habe. Du vergisst, dass mein Austritt aus der Kanzlei wirtschaftliche Folgen hat. Und wir haben uns dort auch noch nicht finanziell auseinandergesetzt. Also bin ich froh über Rosells Mandat. Es läuft und bringt Geld.«

Dann berichtete er von seinem Besuch bei Julita Rosell.

Marie unterbrach ihn hastig, als er von Frau Rosells Bitte erzählte.

»Übermorgen? – Das ist ja eigenartig. Übermorgen hat nämlich auch die Praxis von Hobbeling geschlossen.«

»Woher weißt du das?«

»Ich habe heute in der Praxis angerufen und wollte

einen Termin bei dem Arzt haben«, antwortete Marie. »Es liegt doch auf der Hand, dass er in die Sache verwickelt ist. Also wollte ich mir diesen Hobbeling mal genauer ansehen und mich wegen lang anhaltender Bauchschmerzen untersuchen lassen. Ich habe der Praxishilfe gesagt, dass ich schnellstmöglich einen Termin haben wolle, und sie hat in den Kalender geschaut. Ich wollte einen Termin für morgen oder übermorgen haben, und sie sagte, dass morgen schon alle Termine vergeben seien und übermorgen der Doktor ortsabwesend sei. – Stephan, das ist doch kein Zufall, oder? Es sieht doch fast so aus, als wolle Frau Rosell unbedingt übermorgen diesen Ausflug machen«. Sie überlegte einen Augenblick. »Schlag ihr einfach vor, einen Tag später ihr Haus zu hüten, dann werden wir sehen, was passiert.«

»Ich habe schon fest zugesagt«, entgegnete Stephan. »Außerdem fällt das auf. Allerdings erscheint mir nun eigenartig, dass sie sich vergewissert hat, dass du zu Hause bist. Sie fragte sogar konkret nach.«

»Siehst du!« Marie war in ihrem Element. »Sie parkt dich bei ihrem Mann und weiß dich gut aufgehoben. Mit mir braucht sie nicht zu rechnen. Also kann sie sich seelenruhig mit Hobbeling treffen. Stephan, weißt du, was das heißt? – Morgen bin ich bei dir. – Besorge dir eine Landkarte von den Kanarischen Inseln!«

Ihre Worte waren schnell geworden. Allein die Aufgabe brachte ihr Energie zurück. So hatte er Marie einst kennengelernt. Sie musste dringend einen Job finden. Die Arbeitslosigkeit zermürbte sie.

Stephan ging zur Rezeption. Das Villa del Conde lag in nächtlicher Ruhe. Die Flamencotänzerinnen waren verschwunden. Einige wenige Gäste saßen noch auf der Plaza und tranken ihr letztes Glas. Die Leuchtstäbe an den Türmen der Kathedrale schimmerten blau-violett in den schwarzen Himmel. Stephan betrat die luxuriöse weite Empfangshalle des Hotels. An der Rezeption arbeitete der Nachtdienst. Ein Spanier mit strahlend weißem Gebiss und Dreitagebart empfing ihn im sorgfältig gebügelten Anzug. Stephan bat um einen Reiseführer von Gran Canaria und eine Übersichtskarte der Kanarischen Inseln. Der Mann nickte höflich, ging in ein Hinterzimmer und erschien mit dem Gewünschten.

»Gute Nacht«, sagte er. »Bitte sagen Sie, wenn die Klimaanlage im Zimmer nicht richtig funktioniert.«

»Nein, danke, es funktioniert alles.«

Stephan ging in sein Zimmer zurück. Oben angekommen, machte er sich mit der Insel vertraut und schlief irgendwann ein.

18

Marie landete am frühen Nachmittag des nächsten Tages auf Gran Canaria. Stephan holte sie mit einem Auto vom Flughafen ab, das er morgens im Hotel gemietet hatte. Seine erste Fahrt mit dem Auto hatte ihn nach Puerto de Mogán geführt, wo er sich an dem Café vorbeischlich, in dem Frau Schürmann Posten bezogen hatte und wie jeden Tag – versehen mit reichlich Illustrierten – das Boot von Rosell im Blick behielt. Stephan hatte die Hafenpromenade gemieden und war über einige rückwärtige Gassen zur anderen Seite der Mole gelangt. Er hatte das Boot mit seinem Handy von einer Stelle aus fotografieren können, an der ihn Frau Schürmann nicht sehen konnte. Danach hatte er noch einige andere Boote fotografiert. Sein nächster Weg hatte ihn zu einem Bootshändler direkt im Hafenviertel geführt, der erwartungsgemäß der deutschen Sprache mächtig war. Stephan hatte erklärt, dass er daran denke, in nächster Zeit ein Boot zu kaufen und sich im Hafen einige Boote angeschaut habe, die ihm zusagten. Er hatte gefragt, wie teuer und wie schnell solche Boote seien, die Fotos der von ihm aufgenommenen Boote gezeigt und dabei erfahren, dass es sich bei Rosells Boot um einen zehn Meter langen Bayliner mit sechs Kojen, einer Nasszelle, einem Treibstofftank für 300 Liter, zwei OMC-Motoren und einer maximalen Geschwindigkeit von 50 km/h handelte. Stephan hatte sachkundig genickt. Der Bootshändler hatte ihm reichlich Material und seine Karte mitgegeben und die Handynummer eingekreist, unter der man ihn Tag und Nacht erreichen könne. »Jederzeit!«, hatte er mehrfach beschwörend und ermahnend wiederholt und zum Abschied gerufen: »15.500 Euro, gebraucht, aber in erstklassigem Zustand. – Ach was, 15.000 Euro …«

Auf der Rückfahrt vom Flughafen fuhr Marie das Auto. Sie sollte Fahrpraxis mit dem ihr unbekannten Wagen bekommen. Sie verließen die Autobahn und besichtigten Agüimes, wo sich das Original der Kirche befand, dessen imposantes Duplikat in der Hotelanlage stand.

Danach fuhren sie an Maspalomas vorbei nach Arguineguín. Hier stand die Zementanlage, die man von der Küstenpromenade in Maspalomas im Hintergrund als tristes Ensemble sehen konnte. Sie dominierte mit ihren grauen staubigen Silos, Bunkern, Halden und Verladeanlagen den ansonsten recht hübschen Ort. Die meisten, die Maries Frage nach dem im Bau befindlichen Silo überhaupt verstanden, zeigten sich über ihr Interesse an der Anlage verwundert und zuckten unwissend die Schultern. Nur ein alter Cafébesitzer, der Jahre in Deutschland in der Gastronomie gearbeitet und sich mit dem eigenen Geschäft vor 20 Jahren einen Traum erfüllt hatte, wusste mehr. Tatsächlich hatte es mit dem Silo Probleme gegeben. Man habe den ersten Silo wegen statischer Probleme abgerissen, nachdem dieser bereits im Rohbau fertiggestellt gewesen sei, und habe dann nach längerem Stillstand mit dem Bau des neuen Silos begonnen. All dies wusste er von Miguel, seinem Bruder, der in der Anlage gearbeitet und nicht so schlau gewesen war, sich den Traum von der eigenen Selbständigkeit zu erfüllen. Der Cafébesitzer schlürfte einen Milchkaffee und blieb im Türrahmen seines schlichten Lokals stehen. So schmeckte die Freiheit, die er immer gewollt hatte.

Marie war enttäuscht. Der, wie sie fand, einzige wirkliche Beweis für das betrügerische Handeln von Rosell war wie eine Seifenblase zerplatzt. Das Bild, das ihn und seine Frau auf der Promenade in Maspalomas zeigte, konnte tatsächlich älter sein und aus der Zeit stammen, als Justus Rosell seine vorgebliche Erkrankung noch nicht hatte.

Stephan relativierte. »Wenn die beiden so gerissen sind, wie es aussieht, werden sie nicht bei Kleinigkeiten patzen und ein Foto veröffentlichen lassen, mit dem man sie der Täuschung überführen kann.«

»Aber an ein solches Detail hätten sie nicht gedacht, Stephan«, verteidigte sie. »Man sieht das nur bei genauer Betrachtung der Fotos.«

»Es ändert nichts«, beruhigte er. Er fand bewundernde Worte für den Cafébesitzer. Stephan wollte sie ermuntern, über eine selbständige Tätigkeit nachzudenken. Ihm war der Gedanke gekommen, weil er sich daran erinnerte, dass Marie nur durch ihre Muße veranlasst gewesen war, die Bilder so genau miteinander zu vergleichen.

Sie schien seine Gedanken erraten zu haben.

»Ich habe heute Morgen noch die Wohnung geputzt«, sagte sie und lachte. Die Arbeitslosigkeit belastete im Moment nicht. Sie hatte etwas zu tun.

Als sie in das Hotel gingen, kam ihnen Alex entgegen. Sie grüßte ihn schnippisch und strebte an ihm vorbei.

Marie sah Stephan fragend an.

Stephan tat, als wisse er von nichts.

Sie suchten den Internetraum des Hotels auf und legten die beiden Karten aus, die Stephan an der Rezeption erhalten hatte. Die eine zeigte mit La Palma, La Gomera, El Hierro, Teneriffa, Fuerteventura, Lanzarote und Gran Canaria die gesamte kanarische Inselgruppe, die andere die Insel Gran Canaria mit ihren größeren und kleineren Orten und den zumeist gewundenen Verbindungsstraßen. Stephan markierte Puerto de Mogán.

»Ich soll morgen gegen 11.30 Uhr im Haus der Rosells sein«, sagte er. »Unterstellt, die Frau fährt sofort mit dem Auto zum Hafen, benötigt sie dafür etwa eine dreiviertel Stunde. Ich bin die Strecke heute Morgen mit normaler Geschwindigkeit gefahren. Von Schürmann weiß ich, dass sie recht vorsichtig fährt. Wenn das stimmt und sie nicht extra langsam fährt, wird sie eher etwas mehr Zeit benötigen. Aber wir gehen mal von normaler Fahrgeschwindigkeit aus.«

»Eine Frau, die langsam Auto fährt, steuert ein

schnelles Boot. Das passt doch alles nicht zusammen, Stephan!«

»Vielleicht. Also: Auto abstellen und Boot startklar machen bedeutet weitere zehn bis 15 Minuten. Insgesamt also eine Zeitspanne von rund einer Stunde zwischen der Abfahrt an ihrem Haus bis zum Ablegen des Bootes. Dieselbe Zeit braucht sie vom Anlegen des Bootes in Puerto de Mogán bis zu ihrem Haus. Sie will gegen 18 Uhr zurück sein.«

»Vielleicht kommt sie später«, meinte Marie.

»Das glaube ich nicht. Sie wird nicht wollen, dass ich Fragen stelle. Nein, ich bin mir sicher: Sie wird im Zeitplan bleiben.«

»Also eine Nettozeit für die Bootstour von rund viereinhalb Stunden«, schloss Marie. Für eine Fahrt nach Teneriffa und zurück reicht das kaum, wenn sie nicht wenigstens eine halbe bis eine Stunde bleiben will. Mal abgesehen davon, dass sie auf Teneriffa irgendwo anlegen, von Bord gehen und das ganze Spiel auch umgekehrt vollzogen werden muss. Die Zeit würde höchstens reichen, um etwas abzugeben oder abzuliefern.«

Stephan überlegte.

»Wenn es nicht ein Ziel im Süden Teneriffas ist, wird die Zeit nicht reichen. Alle Orte an den anderen Inselseiten kann sie nicht erreichen, wenn sie rechtzeitig zurück sein will. Und auf die anderen Inseln schafft sie es in der kalkulierten Zeit erst recht nicht.«

»Vielleicht treffen sie sich auf See«, meinte Marie.

»Dann stehen wir dumm da«, erwiderte Stephan. »Aber wenn sie tatsächlich Hobbeling trifft, muss auch er erst auf das Schiff kommen können. Wie du sagst, war er heute noch in der Praxis und hat Termine mit Patienten gemacht.«

»So sagte es jedenfalls seine Praxisgehilfin«, erwiderte Marie. »Er hat nachmittags Sprechstunde bis 18 Uhr. Selbst wenn er pünktlich Schluss macht, wird er kaum vor 20 Uhr fliegen können. Er muss von Unna aus mindestens bis Düsseldorf oder Münster. Von Dortmund aus werden die Kanaren nicht angeflogen.«

Stephan suchte im Internet die Abflugzeiten der Flüge nach Gran Canaria von den Flughäfen Münster, Düsseldorf, Köln und Bremen heraus. Sie verglichen und notierten die Abflugzeiten. Wenn Hobbeling tatsächlich nach Gran Canaria und Julita Rosell treffen wollte, würde er einen der fraglichen Flüge nehmen müssen, die jeweils zwischen 6.30 Uhr und 12 Uhr auf der Insel landeten. Sie beschlossen, dass Marie alle ankommenden Passagiere dieser Flüge beobachten und Hobbeling folgen sollte, sofern er erschien.

Oben im Hotelzimmer sah Stephan die alte Akte durch. Er fand die Kopie eines Zeitungsartikels über den Beginn des damaligen Prozesses Rosell gegen Hobbeling. Die Zeitung hatte die beiden Kontrahenten abgebildet.

»Hobbeling hat heute noch etwas längere Haare«, sagte Stephan.

Marie betrachtete das Foto und steckte es ein. Hobbeling hatte Marie noch nie gesehen. Sie würde am

Flughafen direkt an den Schleusen stehen, durch die die ankommenden Reisenden in die Halle des Flughafens traten. Sie würde sich nicht verstecken müssen.

Dann schlossen sie ihre Handys an die Ladegeräte an.

19

Stephan saß noch beim Frühstück, als Marie anrief. Er hörte ihre hastigen und hallenden Schritte.

»Er hat jetzt ganz kurze Haare, Stephan. Aber er ist es. Ohne Zweifel. Er verlässt jetzt den Flughafen und geht zur Autoagentur. Er hat nur eine kleine Handtasche bei sich. Keinen Koffer. Ich melde mich.«

Stephan sah auf die Uhr. Es war kurz vor zehn. Er war also von Köln aus geflogen. Stephan nahm die Landkarte von Gran Canaria, die er mitgenommen hatte, und beendete das Frühstück. Marie hatte ihren Mietwagen in der Kurzparkzone des Flughafens abgestellt, von der aus sie sowohl den Taxistand, als auch die seitlich gelegene Mietwagenagentur beobachten konnte. Sie hatte sich, nachdem sie die Fluggäste einer jeden angekommenen deutschen Maschine gecheckt hatte, wieder ins Auto gesetzt, das Flughafenareal verlassen und rechtzeitig neu geparkt, wenn sich die Ankunft der nächsten Maschine ankündigte. Jetzt stieg sie ein letztes Mal ein, startete den Motor und behielt die Agentur im Blick. Sie drückte nebenbei auf die Wahlwiederholung ihres Handys und legte es in das Fach der Mittelkonsole, als die Verbindung zu Stephan hergestellt war.

»Hörst du mich?«, rief sie.

Er verstand sie gut.

»Ja«, sagte er. Er hatte den Restaurantbereich verlassen und strebte dem Ausgang der Hotelanlage zur

Küstenpromenade zu. In den Pools kreischten Kinder. Er presste das Handy an sein Ohr.

»Ich höre dich nicht!«, rief sie.

»Ja«, schrie er zurück. »Ich höre dich.«

Alex beobachtete ihn und räkelte sich behaglich auf ihrer Liege.

»Er kommt jetzt mit einem Mann aus der Agentur«, informierte Marie weiter. »Er nimmt einen weißen Mercedes.«

Marie wartete, bis Hobbeling ins Auto stieg und sich der Angestellte des Vermietbüros von ihm verabschiedete. Als Hobbeling losfuhr, war Marie direkt hinter ihm. Sie folgte ihm durch die Fahrbahnschleifen auf die Autobahn. Als er einfädelte, blieb sie ein Stück hinter ihm.

»Autobahn Richtung Maspalomas«, sagte sie ins Handy.

Stephan hatte die Promenade erreicht. Er ging ein Stück weiter und fand eine ruhigere Stelle.

»Er hat keine Eile. Fährt durchschnittlich 90 bis 100«, meldete Marie.

Stephan hörte übers Handy die Fahrgeräusche und den flatternden Seitenwind. Marie fuhr mit offenem Fenster. Sie gab die Abfahrten durch, die sie passierte. Hobbeling blieb auf der Autobahn Richtung Süden. Rund eine halbe Stunde später fuhr sie an Maspalomas vorbei. Sie war jetzt etwa zwei Kilometer von Stephans Standort entfernt. Er verfolgte ihren Weg auf der Karte. Hobbeling blieb auf der Autobahn. Jetzt folgten die ersten Tunnel. Die Verbindung brach ab. Marie und Stephan waren übereingekommen, dass in diesem Fall Stephan neu anwählte, um Marie so viele Handgriffe wie möglich zu ersparen. Sie hatten zwischenzeitlich erneut Kontakt. Marie war in Höhe von Arguineguín, dem Ort mit der Zementfabrik. Dann weitere Tunnel, Abbruch der Verbindung, neue Anrufe von Stephan.

»Er fährt nach Puerto de Mogán«, rief er in sein Handy.

Maries Bestätigung erreichte ihn zunächst nur schwach, dann wurde ihre Stimme wieder deutlicher.

»Es geht jetzt hoch an der Küste entlang«, sagte sie. »Das Meer ist bestimmt 50 Meter tiefer. Zwischen ihm und mir sind zwei Motorräder. Das ist gut. Die Motorräder überholen sich zum Spiel wechselseitig. Wenn er in den Rückspiegel schaut, wird er nur die Motorräder wahrnehmen. Schöner Zufall. Die Strecke ist total kurvig, Stephan.«

»Konzentriere dich!«, ermahnte er. »Ich kenne die Straße. Bin sie vorgestern selbst gefahren. Es geht gleich in Schleifen nach unten. Im Tal gabelt sich die Straße. Nach links geht es dann zurück zum Atlantik nach Puerto de Mogán. Ich wette, dass er links fährt.«

»Wir werden sehen ...«

Es knisterte ein paar Mal. Die Verbindung wurde wieder schlechter. Stephan erinnerte sich, dass die Strecke mit einem Mal schroff vom Atlantik weg ins Landesinnere abbog, um in Serpentinen nach unten zu führen.

»Es geht jetzt runter«, meldete Marie. »Die Motorradfahrer sind noch immer zwischen uns. Sie können nicht überholen.«

»Achte auf die Gabelung!«, rief er ihr zu. »Sie kommt ziemlich plötzlich. Es ist ein kleiner Kreisverkehr. Behalte ihn im Auge!«

Er hörte einige Minuten nichts.

»Marie?«

»Stephan, er ist nach rechts abgebogen. Nicht nach Puerto de Mogán. Er fährt weiter ins Land.«

Stephan sah auf die Karte.

»Du kommst jetzt nach Mogán. Etwa nach fünf bis sechs Kilometern. Es ist der eigentliche Ort. Puerto de Mogán ist das zugehörige Hafenörtchen. Folge ihm einfach!«

Es knackte, dann war Maries Stimme wieder gut zu hören.

»Die Motorradfahrer sind nach Puerto de Mogán gefahren. Ich habe jetzt niemanden mehr zwischen uns.«

»Lass dich zurückfallen«, riet Stephan. »Laut Karte dürfte die Straße nicht stark befahren sein. Du fällst sonst auf! – Wenn Mogán nicht sein Ziel ist, geht es ins Gebirge. Es gibt keine Alternative.«

»Bloß nicht noch mehr Serpentinen«, stöhnte sie. »Scheiße!«

Stephan hörte, dass sie wild hupte.

»Was ist? – Marie?«

»Es ist ein Laster dazwischen gefahren. Er kam rechts aus einer Straße. Ich sehe Hobbeling nicht mehr.«

Stephan sah nervös auf die Karte. Hinter Mogán bog in einer Linkskurve nach rechts eine kleine Stichstraße direkt in die Berge ab. Die Hauptstraße wand sich nach links ebenfalls in die Höhe, hielt eine Entfernung von sechs bis acht Kilometern zur Küste und erreichte sie wieder am Westzipfel der Insel, in Puerto de la Aldea.

»Beruhige dich, Marie! Fahr aufmerksam durch Mogán. Der Ort scheint im Wesentlichen nur aus der Hauptstraße zu bestehen. Wenn Hobbeling dort nicht irgendwo steht, hat er wahrscheinlich den Ort durchfahren. Wir müssen nur darauf achten, dass er nicht nach rechts auf die Nebenstraße abbiegt. Der Abzweig ist etwa zwei Kilometer hinter dem Ort.«

»Wie soll ich das feststellen«, schrie sie. »Der Laster ist noch immer vor mir.«

»Bist du schon in Mogán?«, fragte er ruhig.

»Ich glaube ja. Links und rechts stehen immer mehr Häuser. Es ist ein unattraktives Nest. – Jetzt bremst der Idiot noch!«

»Marie, bleib ruhig …!«

»Na endlich …«

»Was?«

»Er fährt wieder. Es ist eine enge Ortsdurchfahrt.«

»Guck nach links und rechts«, erinnerte er.

»Klugscheißer!«, kam es bissig zurück.

»Denk an die Abzweigung!«

»Noch zwei Kilometer, ich weiß, aber wir sind noch im Ort«, entgegnete Marie.

»Er wird durchgefahren sein«, vermutete Stephan. »Wie soll Julita Rosell mit dem Boot in diesen Ort kommen? – Konzentriere dich einfach auf den Abzweig! Dann sehen wir weiter!«

Sie erwiderte nichts. Stephan wusste, wie sehr sie sich darüber ärgerte, den Anschluss an Hobbeling verloren zu haben, obwohl sie nichts dafür konnte. Marie fühlte sich immer verantwortlich. Sie fühlte sich auch schuldig, dass sie keinen Job fand. Er schaffte es nicht, ihr das auszureden. Wenn sie Hobbeling nicht mehr fand, würde sie sich als Versagerin fühlen.

»Siehst du etwas?«, fragte er weich.

»Die Abzweigung wird auf einem Schild angekündigt. Rechts geht es nach El Barran oder so ähnlich, stimmt das?«

»El Barranquilo Andrés«, las er aus der Karte vor.

»Toll«, keifte sie.

»Bleib einfach auf der Hauptstraße!«, riet Stephan. »Es ist wahrscheinlich, dass er dort weitergefahren ist.«

»Ich glaube es nicht!«, rief sie.

»Was?«

»Der Laster fährt rechts ran. – Eine Kaffeebude.«

»Na also«, beschwichtigte Stephan. »Fahr einfach weiter! Wir werden ihn schon finden.«

Er hörte, wie Marie aufs Gas trat.

»Sei vorsichtig!«, sagte er. »Das ist alles nicht so wichtig.«

Sie antwortete nicht. Stephan kannte ihren Ehrgeiz. Er hörte ihr beim Fahren zu. Sie trieb das Auto, schaltete runter und wieder höher, der Motor jaulte. Sie fluchte über die ständigen Kurven.

»Es geht keine 50 Meter geradeaus! Ich kann nicht schneller fahren.«

»Sei vorsichtig!«, rief er wieder. Laut Karte ging es auf rund 1.000 Meter hoch.

»Er ist weg, Stephan!«

»Fahr einfach weiter«, beharrte er.

»Solche Kurven hast du noch nicht gesehen. Es geht wirklich kaum ein paar Meter geradeaus.«

»Gibt es Ortschaften?«, fragte er.

»Nach links geht es gleich ab in einen Ort mit V am Anfang.«

»Veneguera«, sagte er mit Blick auf die Karte.

»Und?«

»Fahr weiter!«, wiederholte er. »Ich weiß sonst auch keinen Rat. – Marie, ich muss jetzt zu Frau Rosell …«

Stephan ging über die Promenade weiter in Richtung des Hauses seines Mandanten.

»Wenn ich im Haus bin, kann ich nicht sprechen, solange Frau Rosell noch da ist. Ich mache während der Zeit das Handy aus. Sobald sie raus ist, schalte ich es wieder ein.«

»Ja, okay!«

»Wo bist du jetzt?«, fragte Stephan.

»Keine Ahnung. Es geht höher und höher. Hier stehen nicht einmal mehr Sträucher. Es ist völlig einsam hier!«

»Langsam und vorsichtig fahren!«

»Jawohl«, sagte sie gedehnt. Letztens hatte sie einmal gesagt, dass sie sich manchmal bevormundet fühle. Er hatte ihr nur gezeigt, wie man geordnet Geschäftspost abheftet. War er spießig geworden?

20

Stephan stieg die Treppen hinauf, die zu der Sackgasse führten, an der Rosells Haus lag. Das kleine Auto von Schürmann war nicht zu sehen.

Er sah ein letztes Mal auf das Handy. Keine Nachricht im Display. Dann schaltete er es ab und klingelte.

Frau Rosell öffnete lächelnd.

»Jetzt bin ich fast zu spät«, sagte Stephan entschuldigend und sah auf die Uhr.

»Ach nein, es soll ja heute ein Tag der Erholung sein. Darf ich Ihnen noch einen Kaffee anbieten, Herr Knobel?«

Er war versucht zu verneinen, weil sie es doch eilig haben musste. Die vereinbarte Zeit war überschritten.

»Doch, wir trinken noch einen Kaffee«, entschied sie.

Sie ging in die Küche.

Stephan hörte, wie die Kaffeemaschine mahlte und den frisch gebrühten Kaffee zischend in die Tassen auspresste. Er wartete im Wohnzimmer. Sie kam mit einem kleinen Tablett zurück und stellte es vorsichtig auf der antiken Anrichte ab. Julita Rosell war gepflegt wie immer, hatte ihre Sonnenbrille in die Haare geschoben und sich auffallender als sonst geschminkt. Als Stephan den Kaffee zu sich nahm, erklärte sie die Medikation.

»Es ist nicht schwer«, sagte sie, »ich habe zusätzlich alles aufgeschrieben. Es ist auch nur für den Fall der Fälle. Wenn Justus Schmerzen hat, müssen Sie ihm das so geben, wie ich es notiert habe. Ansonsten braucht er um 16 Uhr nur dieses eine Medikament.«

Sie hob eine Schachtel an und zeigte sie.

»Eine Tablette, im Wasser gelöst«, sagte sie. »Sie können das, Herr Knobel, keine Angst! – Ich habe es auch gelernt. – Lernen müssen«, ergänzte sie und wirkte zugleich kindlich naiv und wie vom Leben gezeichnet. »Es ist ein ungleiches Rennen«, setzte sie schwermütig hinzu.

Stephan merkte sich, was sie sagte, und behielt sich vor, Justus Rosell gar nichts zu geben. Es war eine plötzliche Ahnung, die ihn davor warnte, die Medikamente zu verabreichen, die Julita Rosell ihrem Mann zugedacht hatte. Er hatte ein ungutes Gefühl.

Als sie alles erklärt hatte, trank sie ihren Kaffee aus, steckte ihre Brieftasche in eine kleine bunte Gürteltasche und tauschte die Hausschuhe gegen elegante weiße Sportschuhe. Sie nahm die Sonnenbrille aus den Haaren und setzte sie auf. Dann ging sie.

Stephan trat an das Fenster in der Diele und sah ihr nach. Sie verschwand eilig um die Ecke. Kurze Zeit später röhrte der Porsche ihres Mannes in der benachbarten Garage auf.

Sie ist eine geübte Fahrerin, dachte Stephan.

Er sah auf den Hang gegenüber. Alles blieb still.

Oder bewegte sich der große buschige Oleanderstrauch rechts von der Palme? Er trat einen Schritt zurück, sodass man ihn hinter der Gardine nicht entdecken konnte. Er wartete einen Augenblick, aber es tat sich nichts. Dann ging er durch den Flur und öffnete leise die Tür zu Justus Rosells Zimmer. Der Mandant schlief. Oder tat er nur so? Die Vorhänge waren zugezogen. Das Tageslicht drang nur schwach durch das dichte Gewebe der Vorhänge. An der Decke drehte bleiern wie immer der Ventilator. Herr Rosell atmete gleichmäßig ein und aus. Er hörte sich an wie die schnorchelnde Pumpe eines Aquariums. Stephan schloss die Tür und begab sich wieder in die Diele, schaltete eilig sein Handy an und wählte Maries Nummer.

»Warum dauert das so lange?«, beschwerte sie sich. »Du warst fast eine Viertelstunde weg.«

»Frau Rosell hat mit mir noch einen Kaffee getrunken«, sagte er leise. »Ich konnte nicht eher. Wo bist du?« Stephan trat durch die Terrassentür nach draußen und suchte einen Platz, von dem aus er ungestört telefonieren konnte. Justus Rosell würde ihn dort nicht hören können.

»Ich fahre Kurve um Kurve nach oben. Von Hobbeling keine Spur. Hier oben fährt ohnehin kaum jemand. Die Straße ist schwierig zu befahren.«

»Fahr einfach normal weiter«, riet er abermals. »Wenn wir ihn verloren haben, ist es eben so. Geh' kein Risiko ein!«

»Schneller als 30 kann ich ohnehin nicht fahren. Es ist völlig einsam hier. Nur braunes, schroffes Gestein und ein paar Kakteen. Und es ist brütend heiß hier oben.«

Stephan hörte das Motorgeräusch mal lauter und mal leiser, je nachdem, ob es von den benachbarten Felswänden zurückgeworfen wurde oder nicht. Die Karte verriet ihm, dass die Kurven und Schleifen nicht so bald aufhören würden. Schon der Mann der Autovermietung hatte ihm gesagt, dass man auf Gran Canaria abseits der Autobahnen meistens nicht einmal eine Durchschnittsgeschwindigkeit von 50 schaffe.

»Stephan, da steht er!«

Maries Nachricht stieß unerwartet und hart aus dem Handy. Er erwiderte nichts und hörte angestrengt in sein Telefon. Das Auto fuhr gleichmäßig. Er nahm an, etwas langsamer, dann wurde das Motorgeräusch wieder lauter.

»Hast du gehört?«, fragte sie wenige Momente später.

»Ja, ja. Was war da?«, fragte Stephan ungeduldig.

»Er steht an einer Bushaltestelle. Das heißt, sein Auto steht in der Haltebucht für die Busse, und er befindet sich neben dem hölzernen Wartehäuschen. Ich weiß nicht, was er da will. Vielleicht will er nur pinkeln.«

»Was machst du jetzt?«

»Ich fahre weiter, bis ich irgendwo anhalten kann, um ihn überholen zu lassen.«

»Das ist gut«, meinte Stephan. »Er muss ja an dir vorbeifahren.«

Er hörte, wie einige Minuten später der Motor abgestellt wurde. Durch das Telefon drang ein leises Rauschen.

»Stehst du jetzt?«, wollte er wissen.

»Ja, etwa zwei Kilometer hinter der Haltestelle. Es ging nicht eher.«

»Schon gut.«

Sie warteten. Stephan hörte hin und wieder auf- und abschwellende Geräusche, und Marie meldete jedes Mal, dass es andere Autos waren, die sie überholten oder ihr entgegen kamen.

»Er kommt nicht«, sagte sie nach einer Weile. »Vielleicht war er mit Frau Rosell an der Haltestelle verabredet.«

»Wie soll das gehen?«, fragte Stephan. »Die Straße ist etliche Kilometer vom Wasser entfernt. Dreh einfach und fahr zurück. Vielleicht befindet sich dort ein Abzweig, den du nicht gesehen hast.«

Es vergingen einige Minuten, dann bestätigte sie.

»Es gibt an der Haltestelle tatsächlich einen Abzweig. Er geht von der anderen Straßenseite ins Tal hinab. Ich habe ihn wahrscheinlich nicht gesehen, weil ich nur auf Hobbeling und sein Auto geachtet habe.«

Stephan sah auf die Karte.

»Geht es dort nach Tasarte?«

»Ja, Tasarte. Hier steht ein Hinweisschild.«

»Fahr hinunter!«, sagte Stephan. »Die Straße geht hinunter in den Ort Tasarte, die du nach rund zwei Kilometern erreichst. Fahr' durch den Ort hindurch. Nach der Karte geht die Straße weiter bis zum Strand.«

»Ich sehe das Meer von hier oben«, sagte Marie. »Es ist aber weit entfernt. Ich müsste durch das ganze Tal fahren.«

»Das ist richtig«, bestätigte er. »Der Ort liegt ziemlich weit oben, der zugehörige Strand ist ein Stück entfernt. Ich schätze mal acht bis zehn Kilometer.«

Marie fuhr weiter, steuerte das Auto durch das einsam gelegene Tasarte mit seinen wenigen schlichten Häusern, die sich an der steilen engen Straße wie Perlen an einer Schnur aufreihten. Stephan erfuhr, dass es dort sogar einen Spar-Supermarkt gab. Dann schwieg Marie und folgte konzentriert der wenig benutzten Talstraße, die, der Geländeformation folgend, sich durch Geländefurchen und um Felsvorsprünge wand. Irgendwann wurde das Tal etwas breiter und ebener, es gab spärlich betriebene Landwirtschaft. Einige wenige trockene Felder waren mit unansehnlichen grauen feinen Netzen eingehaust und so vor Schädlingen geschützt. Die Straße beschrieb ein letztes Mal einen scharfen Doppelhaken; dann sah Marie das Meer rund hundert Meter vor sich. Der Atlantik schlug mit gleichmäßigen kleinen Wellen auf das Land. Es gab keinen Sandstrand, sondern nur Steine. Die Asphaltstraße endete und führte nun als Schotterpiste bis ans Wasser heran. Marie stellte den Wagen ab, sah sich um und folgte dem Weg längs einer baufälligen alten Mauer Richtung Strand. Hinter der Mauer hörte sie das leise Zischen der Düse einer Wassersprenganlage. Die Wassernebel stiegen in feinen Schleiern in die Luft. Marie sah das zerstäubte Wasser über der Mauerkrone im Sonnenlicht wie Sterne funkeln. Die Mauer wurde von einem alten verrosteten Gittertor unterbrochen, dessen Flügel weit geöffnet waren. Es waren noch etwa

50 Meter bis zum Wasser. Marie passierte das Tor, sah die Wassernebel in der Luft und das Meer vor sich. Dann, mit nur einem flüchtigen Blick, sah sie rechts im Hof das Auto von Hobbeling stehen. Sie erschrak, stockte und ging einem inneren Impuls folgend wie mechanisch weiter. Marie wagte nicht, noch einmal in die Einfahrt zu sehen, doch sie hatte mit ihrem kurzen Blick auch die beiden Personen erfasst, die neben der geöffneten Fahrertür standen. Es waren der Arzt und Frau Rosell, die sich umarmten und küssten. Marie ging teilnahmslos vorbei, zielstrebig, aber nicht hastig und erreichte den schützenden Schatten der sich auf der anderen Seite fortsetzenden Mauer. Sie lief mit klopfendem Herzen schneller, blieb im Schutze der Mauer, die im rechten Winkel abknickte und nun parallel zum steinigen Strand verlief. Zwischen ihr und den vom Wasser geschliffenen Steinen mochten vielleicht 20 Meter liegen. Die Fläche zwischen Strand und Mauer war nicht mehr als eine staubige Piste, auf der etliche andere Autos parkten, deren Insassen offensichtlich in dem kleinen Lokal saßen, das am Ende des Weges vor einem Felsvorsprung stand. Er markierte wie ein Pfeiler den hier endenden Taleinschnitt und ragte trotzig in der Brandung auf. Der Felsvorsprung verklammerte die zerklüftete Küste und die bis hier reichenden Hänge, die das trockene Tal säumten, durch das Marie bis zum Atlantik gefahren war. Sie erkannte sofort in dem Haus mit dem Restaurant das Piratennest von Davids Kinderzeichnung wieder.

Marie passierte das Lokal mit seiner verwegenen, direkt auf den Strand gebauten Veranda, auf der rotweiße Sonnenschirme mit Coca-Cola-Werbung standen, und kletterte an den ins Meer ragenden Felsen entlang bis in eine kleine Bucht, von der aus sie versteckt das Motorboot sehen konnte, das direkt vor der Veranda des Restaurants an einem Holzpfahl angebunden war und in der schwachen Brandung schaukelte. Es musste dasjenige sein, mit dem Frau Rosell hergekommen war. Geschützt durch eine Felsnase berichtete Marie Stephan mit dennoch gepresster Stimme, was sie entdeckt hatte.

»Ich glaube nicht, dass sie mich erkannt hat«, meinte sie. »Sie hat mich nur ein einziges Mal gesehen, als ich damals mit dir in ihrem Haus war. Überdies hat sie sich in erster Linie nur mit dir unterhalten. Und im Übrigen rechnet sie hier nicht mit mir. Sie war zum Glück zu sehr mit ihrem Liebhaber beschäftigt.«

21

Julita Rosell hatte mit Jens Hobbeling geschlafen. Ihn zu spüren, hatte gut getan. Sie hatte nach ihm verlangt, sich hier mit ihm in ihrem Elternhaus verabredet, das nach dem Tod ihrer Eltern gelegentlich von ihr oder ihrer Schwester als Refugium genutzt wurde. Das Tal von Tasarte war vom Tourismus noch nicht entdeckt worden. Der steinige Strand hielt viele Besucher fern. Er war bis jetzt nur für einige Individualisten und für die wenigen Surfer attraktiv, die die beschwerliche Autofahrt über die Berge bis Tasarte in Kauf nahmen, um ihrem Sport nachzugehen. Die Kommune hegte schon seit Langem den Plan, den Strand zu verschönern und mehr Gastronomie anzusiedeln. Playa de Tasarte würde einmal ein Juwel der Küste werden. Man musste nur die Bausünden vermeiden, die man andernorts begangen hatte. Dann würde das Grundstück ihrer Eltern wertvoll werden. Aus dem baufälligen Haus würde ein kleines gediegenes Hotel werden.

Julita Rosell stand nackt am Fenster und sah hinaus. Jens Hobbeling stand hinter ihr und knetete nochmals ihren Körper. So wie er sie nahm, sollte es sein. So wollte sie es immer haben. Mit Justus verband sie eine wirtschaftlich gut situierte Ehe, aber keine Leidenschaft. Sie hatte sich in Justus verliebt gefühlt, als sie ihn heiratete. Sie hatte sich eingeredet, dass er der Richtige sei, war von seinem Charme gefangen, natürlich auch von seinem Wohlstand. Sie folgte ihm blindlings nach Deutschland. Gran Canaria bot keine beruflichen Perspektiven. Sie mochte das Hotelgewerbe nicht. Julita Rosell hatte einen Sinn für das Geschäftliche. Sie war geschickt in der Buchhaltung, kombinierte und addierte, wuchs bald aus der bloßen Steuerfachgehilfin hinaus, als die sie ausgebildet worden war, und wechselte gern in die Firma ihres Mannes, um sich dort um all diese Dinge zu kümmern, mit denen er sich nicht beschäftigen mochte. Justus war ein Mann vom Bau. Er liebte die großen Bagger und Fräsen, mit denen er das Erdreich bewegte. Aber im Verhältnis zu ihr war er eigenartig sanft und fast devot folgsam. Er tat, was sie wollte. Und das befriedigte sie nicht. Sie liebte Justus nicht mehr, sie liebte jetzt den Erzfeind ihres Mannes.

»Was denkst du?«, fragte Hobbeling, während er sie losließ und sich anzuziehen begann.

»Diese junge Frau vorhin«, sagte sie nachdenklich. »Ich bin mir fast sicher, dass es die Freundin unseres Anwalts ist.«

»Was sollte sie hier tun?«, fragte er lächelnd.

»Es lauert auch ein fetter Kerl vor unserem Grundstück rum«, sagte sie. »Vielleicht hängen sie alle zusammen.«

»Wie soll die Frau hergefunden haben?«, fragte er ungläubig.

»Bist du sicher, dass dir niemand gefolgt ist?«

Sie wandte sich zu ihm um. Bei ihrem Anblick keimte in ihm wieder die Lust auf.

»Ja!«, versicherte er mit Nachdruck. »Mir ist niemand gefolgt.« Er wollte sie wieder berühren.

»Nicht jetzt!«, sagte sie. »Nächstes Mal. Ich muss zurück. Und du auch.«

Sie ließ ihn stehen. Es machte ihr Spaß. Er sollte nach ihr verlangen. So wie sie nach ihm. Sie spielten mit ihrem Verlangen und lebten es.

Kurze Zeit später fuhr er davon.

Julita Rosell durchschritt das rostige Tor und schloss es. Die Flügel knirschten in ihren Scharnieren. Sie warf den Bügel ins Schloss und betrachtete das an der Mauer parkende Auto. Sie notierte sich die Autonummer. Hinter der Frontscheibe klebte das Etikett der Hertz-Autovermietung. Julita würde mit Pedro im Bürgermeisteramt telefonieren. Sie waren zusammen auf die Schule gegangen und eine Weile ein Paar gewesen. Pedro würde herausfinden, wer dieses Auto wann gemietet hatte.

22

Stephan saß im Wohnzimmer, als Julita Rosell vorzeitig kurz nach halb sechs abends zurückkam. Er hatte das Handy ausgeschaltet und die Landkarte sorgfältig zusammengefaltet in der Hosentasche verstaut. Frau Rosell sah nach ihrem Mann. Dann kam sie in das Wohnzimmer zurück.

»Herr Knobel, haben Sie ihm nicht um 16 Uhr das Medikament gegeben?«

Stephan sah betreten auf. Er hatte es nicht vergessen, aber ein mulmiges Gefühl hatte ihn davor gewarnt, seinem Mandanten das Mittel zu verabreichen.

»Ich habe es vergessen«, haspelte er.

Sie schüttelte verständnislos den Kopf.

»Ich vertraue Ihnen, Herr Knobel! Justus braucht das Mittel dringendst. Es kann ihn umbringen, wenn er es nicht rechtzeitig bekommt.«

Sie rannte in das Zimmer ihres Mannes zurück.

»Justus«, rief sie, »du bekommst dein Mittel sofort. Es tut mir leid.«

Stephan stand auf und folgte ihr leise bis zur Zimmertür. Er sah, wie sie den Oberkörper ihres Mannes anhob und das Kissen darunter neu ausrichtete.

Sie tut immer dasselbe, dachte Stephan.

Julita Rosell drehte sich um.

»Helfen Sie mir doch bitte! Mein Mann ist zu schwer für mich!«

Wie macht sie es denn sonst, fragte sich Stephan.

Er trat vor, beugte sich über das Bett und fasste Justus Rosell an der Schulter.

»Stützen Sie auch seinen Kopf, wie bei einem Baby«, forderte Frau Rosell.

Stephan bemühte sich nach Kräften. Justus Rosell hatte die Augen halb geöffnet, aber er sagte nichts. Er schloss die Augenlider, öffnete sie wieder und sah Stephan an. Ihm war, als versuche sein Mandant zu lächeln.

Frau Rosell gab ihm die bereitliegende Pille in das Wasser und führte das Glas zu seinem Mund. Herr Rosell schluckte langsam und schwerfällig. Aus seinen Mundwinkeln rann etwas Wasser, lief über das Kissen und tropfte auf das Hemd seines Schlafanzuges. Er verschluckte sich, spuckte aus, hustete schwach und fiel mit verschwitzten Haaren in das Kissen zurück, als Stephan ihn behutsam losließ.

Frau Rosell betrachtete ihren Mann noch einen Augenblick, dann bedeutete sie Stephan, mit ihr ins Wohnzimmer zu gehen.

»Sie dürfen das Medikament nicht vergessen«, sagte sie vorwurfsvoll und bemühte sich dennoch um einen milden Tonfall.

»Es ist absolut wichtig, die Uhrzeiten peinlich genau einzuhalten. Auch wenn nichts zu retten ist: Die Medikamente lindern sein Leiden. Es ist das Einzige, was ich noch für ihn tun kann.«

»Sie haben recht«, sagte Stephan, »ich muss mich bei Ihnen entschuldigen.«

»Na ja.«

Sie setzten sich an den großflächigen eleganten Esstisch.

»Sie sind mit diesen Dingen nicht vertraut, Herr Knobel. – Wissen Sie, ich kenne die Abläufe schon zu gut aus der Leidensgeschichte meines Schwagers. Ich kann meine Schwester jetzt in jedem Detail verstehen, wenn sie von damals erzählt. Glauben Sie mir: Da stirbt nicht nur der geliebte Partner. Da stirbt auch etwas in mir selbst. Ich kann mir zuviel Mitleid gar nicht mehr leisten. Wenn ich darüber nachdenke, wie sehr er leidet, bin ich nicht mehr fähig zu handeln. Ich funktioniere nur noch, Herr Knobel. Und ich muss für ihn und auch für mich funktionieren. Wir werden sehen, ob und wie ich mich erhole, wenn er verstorben ist. Dann beginnt eine neue Zeitrechnung.«

Wie wahr, dachte Stephan.

»Haben Sie sich ein wenig erholen können?«, fragte er.

»Die Stunden haben gutgetan. Ich bin mit dem Boot an der Küste entlanggefahren. – Und zwar zu der Bucht, die der kleine David gemalt hat.«

Sie deutete auf die Diele.

»Sie haben das Bild gesehen, erinnern Sie sich?«

»Ja selbstverständlich«, nickte Stephan. »Wo ist das?«

»Ein kleiner Strand an der Westküste. – Ich sagte ja schon, Herr Knobel: Sie müssen die vielen Schönheiten dieser Insel erobern. Raus aus der Touristenmetropole Maspalomas! Ich kann Ihnen viele Tipps geben.«

»Und wo ist dieser abgelegene Strand an der Westküste?«, fragte Stephan.

»Playa de Tasarte«, antwortete sie. »Sie werden den Namen noch nie gehört haben.«

»Tasarte?«, wiederholte er. »Nein.«

Julita Rosell sah vor sich hin und schien gedankenverloren. Den Namen nicht preisgeben, könnte weiteren Verdacht erregen, wenn es Knobels Freundin gewesen sein sollte, die vorhin an dem geöffneten Tor vorbeigegangen ist. Ihn zu nennen war unschädlich, wenn sie es nicht war. Sie und Jens würden nun noch vorsichtiger sein müssen. Sie kannte das Tal von Tasarte aus ihrer Kindheit wie die eigene Westentasche. Weit oben im Tal gab es noch das eine oder andere Haus, das Verwandten und Freunden der Familie gehörte.

»Haben Sie heute den dicken Typen am Grundstück gesehen?«, fragte sie.

Stephan schüttelte den Kopf.

»Ich bin hier in Ihrem Garten geblieben«, sagte er, »und war offensichtlich in jeder Hinsicht unaufmerksam. Es tut mir leid, ich habe ihn nicht gesehen.«

»Ich frage mich, was er will«, sagte sie.

»Wie gesagt, ich vermute, es ist ein Detektiv.«

»Aber von wem ist er beauftragt?«, fragte sie. »Was denken Sie, Herr Knobel?«

»Vielleicht ein Versicherungsdetektiv«, mutmaßte er.

Sie sah ihn fragend an.

»Ich weiß aus der Akte, dass eine hohe Lebensversicherung zugunsten Ihres Mannes besteht. Nach dem Tod Ihres Mannes steht Ihnen die Versicherungssumme zu. Kollege Löffke hat wohl einmal Ihren Mann danach gefragt, als er im Rahmen des Schadenersatzprozesses gegen Hobbeling wissen wollte, ob und wie Sie im Falle des Todes Ihres Mannes gesichert sind. Und deshalb kann es sein, dass sich die Versicherung angesichts des drohenden Todes Ihres Mannes um die Fallumstände kümmert.«

»Fallumstände?«, wiederholte sie. »Welche Fallumstände? Heißt das, dass die Versicherung davon ausgeht, dass mein Mann gar nicht krank ist und seinen Tod nur vortäuscht?«

Stephan hob unschlüssig die Schultern. Warum gelangte sie so schnell zu dieser Annahme?

»Deshalb läuft so ein dicker Mann hier rum und versucht etwas zu erfahren?«, fragte sie irritiert. »Was will er denn erfahren? – Ich kann mir das einfach nicht vorstellen, Herr Knobel! – Die Versicherung kann gern meinen Mann ärztlich untersuchen lassen. Ich würde sogar darauf bestehen! Wir müssen nicht noch mehr Ärger haben. Es trifft uns ohnehin alles hart genug. Können Sie nicht mehr über diesen Mann herausfinden, Herr Knobel? Ich habe nicht die Zeit, dieser Gestalt aufzulauern. Es gibt hier für mich Wichtigeres zu tun!«

Stephan versprach, sich zu kümmern. Er verabschiedete sich.

23

Etwa eine Stunde später traf Marie endlich ein. Sie setzten sich in der Höhe des Leuchtturms von Maspalomas ans Meer. Stephan berichtete von seinem Gespräch mit Frau Rosell.

»Ich weiß nicht, ob sie dich gesehen hat«, fasste er zusammen. »Eigenartig ist, dass sie erst jetzt den Ort Tasarte erwähnt hat«, sagte er. »Aber andersherum haben wir auch nicht nach dem Namen des Ortes gefragt, als wir das Bild von David gesehen haben.«

»Dass Julita Rosell und Jens Hobbeling ein Verhältnis miteinander haben, verändert alles«, sagte sie. »Ich habe während der Rückfahrt darüber nachgedacht. Es gibt mehrere Möglichkeiten.«

»Ich weiß«, nickte er. »Variante eins: Rosell weiß von dem Verhältnis. Die Ehe ist vielleicht schon seit Langem kaputt. Hobbeling kassiert nicht nur bei dem ganzen Spiel ab, er ist auch persönlich involviert. Aber diese Variante ist unwahrscheinlich.«

»Sehe ich auch so«, sagte Marie.

»Variante zwei: Justus Rosell weiß nichts von dem Verhältnis seiner Frau mit Hobbeling. Diese Variante erscheint mir weitaus wahrscheinlicher.«

»Das bedeutet, dass der Tod von Rosell aus Sicht seiner Frau höchst willkommen sein dürfte«, folgerte Marie. »Denn sie wird sich das Erbe ihres Mannes und die Lebensversicherungssumme lieber mit Hobbeling teilen wollen. Justus Rosell würde nach seinem vorgetäuschten Tod nur stören. Am besten wäre sein tatsächlicher Tod …«

»Wir sollten Variante zwei ergänzen«, fuhr Stephan fort. »Herr Rosell weiß nicht nur nichts von dem Verhältnis seiner Frau mit Hobbeling. Er ist auch tatsächlich todkrank. Wir haben das die ganze Zeit über in Zweifel gezogen, aber all unsere Ansatzpunkte führten letztlich nicht weiter. Da ist zunächst der Umstand, dass er relativ kurz vor seiner schweren Erkrankung eine hohe Lebensversicherung abschließt. So etwas stinkt. Ich kann Schürmann verstehen. Aber wenn es nun einmal zufällig so ist? – Dann wird ein Prozess von Rosell gegen Hobbeling geführt, der letztlich scheitert, weil ein Röntgenbild verloren gegangen ist. Dieses hätte den Nachweis führen können, dass Hobbeling bei der ersten Untersuchung des Patienten Rosell den Tumor hätte erkennen können und müssen. Zu der Prüfung, ob Rosell nunmehr wirklich sterbenskrank ist, kommt es nicht, weil der Arzt die Krankheit nicht bestreitet. Das Gericht unterstellt die Erkrankung als wahr, aber dieser Umstand allein hilft Rosell nicht. Der Arzt, aus Schürmanns Sicht der mutmaßliche Mittäter, geht als Sieger aus dem Prozess hervor. Begleitet wird das ganze Spektakel von erheblichem medialem Getöse, das Rosell auslöst. Das könnte geschickt sein, um sein vermeintliches Schicksal publik zu machen. Jetzt, auf den vermeintlich letzten Metern seines Lebensweges, wird der Zwist zwischen Rosell und Hobbeling aufgelöst. Es findet so etwas wie eine Versöhnung statt. Juristisch gießt man das in einen von den Medien beachteten Vergleich, in welchem

Rosell sogar noch an Hobbeling zahlt. Kein Wunder, dass Schürmann glaubt, es handele sich um den Anteil, den Hobbeling aus dem gemeinsamen Betrug erhält. - Aber was ist, wenn Rosell wirklich krank ist und auch hinsichtlich der Versicherung nichts konstruiert ist? – Schürmann zeigte uns das Motorboot von Rosell, das seine Frau kurz nach ihrer Ankunft auftanken ließ, von Rosell aber gar nicht mehr benutzt werden kann. Schürmann wusste nicht, dass die Frau inzwischen selbst einen Motorbootführerschein hat. Dann das Foto mit der Silobaustelle im Hintergrund. Es steckt nichts dahinter. Du weißt, wie enttäuscht du deswegen warst, Marie! Ich habe ja selbst nicht mehr recht an seine tatsächliche Erkrankung geglaubt. Ich wunderte mich, woher Rosell Medikamente hat, wenn er doch jede weitere ärztliche Behandlung angeblich ablehnt. Die Präparate sind verschreibungspflichtig.«

»Julita könnte sie von Hobbeling haben«, warf Marie ein.

»Das ist eine Möglichkeit. Aber ich glaube es nicht. Hobbeling müsste sie von Deutschland aus verschicken. Das ist risikoreich. Denn so könnte sein Verhältnis zu Julita Rosell durch irgendeinen Zufall entdeckt werden. – Es ist viel einfacher: Die Medikamente werden tatsächlich von Dr. Andreas Neumann verschrieben, der hier in Maspalomas ansässig ist. – Schließlich der Detektiv: Frau Rosell ist gar nicht seinetwegen beunruhigt. Als ich sie das erste Mal darauf aufmerksam machte, dass der dicke Mann hinter ihrem Grundstück ein Detektiv sein könne, hat sie nicht einmal weiter nachgefragt. Heute habe ich ihr die Nachfrage förmlich in den Mund gelegt, und sie hat tatsächlich pariert. Aber sie hat keine Angst vor der Entdeckung eines Versicherungsbetruges. Der Typ ist ihr vielmehr nur lästig. Ich bin mir sicher, dass Justus Rosell nichts zu verbergen hat. Er ist tatsächlich krank. Als ich heute in seinem Haus war, sollte ich ihm gegen vier Uhr ein Medikament geben. Ich hatte das ungute Gefühl, ihm damit Schaden zu können und unterließ es. Als Julita Rosell wiederkam, zelebrierte sie förmlich die Verabreichung genau dieses Mittels. All das ist kein Fake, Marie, glaube es mir!«

»Also wartet sie auf seinen Tod und ist dann reich«, schloss Marie.

»Das kann gut sein«, stimmte Stephan zu. »Aber was können wir ihr vorwerfen? Sie hat den Arzt kennengelernt, der ihren Mann behandelt, und – möglicherweise – einen folgenschweren Fehler gemacht hat. Der Feind wird zum Geliebten. Sie muss diese Liebe geheim halten, selbstverständlich, denn sie will ihr Erbe und die Lebensversicherung nicht gefährden. Denn die Lebensversicherung greift nicht, wenn die Ehe gescheitert ist. Kann man ihr diese Strategie verdenken? Sie pflegt ihren Mann, und ich glaube, sie tut wirklich alles, was man im Endstadium noch für ihn tun kann. Ihre Liebe zu Hobbeling wird sie noch eine Weile verbergen müssen, aber immerhin baut sie geschickt hierzu eine Geschichte auf. Hobbeling hat ihr über die Firma von Rosell eine E-Mail zukommen lassen. Sie dokumentiert also, wie es zum näheren Kennenlernen kommen kann. Es wird weitere dieser Aktionen geben, mit denen sie später belegen kann, wie sie und Jens Hobbeling sich immer weiter angenähert haben. Sie muss nur diesen Strang weiterverfolgen, bis ihre Story die Wirklichkeit eingeholt hat und sie sich offen zu Jens Hobbeling bekennen kann. Zunächst sitzt sie hier auf der Insel bei ihrem sterbenden Mann. Sie ist förmlich gefesselt. Also kommt Jens Hobbeling hierher und trifft sich mit ihr an einem Ort, an dem es unwahrscheinlich ist, entdeckt zu werden. Hobbeling, den einige Menschen im Flugzeug oder auf der Insel aus der Zeitung wiedererkennen könnten, reist mit kurzem Haar. Man erkennt ihn nicht, wenn man nicht genau hinschaut. Perfekt. Und was werfen wir der Frau vor? Dass sie sich ein Erbe und eine Lebensversicherung sichern will? Ich kann das verstehen. Kann man ihr vorwerfen, dass sie sich in einen anderen Mann verliebt hat? Natürlich nicht.«

»Aber du weißt genauso gut wie ich, Stephan, dass Rosell mit Sicherheit nicht dulden würde, dass seine Frau ausgerechnet mit dem Mann zusammen ist, dem er mutmaßlich seinen Tod zu verdanken hat. Du hast mir erst vor einigen Tagen gesagt, dass du als sein Anwalt auf seine Interessen achten musst und beispielsweise nichts über das Foto mit dem Silo sagen darfst. Meinst du nicht, dass du Rosell gegenüber verpflichtet bist zu sagen, was wir nun wissen? Vielleicht will er ganz andere Regelungen treffen!«

»Ich glaube, dass er gar nicht mehr in der Lage ist, alles aufzunehmen«, sagte Stephan. »Und selbst wenn er mich verstehen würde: Macht es Sinn, ihn in den letzten Tagen seines Lebens mit einer Enttäuschung zu konfrontieren, die ihn in den Tod begleitet? Er kann doch nicht mehr in Frieden sterben, wenn man von so etwas überhaupt reden kann. Mal abgesehen davon, dass wir nichts beweisen können und die Geschichte, warum wir Hobbeling überhaupt verfolgt haben, wie erfunden klingt. Denn sie impliziert ja, dass wir an einen Versicherungsbetrug geglaubt haben. Wie soll ich das alles Justus Rosell noch vermitteln, während seine Frau daneben steht, die selbstverständlich alles leugnet und mich schließlich rauswirft, wenn ich dieses Thema auch nur anschneide?«

Marie sah eine Weile auf das Meer.

»Trotzdem«, sagte sie. »Du musst dich für deinen Mandanten einsetzen!«

Was sollte Stephan ihr entgegnen? Sie hatte recht.

»Und was ist, wenn Julita Rosell und Jens Hobbeling sich schon vor der Erkrankung kannten und beide die günstige Gelegenheit genutzt haben, Justus Rosell über seine Erkrankung im Unklaren zu lassen?«, trumpfte sie auf. »Es war doch letztlich die Empfehlung von Julita Rosell, der ihr Mann gefolgt ist und den Arzt in Unna aufgesucht hat. Stimmt es überhaupt, dass Hobbeling Mandant des Steuerberaters war, bei dem Julita einmal gearbeitet hat? – Wir müssen viel weiter in die Vergangenheit zurückgreifen.«

24

Stephan suchte am nächsten Morgen nach dem Frühstück das Haus von Rosell auf. Seine Frau begrüßte ihn freundlich und dankte für sein Interesse, aber sie wies Stephan zurück. Sie könne ihn nicht zu ihrem Mann lassen. Die Nacht sei sehr schlecht gewesen, er habe vor Schmerzen keinen Schlaf gefunden und sei mit seinen Kräften am Ende.

»Ein anderes Mal vielleicht«, sagte sie zum Abschied. »Wenn es noch ein anderes Mal gibt.«

Sie schluckte und wandte sich abrupt ab.

Stephan verließ das Grundstück durch das schmiedeeiserne Tor und schloss es leise hinter sich. Er ging ein Stück die Straße weiter, so weit, bis er von Rosells Haus nicht mehr gesehen werden konnte, und suchte mit seinen Blicken angestrengt den Hang auf der anderen Straßenseite ab. Er sah nichts, aber er war sich sicher, dass Schürmann dort wieder irgendwo hinter einem Gebüsch saß. Stephan nahm sein Handy. Schürmanns Nummer war noch gespeichert. Er wählte ihn an. Schürmann nahm nicht ab, aber Stephan sah ihn nun vorsichtig aus seinem Versteck winken. Heute saß er weiter oben am Hang, so weit oben, dass man ihn vom Haus der Rosells gar nicht sehen, umgekehrt aber auch er wohl kaum beobachten konnte, was sich unten auf dem Grundstück tat. Stephan kletterte abseits über einen staubigen Pfad empor, nahm noch einen Umweg, um nicht in das Blickfeld der Rosells zu geraten, hielt sich an verdorrten Sträuchern und den ledrigen Blättern mediterraner Gewächse fest, bis er im Versteck von Schürmann eintraf. Schürmann hatte sich hinter einer weit ausladenden Kaktee eingerichtet, auf dem abschüssigen bröseligen Gelände eine Decke ausgelegt und sich darauf sitzend mit seinen Füßen gegen einen aus dem Boden ragenden Fels gestemmt, um nicht abzurutschen. Es stank nach Zigarren, Bier und Urin.

»Dass Sie das hier aushalten!«, wunderte sich Stephan.

Schürmann blinzelte ihn an, nahm das Fernglas von der Decke und bat ihn mit einer Handbewegung, sich dazuzusetzen.

Schürmann öffnete provokativ eine Dose Bier.

»Man muss viel trinken in dieser Hitze«, sagte er lakonisch.

Stephan setzte sich zu ihm. Überrascht stellte er fest, dass man von hier doch einen recht guten Einblick in das von der Mauer umschlossene Grundstück der Rosells hatte.

»Ein Blick durchs Fernglas?«, fragte Schürmann und reichte Stephan das Gerät.

Es war voller fettiger Fingerabdrücke und klebrig. Auch die Linse war schmutzig. Aber man konnte trotzdem alle Details gut genug sehen. Julita Rosell verließ gerade das Haus. Schürmann nahm Stephan das Fernglas ab.

»Üblicherweise geht sie um diese Uhrzeit nicht zum Einkaufen«, meinte er. »Das ist merkwürdig. Sie hat auch keine Tasche dabei.«

Schürmann ließ das Glas sinken, nahm eine schmuddelige Kladde zur Hand und notierte Uhrzeit und Vorgang.

»Auf wessen Seite stehen Sie eigentlich?«, fragte Schürmann, als er den Kugelschreiber wieder in die Brusttasche seines karierten Oberhemdes steckte.

»Seit unserem Treffen in Puerto de Mogán haben wir keinen Kontakt mehr zueinander gehabt. Dabei dachte ich, Sie wären auf der richtigen Spur. Hat man Sie umgedreht, Herr Rechtsanwalt? Zahlt Rosell noch mehr als vorher?«

Stephan schüttelte den Kopf.

»Hier, nehmen Sie mal ein Bier!«

Schürmann öffnete eine kleine blaue Kühltasche und gab Stephan eine Dose.

»Immerhin haben Sie mich nicht verraten«, sagte Schürmann leutselig, während er den Verschluss zischend öffnete.

»Hier!«

»Frau Rosell hat Sie gesehen«, erwiderte Stephan. »Es gab nichts zu verraten.«

»Soll sie auch«, schmunzelte er. »Es macht sie nervös. Ständige Präsenz ist das richtige Mittel. Kein Mensch ist so dickfellig, dass er mit einem ständigen Schatten leben kann. Ich habe doch gesehen, wie heimlich Sie hier hochgekrochen sind, Herr Knobel. Die Rosells sollen nicht wissen, dass Sie hier sind, nicht wahr? Oder Sie spielen nur. Aber das glaube ich nicht.«

Er rülpste.

»Irgendwie verlottert man hier oben, aber ich

gebe nicht auf, Knobel. Ich hoffe, die da unten wissen das!«

»Ich fürchte, es ist ihnen egal. Denn ich glaube nicht, dass es ein Betrug ist, Herr Schürmann. Justus Rosell ist wirklich krank.«

»Herr Knobel, jetzt fangen Sie nicht damit an!«, höhnte Schürmann. »Frau Rosell bereitet doch schon das große Finale vor!«

»Sie meinen den Ausflug mit dem Boot?«, fragte Stephan. »Julita ist Ihrer Frau davongefahren, nicht wahr? Ich habe es mir bildlich ausgemalt, wie Frau Rosell elegant in das Motorboot steigt, die Sonnenbrille aufsetzt und mit dem Boot schnittig aus dem Hafen in das offene Meer hinaus rauscht. Flatternde Haare, peitschendes Wasser, hinter dem Heck die schäumende Spur. Und Ihre Frau muss frustriert im Hafen zurückbleiben.«

Stephan lächelte.

»Machen Sie sich nicht lustig! Ich wusste nicht, dass die Frau ein Boot steuern kann.«

»Sie hat sich mit Hobbeling getroffen«, sagte Stephan vertraulich.

Schürmann blinzelte misstrauisch.

»Warum sagen Sie mir das jetzt? Es ist doch Ihre Mandantschaft! Hauen Sie Ihrer Klientel jetzt einfach so ins Gesicht?«

»Herr Rosell ist mein Mandant, nicht seine Frau«, korrigierte Stephan und nahm einen Schluck Bier. »Sie haben sich am Strand von Tasarte getroffen. Genauer gesagt in einem Haus direkt hinter dem Strand. Ein altes Gebäude auf einem Grundstück hinter einem verrotteten Tor. Meine Freundin hat sie dort gesehen.«

Schürmann sah ihn fragend an.

»Nicht weit von hier, vielleicht zehn Kilometer über das Wasser«, erklärte Stephan. »Man kennt den Ort nicht, wenn man vorher nichts darüber gehört hat.«

»Also bereiten sie von dort alles vor!«, frohlockte Schürmann. Plötzlich leuchteten seine Augen.

»Jens Hobbeling hat sich also tatsächlich hierher getraut. Und was wissen Sie noch?«

»Julita Rosell und Jens Hobbeling mögen sich sehr. Sehr sogar.«

»Ach, Herr Knobel, jetzt hören Sie auf! – Wollen Sie sagen, die haben etwas miteinander?«

Stephan schwieg. Schürmann ließ das restliche Bier aus der Dose in seinen Mund laufen. Dann zerknüllte er die Dose und warf sie zu seinem kleinen Rucksack, der am Fuße der Kaktee stand. Dort lagen schon drei Dosen.

»Herzlichen Glückwunsch, Herr Knobel, Sie sind ja ein richtiger Schnüffler! – Wenn es so ist wie Sie sagen, könnte Justus Rosell aber im Weg stehen«, meinte Schürmann. »Dann befindet er sich in Lebensgefahr. In tatsächlicher Lebensgefahr, meine ich. Denn sterben muss er ja nach Drehbuch ohnehin.«

Schürmann überlegte eine Weile und wischte sich immer wieder Schweiß von der Stirn. Seine Haare waren nass, der Schweiß perlte von seinem Gesicht und die Arme glänzten feucht.

»Wenn das so ist«, begann er wieder, »und der Rosell das gar nicht weiß, dann kann Hobbeling nur hierher gekommen sein, um mit Julita Rosell zusammen den Mann zu erledigen. Allein wird sie das kaum schaffen. Also braucht sie Hobbeling. Alles andere macht keinen Sinn. Warum ist er sonst so bescheuert und wagt sich hier auf die Insel?«

»Man erkennt ihn nicht sofort«, sagte Stephan. »Er trägt jetzt die Haare ganz kurz.«

»Sie sind ganz dicht dran!«, lobte Schürmann.

»Ich sitze ja auch nicht den ganzen Tag hier im Gebüsch«, konterte Stephan. »Aber die beiden brauchen Rosell gar nicht zu töten. Das macht die Natur von allein. Die beiden müssen nur abwarten. – Jede Wette, Herr Schürmann, er ist tatsächlich krank! Ich habe ihn zwar nur einige wenige Male gesehen – und dann meist im Halbdunkel. Aber er ist krank, ganz sicher. Justus Rosell war stets ein recht hagerer Mann. Einem solchen Menschen steht der Tod vielleicht nicht so deutlich ins Gesicht geschrieben wie einem fülligeren, der durch die Krankheit deutlich abmagert.«

»Dann müsste die Versicherung zahlen«, folgerte Schürmann. »Julita hat zwar einen Liebhaber, aber die Ehe ist ja nach außen nicht gescheitert. Also behält sie das Bezugsrecht der Lebensversicherung.«

»Richtig«, stimmte Stephan zu. »Und es wäre sehr unbefriedigend. Es ist dann zwar nicht der Betrug, den Sie vermuten, aber so ein bisschen ist es schon so, oder?«

»Konfrontieren Sie ihn mit der Wahrheit«, sagte Schürmann. »Lassen Sie ihn Erklärungen unterschreiben! Tun Sie was für Ihren Mandanten! Sie können den Dingen doch nicht ihren Lauf lassen. Sie sind in der Pflicht, Herr Knobel! Er kann doch wohl noch etwas unterschreiben, oder geht das schon nicht mehr?«

»Ich weiß es nicht. Vorhin kam ich nicht einmal zu ihm. – Aber wie wollen Sie ihn dazu bewegen, etwas zu unterschreiben?«, wollte Stephan wissen. »Wollen Sie verantworten, ihm am Ende seines Lebens die Augen für die Wahrheit über seine Frau zu öffnen?«

Schürmann sah Stephan verwundert an.

»Wie macht man so etwas wohl, Herr Knobel? Man bereitet ein Schriftstück vor und lässt es sich einfach von ihm unterschreiben. Er muss es ja nicht wirklich gelesen haben, oder?«

Er zwinkerte mit den Augen. »Sie wissen, woran ich gerade denke ...«

»Ich habe keinen Auftrag«, sagte Stephan.

Schürmann grinste verschmitzt. »Sie tun ihm was Gutes und der Frau nichts Schlechtes«, stellte er ungerührt fest. »Gut war Julita für ihn ohnehin nicht.«

»Wie meinen Sie das?«

»Sie hat doch quasi die Firma geführt«, sagte Schürmann. »Wir haben das alles recherchiert. Als sie in das Unternehmen kam, hat sie von Anfang an alle geschäftlichen Dinge erledigt. Sie hatte alles unter Kontrolle. Sie machte formal die Buchhaltung, aber in Wirklichkeit beeinflusste sie ihn massiv, mit welchen Kunden er weiter zusammenarbeiten und zu welchen er die Geschäftsbeziehungen abbrechen sollte. Justus Rosell ist ein guter Tiefbauer. Er ist Handwerker, weiß, wie er mit seinen Baggern an die Sache rangeht. Aber er ist nie Geschäftsmann gewesen. Vor den wirtschaftlichen Krisenzeiten war das kein großes Problem. Es wurde gebaut, die Kommunen erteilten Großaufträge für Verkehrsbaumaßnahmen, und die Firma Rosell als solides Familienunternehmen war stets dabei. Aber die Konkurrenz wurde stärker und das Geschäft härter. Es kam die Umwandlung zur GmbH, und fast zeitgleich trat Frau Rosell auf die Bühne, die mit ihren buchhalterischen Fähigkeiten den Laden vom Büro aus führte. Sie benahm sich wie die große Dame von Welt, saß im geräumigen Büro separiert in einem Zimmer mit Glaswänden, und durch die Glaswände hindurch sah man sie dann dort wirken. Sie bereitete Verträge vor, schrieb Mahnungen und telefonierte endlos. Manchmal schrie sie dabei die Gesprächspartner am anderen Ende der Leitung an, und dann gab es Telefonate, bei denen sie lachte und fast tuschelte. Sie war unberechenbar, die gute Julita Rosell.«

»Woher wissen Sie das alles?«, fragte Stephan.

»Die Kolleginnen und Kollegen im Großraumbüro schätzen es gar nicht, wenn sie ignoriert werden und ebenso wenig, wenn ihnen vor der Nase die Tür zu dem kleinen Glasbüro zugeworfen wird, weil die große Dame wieder ihre Telefonate führen wollte. So war das, Herr Knobel. Man muss nur anständig mit den Leuten sprechen, dann verraten sie alles.« Schürmann richtete sich stolz auf. »Aus Sicht unserer Versicherung war klar, was da ablief: Justus Rosell tauchte in Person immer weniger in der Firma auf.

Er war auf den Baustellen, während seine Frau das Büro eroberte und auf Chefin machte, obwohl sie selbst nie im Büro ihres Mannes saß. Aber gerade weil sie immer in dem Glasbüro saß und die anderen beobachtete, wurde sie zunehmend mehr auch zur verhassten Gestalt. Mit dem Geschäft ging es runter, weil Rosell, offensichtlich seiner Frau hörig, ihren geschäftlichen Vorgaben folgte und keinerlei eigene Initiativen mehr entwickelte. Dann wurde noch ein zweiter Geschäftsführer bestellt, der heute dort die Geschicke lenkt, aber eigentlich auch nur eine Marionette ist. Wir denken, die Firma wurde absichtlich runtergefahren. Schließlich plante man ja auch schon mit dem Ausstieg, denn die große Krankheitskomödie war ja bereits angelaufen.«

»Sie glauben immer noch, dass Justus Rosell damit drinhängt«, warf Stephan ein.

Schürmann zuckte mit den Schultern.

»Die Geschichte ist zu groß und zu facettenreich, als dass ich jetzt einfach auf Ihre Geschichte umschwenke, Herr Knobel. Aber ich denke darüber nach!«

Er griff zur Kühltasche. Für die Mittagszeit hatte er zwei Scheiben Weißbrot mit Käse vorbereitet. Dazu gab es – was sonst? – ein Bier. Sie bemerkten, dass Frau Rosell zurückkehrte und ins Haus ging. Schürmann notierte dies in die Kladde, während er das Brot zwischen die Zähne geklemmt hielt.

»Wenn alles so ist, wie Sie sagen, Herr Knobel, dann wüsste ich, was ich an Ihrer Stelle für Justus Rosell zu tun hätte. Aber es ist Ihre Sache. Sie sind sein Anwalt. Denken Sie einfach darüber nach, ob er seine Julita und Jens Hobbeling belohnen möchte, wenn er von dem Verhältnis wüsste. – Was soll ich Ihnen mehr sagen?«

Stephan verabschiedete sich und ging zurück, wie er gekommen war.

25

Julita Rosell warf nervös die Haustür hinter sich zu und den Schlüssel auf den Tisch. Sie war bei Pedro im Bürgermeisteramt gewesen. Er war verlässlich wie eh und je, und er war Charmeur wie eh und je. Nachdem er das Kennzeichen in den Computer eingetippt hatte, scherzte er mit ihr wie in alten Tagen. Pedro gab den kantigen Spanier, impulsiv und gestikulierend, den Schnäuzer an den Seiten gezwirbelt und in dieser Hinsicht ein bisschen wie Salvador Dalí. Pedro griff wortreich und anzüglich in die gemeinsame Schulzeit zurück und wollte an alte Zeiten anknüpfen. Julita war noch attraktiver als damals. Er begriff sich als Urgestein Gran Canarias und empfand, als solcher unverzichtbar und unverwechselbar wie die Insel zu sein, die er über alles liebte. Julita Rosell hatte ihn reden lassen, zwischendurch sanft erinnert, er möge seine Anfrage beschleunigen, doch Pedro musste zur Klärung noch ein Telefonat mit der Hertz-Autovermietung führen. Dann präsentierte er das Ergebnis mit gewichtiger Geste: Mieter des fraglichen Autos war Stephan Knobel.

Julita Rosell hatte bloß genickt und sich von Pedro schnell verabschiedet. Sie musste jetzt handeln. Jens Hobbeling war wieder in dem Haus in Tasarte. Sie hatte ihn noch vor dem geplanten Abflug nach Deutschland am Flughafen abfangen und überzeugen können, hier zu bleiben. Jens hatte daraufhin in seiner Praxis angerufen und ausrichten lassen, dass er erkrankt sei. Die Praxisgehilfin solle bis auf Weiteres alle Termine absagen.

26

Marie hatte in der Zwischenzeit in der Steuerberaterpraxis angerufen, in der Julita Rosell gearbeitet hatte.

»Schürmanns Angaben über Julitas Tätigkeit im Unternehmen ihres Mannes stimmen«, berichtete sie Stephan, nachdem er in das Hotel zurückgekehrt war.

»Und das bestätigt man dir so ohne Weiteres am Telefon?«, wunderte sich Stephan.

»Ich habe von einer Bar an der Küstenpromenade aus angerufen und mich mit künstlichem Akzent als alte Schulfreundin von Julita ausgegeben, die die Schulabsolventen zum Klassentreffen zusammentrommeln will. Man wird die Telefonnummer auf dem Display gesehen haben. Die Dame am anderen Ende wusste jedenfalls, dass der Anruf aus dem Ausland kam. Vielleicht kannte sie sogar die spanische Vorwahl. Es ist bei solchen Dingen immer wichtig, die Nummer zu sehen, Stephan!«

Stephan nahm nachdenklich die Akte aus seinem Koffer. Er las nochmals Löffkes damalige Klageschrift und vollzog nach, wann Justus Rosell seinen Arzt das erste Mal und wann das zweite Mal aufgesucht hatte. Schürmanns Worte gingen ihm nicht aus dem Kopf. Er zögerte noch eine Weile, dann sah er auf die Uhr. Es war kurz vor 14 Uhr. In der Kanzlei in Dortmund würde die Mittagspause gleich beendet sein. Er schloss die Balkontür des Hotelzimmers, damit das Stimmengewirr der im Pool kreischenden Kinder nicht im Hintergrund störte. Dann wählte er die Telefonnummer von Löffkes Sekretariat und hatte kurz darauf den erwartet frotzelnden Rivalen am Hörer.

»Auf Gran Canaria sind Sie, Kollege Knobel, es muss Ihnen ja richtig gut gehen!«, höhnte Löffke. »Wenn ich Sie richtig verstehe, sind Sie jetzt in Summe schon mehrere Wochen da. – Ehrlich, Knobel, ich kann mich nicht erinnern, dass ich mir mit meiner Frau in meinen Berufsjahren Derartiges jemals leisten konnte. Selbständig arbeiten heißt bekanntlich selbst und ständig arbeiten.«

Er lachte polternd.

Stephan verdrehte überdrüssig die Augen. Er hatte das Telefon auf Mithören geschaltet. Marie lächelte und bedeutete Stephan mit einer Handbewegung, Geduld zu haben. Löffke sollte das gebotene Forum nutzen können. Wenn Stephan ihm jetzt die Bühne nahm, würde es nicht funktionieren. Er hörte, wie Löffke sich am anderen Ende eine Zigarette anzündete.

»Ich habe Ihre wenige Post verschlossen in Ihr Zimmerchen gelegt«, sagte Löffke schließlich. »Übrigens: Das Schrägfenster ist undicht. Es tropft rein. Ich habe einen Putzeimer drunter aufgestellt. – Keine Sorge: Wir leeren ihn ständig. Und versprochen: Wir beheben das, sobald es geht. Es wäre ja mehr als demütig, wenn Sie in dieser Bude Mandanten empfangen müssten, Knobel! Es erinnert fast an den armen Poeten von Spitzweg. Kennen Sie das Bild, Herr Knobel?«

Stephan holte tief Luft. Wenn er jetzt nicht eingriff, würde Löffke nicht mehr aus seinem hämmernden Monolog gerissen werden können, für den er sich gerade rüstete.

»Ich kenne das Gemälde, Herr Löffke«, erwiderte er, »Ihr Witz ist wie immer bestechend, aber mein Anruf kann Sie davor bewahren, selbst zum armen Poeten zu werden, Herr Löffke, denn Ihr Prozess Rosell gegen Hobbeling kann noch zu einem gewaltigen Regressfall für Sie werden, weil Sie ganz wesentliche Dinge übersehen haben. Der Fall hätte nicht nur gewonnen werden können, er hätte gewonnen werden müssen. Und Sie sollten mir dankbar sein, wenn ich anrufe und Sie um einen Gefallen bitte, der letztlich auch nur zu Ihrem Vorteil sein kann, Herr Löffke! Denn noch können wir etwas retten. – Verstehen Sie, Herr Löffke, wir, nicht ich allein oder Sie allein. – Herr Löffke?«

Stephan hörte, wie Löffke am anderen Ende paffte. Aber es war kein gelassenes Paffen.

»Es ist kein Fehler gemacht worden, Knobel, was reden Sie denn da?«, antwortete er dann. »Sie haben doch die Akte gelesen. Da ist letztlich kein Sieg drin gewesen. Was machen Sie denn, wenn Sie den Beweis nicht führen können? Rosell wollte doch unbedingt den Prozess. Was machen Sie in einer solchen Situation?«

Löffkes Stimme lud sich hektisch auf.

»Welcher Fehler denn, Knobel, nun reden Sie doch endlich!«

»Glauben Sie mir einfach, dass es so ist! Ich kann

Ihnen jetzt nicht den ganzen Fall und seine Hintergründe erzählen. Wir haben keine Zeit. Vertrauen Sie mir einfach – und tun Sie, worum ich Sie jetzt bitte!«

»Nur mit einem Satz, Knobel!«, forderte Löffke. »Ich komme hier sonst nicht zur Ruhe! Würden Sie doch auch nicht! Sie sind doch Perfektionist genau wie ich.«

Er zog hastig an der Zigarette. Man hörte es deutlich durch das Telefon. Marie zeigte mit dem Daumen nach oben.

»Ich faxe Ihnen gleich eine Vollmacht von Rosell durch, Herr Löffke«, fuhr Stephan unbeirrt fort. »Und da tragen Sie oben nur als Zweck Einsichtnahme in Geschäftsunterlagen ein, gehen damit in die Firma von Rosell und suchen ab einem Zeitraum von, sagen wir vor zwei Jahren rückwärts in die Vorjahre, was ich Ihnen jetzt beschreibe. Nehmen Sie einen Stift zur Hand, sonst vergessen Sie es! Es kommt auf Genauigkeit an! – Haben Sie einen Stift, Herr Löffke?«

»Ja, nun los«, bellte Löffke ungehalten.

Stephan diktierte langsam.

»Und Sie müssen sich sofort auf den Weg machen«, forderte er. »Ich brauche das Ergebnis noch heute. Man wird Sie an die Unterlagen lassen, da bin ich mir sicher. In der Firma ist ja allgemein bekannt, dass wir Rosell vertreten. Schreiben Sie den Zweck der Vollmacht mit schwarzem Kugelschreiber, dann sieht man nicht, dass es nachträglich eingetragen worden ist und setzen Sie oben noch einen Stempel Ihrer Kanzlei drauf. Die wissen ja nicht, dass wir uns getrennt haben. – Verstanden, Herr Löffke?«

»Ich habe den ganzen Nachmittag über Mandanten, Knobel«, schnaufte Löffke.

»Absagen!«, forderte Stephan. »Es geht um jede Minute.«

»Was Sie fordern, ist Urkundenfälschung, Knobel! – Warum schreibt Rosell nicht selbst den Vollmachtszweck rein?«

»Er kann es nicht mehr, Löffke. Er liegt im Sterben. – Und nochmals: Ich brauche die Ergebnisse heute noch! Wenn noch etwas zu retten ist, dann nur vor Rosells Tod. Ich sagte ja, die Zeit läuft.«

Löffke schluckte. »Und dann ist es kein Regress mehr?«

»Kein Regress!«, versprach Stephan in einem Ton, als würde er einem Kind in Aussicht stellen, die angedrohte Strafe zu erlassen.

»Und wenn ich gefragt werde, warum ich die Geschäftsunterlagen einsehen will?«, wollte Löffke wissen. »Was soll das für einen Sinn haben?«

»Sagen Sie einfach, dass sich aller Wahrscheinlichkeit nach ein höchstpersönliches Dokument darin befindet, das Justus Rosell vor seinem Tod noch einmal sehen will. Das wäre ja nicht einmal gelogen, Löffke. Sie sind doch ein Mensch mit Fantasie. Ihnen wird was einfallen.«

»Stephan, das Taxi wartet«, rief Marie von hinten dazwischen.

»Ja!«, gab Stephan gereizt zurück. »Ich weiß!«

»Der fährt wieder weg, wenn du jetzt nicht kommst!«, drängte sie. »Dann platzt alles!«

»Ja, verdammt noch mal! – Löffke, ich muss Schluss

machen. Fahren Sie los, vertrauen Sie mir! Es ist nur zu Ihrem Vorteil!«

Stephan drückte Löffke weg und legte das Handy auf den Tisch. Er nahm Marie in den Arm.

»Hektik und ein drohender Regress machten ihn schon immer fertig«, sagte Stephan lächelnd. »Wir haben eine gute Mischung angerührt. – Was machen wir jetzt?«

»Einen Drink auf der Plaza«, schlug sie vor. »Wenn Löffke bringt, was wir brauchen, haben wir heute noch etwas zu tun. Wir sollten nicht weggehen!«

27

Löffkes Anruf kam abends gegen halb acht.

»Sind Sie absolut sicher?«, fragte Stephan aufgeregt nach.

»Ja, Knobel, ich habe sogar mehrere Seiten kopiert. Aber man findet die Nummer noch viel häufiger. – Gehen Sie zur Hotelrezeption. Ich habe ja die Faxnummer auf dem Sendebericht der übermittelten Vollmacht. Ich schicke Ihnen die Seiten durch.«

»Gab es Probleme in der Firma?«, fragte Stephan.

»Nein, der stellvertretende Geschäftsführer war mir sogar behilflich, die Ordner rauszusuchen. – Knobel, das war eine Mordsarbeit, die Sie mir da aufgebürdet haben. Ich will jetzt endlich wissen, was es mit dem drohenden Regress auf sich hat.«

»Alles löst sich jetzt in Luft auf«, beruhigte Stephan. »Bitte schicken Sie mir die Seiten sofort. Ich muss jetzt schnell handeln. Ich erkläre Ihnen alles später. Machen Sie sich keine Sorgen, bitte! – Und danke für alles!«

Marie und Stephan nahmen die Akte mit und rannten in die Kathedrale des Villa del Conde. Löffkes Fax kam gerade aus dem Gerät, als sie an der Theke ankamen. Es waren sechs Seiten voller Zahlen.

Sie setzten sich in die plüschigen bequemen Sessel in einer der Sitzgruppen unter den großen Kristallleuchtern in der Kathedrale und verglichen sorgfältig die Zahlenkolonnen mit der Nummer auf ihrem Notizzettel. Sie fanden die Nummer häufig in den

Zahlenkolonnen wieder. Stephan kennzeichnete sie mit einem gelben Textmarker. Zuletzt waren es 46 Fundstellen auf den übermittelten sechs Seiten. Stephan sah zufrieden auf.

»Man muss die Nummern sehen«, wiederholte er ihre Worte. »Du hast die Idee gehabt, Marie.«

Der Hotelangestellte öffnete den Internetraum und erklärte noch einiges zur Benutzung von Tastatur und Drucker. Marie orderte zwei Campari Orange aus der Hotelbar. Dann machten sie sich an die Arbeit. Zwischendurch riefen sie Schürmann an und berichteten vom Inhalt der in Rosells Firma gefundenen Dokumente.

28

Kurz vor Mitternacht fuhren Marie und Stephan nach Puerto de Mogán. Die Eheleute Schürmann saßen in ihrem Stammcafé. Stephan und Marie setzten sich zu ihnen und legten einen verschlossenen Umschlag auf den Tisch.

»Der muss morgen nach Deutschland«, erklärte Stephan. »Er darf auf keinen Fall verloren gehen.«

»Ich werde den Umschlag nicht aus den Augen lassen«, versprach Frau Schürmann.

»Sie fliegt morgen in aller Frühe. Ich bringe meine Frau nachher zum Flughafen. Wir haben noch einen Flug nach Frankfurt bekommen. Von dort geht es sofort mit dem Zug weiter.«

Sie gingen den Zeitplan durch. Wenn alles klappte, würde Frau Schürmann mit dem Umschlag am frühen Nachmittag in Dortmund sein. Es würde ein Wettlauf mit der Zeit werden.

Herr Schürmann war ungewohnt aufgeregt. Er vollzog den Plan Schritt für Schritt nach. Heute Abend trank er kein Bier. Er wollte seine Frau im nüchternen Zustand zum Flughafen bringen.

29

Der nächste Vormittag verlief ruhig. Stephan erkundigte sich telefonisch bei Julita Rosell, wie es ihrem Mann gehe. Sie klang matt und ein wenig gereizt. Wie es einem Menschen gehen solle, der im Sterben liege, fragte sie. Sie habe sich nach einem Geistlichen erkundigt, der die Gemeinde Maspalomas betreue. Er spreche Deutsch und werde im Laufe des Tages vorbeikommen.

»Am Ende klammern sich alle an Gott«, sagte sie. »Sind Sie gläubig, Herr Knobel?«

»Nicht richtig«, bekannte er und war von der Frage überrascht. »Man hofft immer, dass irgendetwas nach dem Tod kommt, weil man nicht wahrhaben will, dass das Leben für alle Ewigkeit vorbei ist. Vielleicht glaubt man deshalb daran, dass es weitergeht. - Ich bin da wahrscheinlich nicht anders«, erklärte er, als müsse er sich verteidigen.

»Wir Menschen sind so, dass es immer irgendwie weitergeht«, sinnierte sie. »Gott füllt das Nichts, das wir nicht denken können.«

»Ich würde Ihren Mann gern noch einmal besuchen«, sagte Stephan. »Ich möchte mich von ihm verabschieden.«

»Das ist sehr fein von Ihnen, Herr Knobel«, antwortete sie. »Aber ich weiß nicht, ob das so eine gute Idee ist. Es geht ihm sehr schlecht. Ich glaube, er will, dass es nur noch schnell vorbei ist. Das Leben hat keinerlei Wert mehr für ihn. Ich verstehe ihn. Wenn es einen Gott gibt, dann wird Justus ihn bald vor sich haben, Herr Knobel. – Bitte, ich denke, es ist nicht gut, wenn Sie kommen. Können Sie das verstehen, Herr Knobel?«

»Ja, natürlich.«

Ihm fielen keine weiteren Worte ein.

Dann informierte er Schürmann über das Telefonat mit Julita Rosell.

»Es sieht danach aus, dass wir verlieren«, sagte Stephan.

»Sie machen mich nervös«, erwiderte Schürmann.

30

Gegen 16 Uhr erhielt Stephan die zweite SMS von Schürmann. In der ersten hatte er mitgeteilt, dass seine Frau pünktlich in Frankfurt angekommen sei. Die zweite enthielt die Nachricht, dass sie es geschafft habe, den Umschlag in Dortmund abzugeben.

›Die Sache läuft. Lebt Rosell noch? Gruß Schürmann‹, endete der Kurztext.

Die Zeit verging quälend.

Marie und Stephan blieben in der Hotelanlage und suchten einen ruhigen Platz an einem kleinen Pool unterhalb der Plaza. Kinder waren hier nicht zu finden; sie planschten lieber in dem großen Becken am unteren Ende des Areals. Hier oben befanden sich mehrheitlich ältere Hotelgäste, die sich in erster Linie sonnten, in Büchern und Zeitschriften lasen und nur gelegentlich für einige Minuten ins Wasser gingen. Etwas abseits saß eine ältere Frau in einem Rollstuhl, an den ein medizinisches Versorgungsgerät angeschraubt war, von dem ein Schlauch in ihre Nase führte. Die Frau hatte einen hübschen Badeanzug angezogen und ihre Haare sorgfältig frisiert. Ihr Mann richtete im Verlauf der Stunden den Sonnenschirm und den Standort des Rollstuhls immer wieder neu aus, sodass sie gut beschattet blieb, streichelte sie, brachte Getränke, unterhielt sich mit ihr und wich nicht von ihrer Seite. Er trug einen großen Strohhut und hatte wache, freundliche Augen. Er tat alles für seine Frau. Marie spürte, dass es die letzte gemeinsame Reise dieses Paares sein würde. Nie zuvor war ihr die Endlichkeit des Lebens so bildhaft bewusst geworden. Das Kreischen der Kinder an den anderen Pools war nur gedämpft zu hören. Das Hotel suggerierte baulich ein über die Zeit gewachsenes Dorf. Es war eine schöne Fassade. In diesem Dorf vollzogen sich Lust und Leid wie im wirklichen Leben. Die Frau im Rollstuhl trug große goldene Ohrringe. Sie wollte leben, richtig leben, bis zum Schluss. Marie und Stephan beobachteten beschämt die Frau.

Er rief Julita Rosell an. Es gebe nichts Neues, sagte sie und kam Stephans banger Frage zuvor: »Bitte kommen Sie nicht! – Es kann jederzeit zu Ende sein.«

Stephan informierte Schürmann über den Sachstand.

31

Die verheerende Nachricht erreichte Stephan am übernächsten Morgen. Es war kurz vor acht. Er lag noch mit Marie im Bett.

»Er ist letzte Nacht gestorben«, sagte Frau Rosell leise am Telefon. »Er ist friedlich eingeschlafen. Sie haben ihn gerade abgeholt. Der Arzt war schon da.«

Stephan schluckte. Die Zeit würde in Dortmund nicht gereicht haben. Er kondolierte und suchte nach Worten, die Justus Rosell gerecht wurden.

»Wie kann ich helfen?«, fragte er, ahnend, dass Julita Rosell nun alles gewonnen hatte.

»Wir müssen regeln, was in solchen Fällen zu regeln ist, Herr Knobel«, antwortete sie ruhig. »Alles, was hier in Spanien zu veranlassen ist, mache ich selbst. Ich habe einen Bekannten im Bürgermeisteramt. Er wird mir helfen. Aber was ich in Deutschland tun muss, möchte ich mit Ihrer Hilfe tun. All diese behördlichen Dinge, nach denen mir jetzt ohnehin nicht der Sinn steht. Einwohnermeldeamt oder Standesamt. Wen muss ich benachrichtigen? Erbschein, Versicherungen, und all so was. Helfen Sie mir? Bringen Sie bitte Ihre Akte und alle anderen Unterlagen mit!«

»Ja, sicher«, bestätigte Stephan trocken.

»Ich bin am Hafen und fahre jetzt mit dem Boot nach Tasarte«, sagte sie. »Ich halte es in dem Haus in Maspalomas nicht aus. Es riecht nach ihm, es riecht nach seinen letzten Tagen, es ist so ein schreckliches Gemisch aus Leben und Tod – und …«, sie suchte nach den passenden Worten. »Fäule«, sagte sie schließlich. »Verstehen Sie das?«

»Ja.«

»Können Sie nach Tasarte kommen? Dort ist mein Elternhaus, Herr Knobel. Nicht weit vom Strand entfernt. Sie fahren die GC 500 bis Puerto de Mogán, dann die GC 200 weiter in die Berge und biegen dann links auf die GC 205 ab. Es ist eine kleine Straße. Sie fahren auf ihr immer weiter bis zum Strand. Rufen Sie mich über Handy an, wenn Sie das Meer vor sich sehen. Ich komme dann raus. – Haben Sie die Straßennummern notiert, Herr Knobel? Sie finden sie leicht auf jeder Karte.«

Sie wiederholte die Straßennummern.

Stephan versprach, nach Tasarte zu kommen.

Als er auflegte, sah er Marie verzweifelt an.

»Wir sind zu spät!«, sagte er und schlug mit der Hand wütend auf das Bett.

»Warum sollst du nach Tasarte fahren?«, fragte sie.

»Sie will die Formalien regeln. Sie hat es ja jetzt gut.«

»Du willst wirklich hin?«

»Es bleibt mir letztlich nichts anderes übrig«, meinte Stephan. »Ich kann jetzt kaum sagen, dass mich das alles nicht mehr interessiert.«

»Ich komme mit«, entschied Marie.

»Kannst du nicht. Sie denkt doch, dass du überhaupt nicht mehr auf der Insel bist.«

»Ist das jetzt nicht egal? – Vielleicht hilft es noch etwas, wenn ich ihr vorhalten kann, was ich vor einigen Tagen beobachtet habe.«

»Meinst du, dass es sie beeindruckt, Marie?«, fragte er. »Sie wird es kalt lächelnd bestreiten.«

»Aber es wird über die Fluggesellschaft nachzuweisen sein, dass Hobbeling an diesem Tag auf Gran Canaria war. Und es wird auch nachweisbar sein, dass er einen Mietwagen am Flughafen genommen hat.«

»Und das war es auch schon«, hielt Stephan dagegen. »Es beweist letztlich nichts.«

»Aber schließlich haben wir die Faxe mit den Telefonnummern. Das ist ein schlagender Beweis, Stephan, das weißt du. Du bist es Rosell schuldig, und ich werde dich nicht allein fahren lassen.«

Sie machten sich mit dem Auto auf den Weg nach Tasarte. Die Akte lag hinten auf dem Rücksitz. Als sie auf die Autobahn fuhren, riefen sie Schürmann an. Er war schon unterwegs von Puerto de Mogán nach Maspalomas, um seinen Posten zu beziehen.

»Es lohnt nicht«, sagte Stephan. »Rosell ist tot und seine Frau schon auf dem Weg nach Tasarte. Wir fahren gerade dorthin. Sie haben den Leichnam schon abgeholt.«

»Alles verloren«, bemerkte Schürmann matt. Er schwieg eine Weile. »Wir telefonieren später«, sagte er schließlich und beendete das Gespräch.

32

Sie folgten den Straßen, deren Verlauf Stephan schon aus dem langen Telefonat mit Marie kannte, als sie Hobbeling gefolgt war. Hinter Mogán begannen die nicht enden wollenden Kehren und Kurven, die die Straße in die Höhe führte. Endlich erreichten sie die kleine verlassene Bushaltestelle am Abzweig nach Tasarte. Sie hielten an. Stephan und Marie stiegen aus. Es roch nach Urin. Die abgelegene Haltestelle diente mutmaßlich mehr als Toilette als ihrem eigentlichen Zweck.

Bevor sie wieder einstiegen, blickten sie von der Haltebucht aus in das vor ihnen liegende Tal, das steil nach unten fiel und dann sanft abfallend und ausweitend in den Atlantik mündete. Das Meer glänzte grünlich am Horizont, die Berge im Vordergrund hoben sich links und rechts braun-rot leuchtend vom hellen Blau des Himmels ab, diejenigen im Hintergrund wirkten blasser und lagen in leichtem Dunst. Es war ein schöner Anblick, ein Fotomotiv. Sie fuhren weiter und folgten den Serpentinen nach Tasarte, durchfuhren die Ortschaft und passierten vereinzelte Häuser. Etliche Gebäude waren im Rohbau geblieben und von ihren Besitzern offensichtlich vor der Fertigstellung aufgelassen worden. Sie durchfuhren die letzten unmittelbar aufeinander folgenden rechtwinkligen Kurven, dann endete die Asphaltstraße.

»Es ist gleich vorn rechts«, sagte Marie. »Hier habe ich geparkt.«

Stephan rief Julita Rosell auf dem Handy an.

»Ich sehe den Atlantik jetzt direkt vor mir«, sagte er.

»Gut«, antwortete sie. »Fahren Sie an der Mauer entlang. Dann biegen Sie rechts auf das Grundstück ein. Das Tor ist offen.«

Sie fuhren langsam weiter.

»Da vorn ist es«, zeigte Marie.

Stephan lenkte das Fahrzeug auf das Grundstück und parkte neben dem Gebäude. Julita Rosell stand am Haus und winkte ihm zaghaft zu. Sie trug ein schwarzes modisches Kleid. Stephan und Marie stiegen aus und gingen auf die Witwe zu. Sie war blass und ungeschminkt. Stephan kondolierte ein weiteres Mal. Marie drückte ihre Hand.

»Ich dachte, Sie wären in Deutschland«, wunderte sich Frau Rosell. »Hatten Sie das nicht gesagt, Herr Knobel?«

»Doch!«, antwortete Stephan. »Marie ist gestern wieder hergekommen. Zuhause sitzen und auf die Post mit Absagen warten ist auch nichts, oder? Es gibt so viele Flugverbindungen. Da ist ein Spontanflug keine Sensation.«

»Natürlich nicht!« Julita Rosell gelang ein flüchtiges Lächeln. »Kommen Sie rein!«

Sie betraten das Haus. Es war ein altes Gebäude, niedrig und mit flachem Dach wie die meisten Häuser auf der Insel. Der Außenputz hatte lange Risse und war an vielen Stellen abgeplatzt.

»Es fehlt an allem«, sagte Julita Rosell entschuldigend. »Meine Familie ist nie reich gewesen. Aber sie hat seit Generationen dieses Grundstück. Es ist recht groß und wurde früher landwirtschaftlich genutzt. Doch die Bewirtschaftung ist und bleibt ein Problem. Es fällt nur einige Tage Regen im Jahr. Das reicht nicht für die Kulturen. Wir haben wie alle anderen hier Brunnen gebohrt. Das half eine Zeit, aber es funktioniert nicht mehr. Der Grundwasserspiegel der Insel ist bedrohlich gesunken. Wasser ist das Luxusgut dieser Insel. – Kommen Sie, nehmen Sie im Gästezimmer Platz, ich bringe Ihnen einen Tee. – Oder möchten Sie etwas anderes?«

Sie verneinten und folgten ihr in ein dunkles schattiges Zimmer mit einer ausgesessenen Couch, einem niedrigen Tisch und einer kleinen Kommode mit halbgeöffneten Türen. Auf dem Boden stand eine Kiste mit Legosteinen.

»Es ist Davids Zimmer, wenn er hier ist«, sagte Frau Rosell. »Nehmen Sie bitte Platz, ich bringe Ihnen einen Tee. Einen kleinen Augenblick bitte!«

Sie verließ das Zimmer und schloss hinter sich die Tür. Marie und Stephan setzten sich auf die alte Couch. Das Zimmer wirkte bedrückend. Die Luft darin war stickig. Das kleine Fenster hoch oben an der Wand, das nach hinten durch die dicke Außenwand zum Berg hinausging, war von außen vergittert. Wie oft sah man auf dieser Insel vergitterte Fenster! Marie betrachtete die Wand gegenüber. Dort hingen weitere Zeichnungen des kleinen David, auch eines mit dem Piraten, der sein Versteck in dem Haus am Strand hatte und über einen Sender Kontakt mit seiner Gefolgschaft hielt. ETRA-SAT sendete. Sie sah genauer hin, dann kniff sie Stephan in den Arm.

»Sie hat mich gesehen, als ich neulich hier war«, flüsterte sie erregt.

»Unsinn. Wie kommst du jetzt darauf?«

»Lies mal ETRA-SAT umgekehrt!«

Stephan sah auf das Bild.

»Es heißt Tasarte«, sagte sie.

»Ja, und?«

»Erinnerst du dich, dass wir sie in ihrem Haus danach fragten, was ETRA-SAT heißt? Da erzählte sie, dass der Junge verspielt den Begriff von der Separatistenbewegung ETA abgeleitet habe. So ein Quatsch! Sie wird doch wissen, dass er nur den Namen Tasarte umgedreht hat. Aber damit wollte sie nicht herausrücken. Sie hat den Namen des Ortes verheimlicht und ihn dir gegenüber erst offenbart, als sie ihn nicht mehr verbergen konnte. Das kann nur dadurch passiert sein, dass sie mich hier gesehen hat. Ich hatte gleich ein mulmiges Gefühl.«

Stephan überlegte.

»Und wenn schon«, flüsterte er. »Wir wollen sie doch sowieso mit unserer Entdeckung konfrontieren.«

»Aber wenn sie mich gesehen hat, dann weiß es auch Hobbeling«, erwiderte sie erregt. »Vielleicht ist er hier. Wir haben gar nicht mehr kontrolliert, ob er zu Hause angekommen ist. Vielleicht ist seine Praxis immer noch geschlossen.«

»Das werden wir gleich haben.« Stephan sah auf die Uhr. Es war kurz vor zwölf. »Er müsste jetzt in der Praxis sein.«

Er nahm sein Handy aus der Hose.

»Sie sollten es besser lassen!«

Jens Hobbeling stand mit drohender Gebärde in der Tür.

»Los, das Handy her!«, befahl er, trat vor, nahm es Stephan aus der Hand, schaltete es aus und steckte es ein. Hobbeling trat die Kiste mit den Legosteinen an die Seite und lehnte sich an die Kommode. Hobbeling trug eine Jeanshose und ein hautenges schwarzes T-Shirt. Julita Rosell kam wortlos ins Zimmer. Sie schloss hinter sich die Tür und blieb stehen.

»Seit Julita Sie hier vor dem Haus gesehen hat, wussten wir, dass Sie gegen uns arbeiten«, begann er. »Aber was wissen Sie schon? – Ich meine: Was wissen Sie schon von Julitas Ehe mit ihrem Mann? Wussten Sie, dass das gemeinsame Leben weit davon entfernt war, den Namen Ehe zu verdienen? Julita hat schon vor langer Zeit die Bindung zu Justus verloren. Daran ändert sich nichts, auch wenn der andere immer wieder seine Liebe versichert.«

Stephan dachte flüchtig daran, was ihm Schürmann darüber berichtet hatte. Es gab keinen Anlass, Justus Rosell die Schuld für das Scheitern der Ehe zu geben.

»Was wollen Sie?«, fragte Marie ängstlich.

»Ich hatte gestern Abend einen Anruf von dem stellvertretenden Geschäftsführer der Firma meines Mannes«, sagte Julita Rosell. »Er berichtete, dass ein Kollege aus Ihrer Kanzlei in die Firma gekommen sei und die Geschäftsunterlagen der letzten Jahre durchgeschaut habe. Die Dokumente wurden ihm sogar herausgesucht und Ihrem Kollegen wurde ein leerer Raum zur Verfügung gestellt, damit er alles ungestört durchschauen konnte. Und warum machte der Geschäftsführer das alles? – Weil Ihr Kollege eine Vollmacht meines Mannes vorgelegt hat, mit der dieser die Prüfung der Unterlagen durch den Anwalt gewünscht haben soll. Wenn mich nicht alles täuscht, Herr Knobel, kann es nur die Vollmacht sein, die mein Mann Ihnen ganz zu Anfang in Dortmund erteilt hat, die aber, wie Sie genau wissen, keinen Eintrag hat, wofür sie verwendet werden soll. Ich weiß das genau, Herr Knobel, denn ich war damals dabei, als mein Mann unterschrieb. Also frage ich mich, wie Sie darauf kommen, ohne Wissen und Wollen meines armen Mannes die Vollmacht zu missbrauchen. Darauf hätte ich gern eine Antwort. Und ich möchte wissen, was Ihr Handlanger Löffke in der Firma meines Mannes gesucht hat. Welches Schriftstück suchten Sie denn? – Nun?«

Sie hatte aggressiv die Arme vor der Brust verschränkt. Ihre Lippen waren fest und schmal aufeinandergepresst.

»Herr Knobel, ich wünsche, dass Sie mir die Vollmacht unverzüglich zurückgeben. Mit dem Tod meines Mannes ist sie ja wohl erloschen. Und ich möchte nicht, dass Sie noch mehr Unsinn damit machen. Das Original befindet sich doch wohl in Ihrer Akte. Dieser Anwalt hatte nur eine Faxkopie vorgelegt.«

»Haben Sie die Akte dabei?«, fragte Hobbeling ruhig.

Stephan antwortete nicht.

»Die Autoschlüssel bitte«, forderte Hobbeling und streckte die Hand aus.

»Ich hole Ihnen die Akte«, sagte Stephan und stand auf.

»Nein, ich hole sie«, bestimmte Hobbeling barsch. Er kam langsam auf Stephan zu. »Nun! – Ich warte!«

Stephan reichte ihm die Schlüssel. Hobbeling warf sie Frau Rosell zu. Sie fing die Schlüssel und ging hinaus. Kurze Zeit später erschien sie mit der Akte wieder im Zimmer. Sie legte den Ordner auf den kleinen Tisch vor der Couch.

»Nun!«, wiederholte Hobbeling fordernd.

Stephan rührte die Akte nicht an.

»Sie ist nicht in der Akte. Sie können Sie gern durchsehen. Bitte!«

Stephan beugte sich vor und schob die Akte von sich weg.

»Wo ist die Vollmacht, Knobel?«, fragte Hobbeling.

Marie zuckte mit den Schultern.

»Ist sie im Hotel?«, fragte Julita Rosell.

»Warum sollte die Vollmacht im Hotel sein, wenn wir die ganze Akte bei uns haben?«, fragte Stephan zurück.

»Wozu haben Sie denn die Vollmacht benutzt?«, wollte Hobbeling wissen.

»Herr Rosell wollte, dass wir die Unterlagen nach Erinnerungsstücken durchforsten«, antwortete Marie.

»Welche Erinnerungsstücke?«, schnauzte Frau Rosell. »Justus hat sich noch nie um die Geschäftsunterlagen gekümmert. Das Geschäftliche interessierte ihn nie. Also hat er dort auch keine Erinnerungsstücke versteckt. Außerdem waren Sie nie mit meinem Mann allein, sodass er Ihnen diesen vermeintlichen Auftrag auch nicht erteilt haben kann.«

»Als Sie mit dem Boot in Tasarte waren und ich auf das Haus und Ihren Mann aufpasste«, fiel Stephan ein.

»Sehr schön, Herr Knobel! Das war der Tag, als es meinem Mann schon so dreckig ging, dass er keinen Satz mehr formulieren konnte und Sie im Übrigen zu seinem Befinden beigetragen haben, weil Sie ihm nicht das notwendige Mittel gegeben haben.«

»Die Vollmacht«, forderte Hobbeling wieder. »Guck' die Akte durch, Julita!«, sagte er, ohne sie anzusehen. Seine Blicke blieben lauernd auf Marie und Stephan geheftet.

»Ich kann nur hoffen, dass die Vollmacht in der Akte ist. – Sonst …« Er vollendete den Satz nicht.

Julita Rosell setzte sich auf den Boden neben die Legokiste, legte die Akte vor sich hin und blätterte sie durch. Sie kontrollierte jede Seite. Kurz, bevor sie alle Seiten betrachtet hatte, sah sie auf und drehte die Akte um, sodass auch Marie und Stephan sie einsehen konnten.

Hobbeling beugte sich vor, um ebenfalls in die aufgeschlagene Akte blicken zu können. Er betrachtete die Zahlenkolonnen und die darin gelb markierten Ziffernkombinationen.

Er nickte, griff in die Akte und blätterte weiter.

»Fünf, nein, sechs Seiten, auf denen sich meine Telefonnummer befindet«, staunte er. »Was soll das?«

Julita Rosell drehte die Akte wieder um.

»Das sind die Dokumente, die Rechtsanwalt Löffke gesucht hat«, sagte sie. »Er hat die Seiten ins Hotel gefaxt. Man sieht es oben an der Sendenummer. – Das also haben Sie gesucht?« Sie schüttelte ungläubig den Kopf. »Das war schlau, Herr Knobel! Sie hatten herausgefunden, dass Jens und ich uns kennen und sind dann auf die Idee gekommen, das wir uns vielleicht schon Jahre kennen, viel länger als bisher gedacht, also schon seit einer Zeit, als Justus noch gesund war. Und da sind Sie auf die Idee gekommen, mal in den früheren Geschäftsunterlagen zu wühlen. Denn wie so viele Unternehmen bewahren auch wir die Telefonlisten auf, die wir mit zu den Buchhaltungsunterlagen nehmen, um die Betriebsausgaben bezüglich der Telefonkosten nachweisen zu können. Dass man die Unterlagen zehn Jahre aufbewahren muss, wissen Sie. Und haben dann Ihren dicken Schnüffler losgeschickt, und siehe da: Ja, wir haben schon häufig zu einer Zeit miteinander telefoniert, als mein Mann noch gar nicht krank war. Und nun? Was wissen Sie jetzt?«

»Dass Sie uns belogen haben«, sagte Marie. »Denn es war nicht der Zufallskontakt, über den Ihr Mann zu Ihrem Liebhaber kam. Sie haben Justus direkt zu ihm geschickt, natürlich, ohne dies zu offenbaren.«

»Und das heißt?«, fragte Hobbeling.

»Das heißt«, erklärte Frau Rosell, »dass der Rechtsanwalt und seine Geliebte mutmaßen, dass du ihm absichtlich das erkennbare Ergebnis des ersten Röntgenbildes vorenthalten und ihn so absichtlich nicht der Therapie zugeführt hast, die damals vielleicht noch möglich gewesen wäre. – Ist es so, Herr Knobel?«

Stephan antwortete nicht.

»Also behaupten Sie, Jens und ich hätten meinen Mann auf diese Weise umgebracht«, schloss sie. »Sie gehen also davon aus, dass das erste Röntgenbild, das Jens verschickt hat, von mir zu Hause vernichtet worden ist, um die Voraussetzungen dafür zu schaffen, dass der Prozess meines Mannes gegen Jens verloren gehen muss. – Ist es so, Herr Knobel? – Das wäre ja sehr raffiniert. Aber wie, bitte schön, sollen wir planen, dass Justus erkrankt?« Sie schaute Stephan kalt an und stand wieder auf. »Die Wahrheit ist, dass nicht ich das Röntgenbild dem Briefumschlag entnommen habe. Es war Justus, und er hat es versteckt oder vernichtet.«

»Sie kannten die Symptome des Tumors vom Leiden Ihres Schwagers«, sagte Stephan unbeeindruckt. »Es war ein Zufall, aber Sie haben die Gelegenheit genutzt.«

»Das können Sie nie nachweisen«, sagte Hobbeling. »Auf dem Bild war nichts zu erkennen. Ich schwöre es. Was Sie behaupten, ist Humbug. Wofür wollen Sie Ihr Wissen und die vermeintlich zwingenden Schlussfolgerungen nutzen? Sie unterliegen doch der Schweigepflicht.«

»Nicht gegenüber uns«, wusste Frau Rosell. »Nur im Hinblick auf meinen Mann. – Noch mal: Was haben Sie mit der Vollmacht gemacht, Herr Knobel?«

»Nichts!«, erwiderte Stephan.

»Geben Sie den Hotelschlüssel!«, forderte Hobbeling.

Stephan gab ihm die Schlüsselkarte aus dem Villa del Conde, kam Hobbelings Frage zuvor und nannte ihm freiwillig die Zimmernummer.

Julita Rosell rannte hinaus. Hobbeling trat kurz gegen die Kommode, schnappte sich die Akte und folgte ihr. Sie hörten, wie die schwere Eichentür von außen abgeschlossen wurde. Marie kauerte sich an Stephan.

Sie hörten dumpf, wie draußen ein Auto gestartet wurde. Dem Geräusch nach war es der Porsche von Rosell. War seine Frau gar nicht mit dem Boot hergekommen?

»Scheiße!«, sagte sie leise. Sie rannte zur Tür und hämmerte dagegen. Aber wer sollte sie hier hören?

Stephan nahm Maries Arm und streichelte sie eine Weile. Die äußere Bedrohung machte ihn zärtlich. Er machte sich Vorwürfe. Sie waren unvorsichtig gewesen und anfängerhaft in eine Falle geraten. Er überlegte. Es waren Gedankenfetzen, impulsive Ideen und Schlussfolgerungen. Dann sprang er auf, schob den kleinen Couchtisch an die Wand unter das oben befindliche kleine Fenster, doch kaum, dass er auf den Tisch geklettert war, brach der alte Tisch unter ihm zusammen. Stephan kippte nach hinten und schlug mit dem Kopf gegen den Schrank. Er stürzte zur Seite und fiel hart auf den Boden. Aus der Nase suppte warm das Blut. Ihm wurde schwindelig. Marie setzte sich hinter ihn und zog seinen Oberkörper sanft zu sich zurück.

»Du musst den Kopf nach hinten legen«, beruhigte sie. Marie hielt ihn behutsam. Ihre kreischenden Rufe nach Hilfe waren unwirklich und schlugen an die Wände des Raumes.

33

Die Schritte vor der Tür waren laut und hastig. Marie erwiderte die befehlsartigen Fragen. Dann wurde die massive Tür mit heftigen Tritten traktiert. Schließlich gab das Türblatt nach, das Holz splitterte und eine Türzarge brach aus. Schürmann stand schwitzend und lächelnd im Türrahmen. Er führte sie nach draußen. Stephans Kopf schmerzte mehr als vorher. Er ließ sich benommen an der das Grundstück umschließenden Mauer nieder.

»Marie?« Seine Hände fühlten staubige Erde. Die Sonne stach grell in sein Gesicht.

Schürmann beugte sich besorgt über ihn. »Es geht ihr so gut oder so schlecht wie Ihnen«, beruhigte er. »Sie sitzt rechts neben Ihnen.«

Stephan drehte sich um, doch er bewegte sich zu schnell. Der Kopf hämmerte. Er würgte. Marie sah ihn mit glasigen Augen an. Er griff ihre Hand.

»Es war alles noch rechtzeitig«, sagte Schürmann. »Sie haben es geschafft – auch dank dieser drei jungen Helfer.«

Schürmann deutete mit dem Kopf zur anderen Seite. Stephan wandte sich langsam um. Die Welt drehte sich, das Sonnenlicht blendete. Der Kopfschmerz trieb ihm Tränen in die Augen. Links, angelehnt an Schürmanns alten Mietwagen, standen ein sportlicher junger Typ im Neoprenanzug, dazu eine attraktive Blondine und ein dralleres Mädchen. Es waren Alex, Conny und ihr Freund Matthias.

»Sie waren zum Surfen in dieser Bucht«, sagte Schürmann. »Wie ich gerade gehört habe, sind die drei auch Gäste im Villa del Conde. »Sie sagten, sie kennen Sie vom Sehen.«

Stephan nickte. Er blinzelte den dreien zu. Die Tränen trübten den Blick.

»Nur am Pool sitzen ist doof«, sagte Conny. »Hier ist das wahre Paradies. Der Strand ist steinig, aber dafür kommen eben nur wenig Touristen her. Im Reiseführer steht, dass das hier ein Geheimtipp ist. Und es ist fast immer Wind.«

Stephan lächelte.

Matthias, der Freund von Conny, bewegte sich unmerklich. Die Muskeln schwollen unter dem engen Stoff an.

»Gerade in dem Moment, als ich begriff, dass irgendetwas geschehen war und auf die Straße stürzte, sah ich die drei am Strand vorbeilaufen. Es war absolutes Glück«, sagte Schürmann.

Stephan hielt Maries Hand. Sie schwieg. Schürmann holte eine Thermosflasche mit Kaffee aus seinem Auto.

»Ich weiß nicht, ob das jetzt medizinisch das Richtige ist, aber es tut auf jeden Fall gut«, sagte er, füllte den Verschlussbecher und gab Marie und Stephan zu trinken.

»Als ich hier auf das Grundstück von Frau Rosell kam, ein Auto, aber keinen Menschen sah, ahnte ich, dass was nicht stimmte. Habe von der Straße aus die drei am Strand gesehen und geschrien. Dann sind wir ins Haus. Wir haben Sie rufen gehört, Frau Schwarz.« Er richtete sich stolz auf. »Die drei haben eine Belohnung verdient, das ist klar!«

»Woher wussten Sie …?«, fragte Marie.

Schürmann richtete sich auf. Der Bauch spannte das schweißgetränkte Oberhemd.

»Es waren glückliche Zufälle, Frau Schwarz.« Er freute sich aus vollem Herzen. »Als Sie mich heute Morgen anriefen, um mir mitzuteilen, dass Rosell verstorben ist, war ich schon fast bei ihm. Ich war wirklich nur noch zwei Straßenzüge entfernt. Ich bin hingefahren und zu seinem Haus gegangen. Es war alles ruhig. Was ja auch kein Wunder war. Aber dann bin ich zwei Häuser weiter gegangen. Dort wohnt auch ein Deutscher. Pensionierter Bankier, wie ich mittlerweile weiß. Der treibt jeden Morgen auf seinem Grundstück Sport. Er beginnt in aller Herrgottsfrühe, weil es dann noch nicht so warm ist. Ich habe ihn über die ganzen Tage beobachten können, wie er Dehn- und Fitnessübungen macht. Sein Grundstück hat keine Mauer drum herum, sondern einen kunstvoll geschmiedeten Zaun. Ich war schon früher mit ihm in Kontakt gekommen, weil er gelegentlich mein Kommen und Gehen bemerkt hatte. Ich habe ihm gesagt, ich sei Agent für eine Versicherung. Das fand er ausgesprochen spannend und dachte sich natürlich auch, dass ich in Sachen Rosell ermittle. Denn der Fall war ja auch hier bekannt. Sie erinnern sich an das Hochglanzmagazin, das eine Serie über das Sterben von Rosell bringen wollte. – Kurz: Ich bin zu ihm hin, aber er war gerade nicht da. Seine Frau sagte, er sei zum Einkaufen in den Ort gegangen. Aber es dauerte über eine Stunde, bis er zurückkam. Als er endlich zurückkehrte, habe ich ihn gefragt, ob er heute Morgen Sport gemacht hatte. Das hatte er. Aber er hatte keinen Leichenwagen gesehen. Und er hätte doch bei ihm vorbeifahren müssen, denn die Straße ist bekanntlich eine Sackgasse.«

Schürmann hielt triumphierend die Arme verschränkt. Alex, Conny und ihr Freund hörten erstaunt zu.

»Dann habe ich versucht, Sie anzurufen, Herr Knobel, um Ihnen mitzuteilen, dass Herr Rosell offensichtlich gar nicht verstorben ist. Aber Ihr Handy war abgeschaltet. Das erschien mir schon merkwürdig, denn wir wollten ja später noch mal telefonieren. Dann habe ich Ihnen eine entsprechende SMS geschickt und ein paar Minuten gewartet. Es kam nichts. Mir war nun klar, dass da was passiert sein musste. Sie hatten mir ja gesagt, dass Sie auf dem Weg nach Tasarte waren, und glücklicherweise haben Sie mir vor ein paar Tagen das Haus hier recht genau beschrieben. Man kann es wirklich nicht verfehlen. Also habe ich mein altes Auto über die Berge gehetzt. Kurz bevor ich hier unten anlangte, kam mir der Porsche rasant entgegen. Ich habe die beiden dennoch erkannt: Jens Hobbeling am Steuer, Julita Rosell daneben. Sie hatten mir ja gesagt, dass er jetzt kurze Haare trägt. Spätestens da wusste ich, dass wirklich was passiert war.«

»Julita Rosell wollte mit dem Boot fahren«, warf Stephan ein.

»Ich habe mir erlaubt, letzte Nacht auf das Boot zu klettern und schlicht Klebstoff in die Schließzylinder zu schmieren. Es reicht, dass sie mich bzw. meine Frau einmal abgehängt hat. Wenn, dann fahren wir hier alle Auto«, bestimmte er stolz und freute sich.

»Wenn Justus Rosell noch gar nicht tot ist, dann ahne ich, warum die beiden hier so schnell weggefahren sind«, sagte Stephan. »Um Gottes willen, Schürmann, wissen Sie, was jetzt passiert?«

Stephan stand abrupt auf und taumelte.

»Es passiert nichts, Herr Knobel, setzen Sie sich wieder hin! – Natürlich, die beiden werden wissen, dass Sie von der Vollmacht Gebrauch gemacht haben. Ihre Akte haben sie im Haus in den Flur geworfen, Ihr Handy auch. Liegt jetzt alles neben Ihnen, Herr Knobel, schauen Sie mal nach.«

Stephan blickte kurz zur Seite. Die Akte und das Handy lagen im angefeuchteten Gras.

»Ja, die beiden müssen jetzt schnell Justus Rosell umbringen, damit er stirbt, bevor unsere Maßnahme greift«, folgerte Schürmann.

»Die beiden müssten schon in seinem Haus sein«, schrie Stephan. Er hielt sich mit beiden Händen den Kopf. Der Schmerz hämmerte.

»Er ist in Sicherheit«, beruhigte Schürmann. »Entspannen Sie sich, Herr Knobel, Sie dürfen sich in Ihrem Zustand nicht bewegen. – Es ist doch klar, dass ich Ihren Mandanten nicht im Stich gelassen habe! Als ich von dem Nachbarn gehört habe, dass kein Leichenwagen da war, bin ich zu Rosells Grundstück und habe mir vom Hang gegenüber einen faustdicken Stein besorgt. Der erste Versuch schlug fehl. Neuer Stein, zweiter Versuch. Dann war die Scheibe neben der Eingangstür kaputt. Ich lief zurück zum Nachbarn und machte die erschreckende Mitteilung, dass bei Rosells wohl eingebrochen worden sei. Die Polizei war binnen Minuten da und kurz darauf auch ein Krankenwagen, der den einsamen in dem Haus liegenden bettlägerigen Kranken mitgenommen hat. – Und keine Sorge, Herr Knobel: Er ist auch im Krankenhaus nicht allein. Sein Nachbar bleibt bei ihm, bis wir kommen. Er kennt doch die Krankengeschichte aus dem Magazin und hat überdies jetzt für ein paar Stunden eine neue Aufgabe. Nun?« Er lächelte wieder.

Stephan lehnte sich zurück.

»Welche Maßnahme greift?«, fragte Conny, die aufmerksam zugehört hatte.

Stephan fiel wieder ein, dass sie Juristin war. Er nahm das Handy aus dem Gras und gab seine PIN-Nummer ein. Als sich das Handy anmeldete, erschien zunächst die SMS von Schürmann. Dann rief Stephan im Villa del Conde an und bat, die Schlüsselkarte zum Hotelzimmer zu sperren. Danach rief er das Amtsgericht in Dortmund an und ließ sich mit der Abteilung für Familiensachen verbinden. Es dauerte einige Zeit, bis man ihn an die richtige Geschäftsstelle weitergeleitet hatte. Stephan fragte nach und wartete.

»Nein, ich habe nicht schon einmal angerufen«, versicherte er. »Bitte, sind Sie wirklich sicher?«

Dann hellte sich sein Gesicht auf.

»Der Scheidungsantrag ist Frau Rosell heute Morgen zugestellt worden«, berichtete Stephan. »Nicht hier in Spanien, sondern zu Hause in Dortmund. Die Haushälterin hat die Postzustellungsurkunde unterschrieben. Gerade eben hat die Geschäftsstellenbeamtin des Gerichts die Nachricht erhalten, dass die Zustellung erfolgt ist. – Damit ist das Ehegattenerbrecht erloschen. Der Scheidungsantrag ist noch zu Lebzeiten von Justus Rosell zugestellt worden. Das war zwingend notwendig. Und zugleich verliert Julita Rosell das Bezugsrecht aus der Lebensversicherung, denn Justus hat ja verfügt, dass sie im Falle des Scheiterns der Ehe dieses Recht verliert.«

»Und darum wollten Julita Rosell und Jens Hobbeling den Tod von Justus Rosell, bevor der Scheidungsantrag zugestellt wird. Von diesen Feinheiten wussten sie«, ergänzte Schürmann.

Conny blickte noch immer verständnislos.

Stephan erzählte ihr, wie er mit Marie im Computerraum des Villa del Conde den Scheidungsantrag für Justus Rosell gefertigt und dessen Originalvollmacht beigefügt hatte. Dass er in das Blankoformular als Verwendungszweck ›Härtefallscheidung‹ eingetragen hatte, erzählte er nicht. Aber er erklärte ihr, dass er im Scheidungsantrag die gesamte Geschichte dargelegt hatte und insbesondere, dass es in einem solchen Fall keines Trennungsjahres bedürfe, um die Scheidung einzuleiten.

»Julita Rosell bekommt also nichts, weder Geld aus der Lebensversicherung, noch beerbt sie ihren Mann«, schloss Stephan.

»Cool«, staunte Conny.

»Und das Ganze geht nur mit einem Familienrichter, der nicht nur brillanter Jurist, sondern zugleich auch Praktiker ist, sich für die Sachen einsetzt und weiß, wo Eile geboten ist«, ergänzte Marie. »Eine Zustellung innerhalb so kurzer Zeit, das ist wohl ganz ungewöhnlich.«

»Richter Peter Anders« nickte Stephan. »Schade, dass er jetzt in Pension geht. Die Justiz hat nur ganz wenige Persönlichkeiten wie ihn.«

Der Freund im Neoprenanzug regte sich. Er begann, gelangweilt ein Kaugummi zu kauen.

»Wir sollten die Polizei rufen«, sagte Stephan.

Schürmann lächelte.

»Wenn Sie der Polizei verständlich machen können, worum es in diesem Fall eigentlich geht, gern! – Kann von Ihnen jemand Spanisch?« Er drehte sich zu Alex, Conny und Matthias um.

Alle verneinten.

»Entscheiden Sie selbst, Herr Knobel«, sagte Schürmann. »Die Polizei hilft nicht wirklich weiter. Wir alle können bezeugen, wie wir Sie hier vorgefunden haben. Es ist zum Glück nichts weiter passiert. Das wesentliche Ziel haben wir erreicht. – Wir haben gewonnen, Knobel! Wir können stolz auf uns sein!«

Alex, Conny und Matthias gingen zum Strand zurück. Schürmann hatte ihre Adressen und vollständigen Namen notiert.

»Also keine Polizei …«, nahm er vorweg.

Stephan nickte unmerklich.

»Wir haben allen Grund zu danken«, fasste Marie zusammen.

Schürmann wehrte ab. »Es waren glückliche Zufälle.« Er strahlte wieder.

Dann stieg er in den alten Seat. Schürmann wollte schnell zu seiner Frau nach Deutschland. Das Auto heulte auf und fuhr knatternd vom Hof. Schürmann winkte noch einmal zurück, dann passierte er das verrostete Tor und war mit dem Auto hinter der Mauer verschwunden.

34

Marie und Stephan blieben noch bis zum Abend in Tasarte. Stephans Übelkeit verflog langsam. Sie setzen sich auf die Veranda des Restaurants La Oliva. Unter ihnen schlug der Atlantik mit seichten Wellen gegen das Land. Das Wasser ergoss sich über die rund geschliffenen Steine, mahlte sie und rieb sie aneinander. Es war ein tiefes schürfendes, monotones und einschläferndes Geräusch. Als die Sonne unterging, machten sie sich auf den Rückweg.

Sie fuhren langsam durch das Tal zurück in die Höhe. Am Horizont flohen dunkle Wolken durch den Abendhimmel. Ein häufiges Schauspiel auf den Kanaren. Die Wolken trugen nur selten Regen mit sich. Sie huschten vorbei wie eine drohende Kulisse. Weit oben erreichten Marie und Stephan den Ort Tasarte. Die Reklame des Spar-Supermarktes hob sich grell leuchtend vom dunklen Himmel ab.

»Eine Flasche Wein für heute Abend?«, schlug Stephan vor.

Sie stiegen aus. Im Supermarkt war es kühl. Die Leuchtstoffröhren an der Decke tauchten die Verkaufsgondeln in kaltes Licht. Die Klimaanlage und die Kühlaggregate in den Truhen surrten. Außer ihnen war nur die Kassiererin im Laden. Es roch nach Obst, Käse und süßem Gebäck. Eine irreale Alltäglichkeit.

Marie blieb bei den Haushaltsartikeln stehen.

»Hast du schon einmal so große Küchenrollen gesehen? – Sie haben fast den dreifachen Umfang wie bei uns.«

Er schüttelte den Kopf. Sofort hämmerte wieder der Schmerz.

»Ich nehme sie als Erinnerungsstück mit«, lachte sie.

»Was sollen wir mit diesem Monstrum?«

Aber sie beharrte darauf, die Rolle mitzunehmen.

Er wählte einen trockenen Rotwein aus. Sie legten die Küchenrolle und die Rotweinflasche auf das Transportband an der Kasse. Er nahm noch einen einfachen Flaschenöffner aus einem Warenständer an der Kasse und legte ihn dazu.

Dann fuhren sie die Serpentinen hinauf bis zur Einmündung in die Hauptstraße. Die Bushaltestelle lag verlassen da. Marie bat anzuhalten. Stephan lenkte den Wagen in die Haltebucht. Sie setzten sich in das Wartehäuschen. Der üble Geruch stach in ihre Nasen. In dem hölzernen Verschlag war es unangenehm und widerlich, aber das Häuschen gebot Einhalt. Der Begriff der Haltestelle gewann eine neue Bedeutung. Marie und Stephan blickten von der Holzbank aus über die Straße hinweg in das unten liegende Tal. Im Hintergrund schimmerte der Atlantik rot im Licht der untergehenden Sonne.

Stephan öffnete die Flasche und nahm einen kleinen Schluck daraus. Dann reichte er ihr den Wein. Sie feierten still den glücklichen Ausgang. Marie nahm irgendwann die Küchenrolle, entfernte die Zellophanfolie, legte die Rolle auf den Boden und trat sie wie einen Fußball. Die Rolle sprang verspielt hoch, fiel auf die Straße zurück, begann sich zu entrollen, hüpfte und schoss über den Straßenrand, bis sie aus ihren Blicken verschwand. Sie standen auf, rannten über die Straße und schauten der Rolle nach. Sie sprang den Hang hinab, überwand zitternd eine Felsnase, wirbelte durch die Luft, fiel etliche Meter tief, verschwand für Augenblicke und wurde wieder sichtbar. Sie tanzte das Tal hinab, bis sie ihren Blicken entschwunden war.

»Die Rolle bleibt in Tasarte«, sagte Marie und nahm Stephan fest in den Arm.

Sein Kopfschmerz quälte.

»Lass uns eine Weile bleiben!«, schlug er vor.

Sie saßen still nebeneinander. Hin und wieder fuhr ein Auto vorbei. Ansonsten pfiff der stärker werdende Wind um den Verschlag. Die Dunkelheit brach herein.

»Irgendetwas stimmt nicht«, sagte Marie, als sie wieder in das Auto stiegen. »Warum lügt uns Frau Rosell vor, ihr Mann sei schon verstorben? Und warum sperren uns die beiden ein und beginnen, sich nachweisbar strafbar zu machen? Sie hätten doch nichts zu befürchten gehabt. Es wird niemals zu beweisen sein, dass Hobbeling seinen Patienten Rosell vorsätzlich nicht behandelt hat, als er nach dem ersten Röntgenbild die Diagnose hätte stellen können.«

Stephan lenkte das Auto langsam durch die Kurven. Um sie herum lag tiefe Dunkelheit. Es gab keine Häuser, keine Lampen und nicht einmal Leitpfosten am Straßenrand. Die Straße bog im Lichtkegel der Autoscheinwerfer unversehens mal nach rechts und mal nach links ab. Die Fahrt war für Unkundige gefährlich. Dazu hämmerte nach wie vor der Kopfschmerz. Sie hielten mehrfach an und entspannten für einige Minuten. Spätabends kamen sie im Villa del Conde an. Sie erklärten der Rezeptionistin, dass sie ihre Schlüsselkarte verloren hätten, und erhielten eine neue. Ihr Zimmer war unberührt. Offensichtlich war Stephans Anruf im Hotel rechtzeitig vor der Ankunft von Julita Rosell und Jens Hobbeling erfolgt.

»Die beiden suchen die Vollmacht«, sagte Stephan, als sie sich auf den Balkon gesetzt hatten. Die Hotelanlage lag in nächtlicher Ruhe. Auch die Leuchtstäbe an der Kathedrale waren erloschen. »Es ist klar, dass sie misstrauisch geworden sind. Sie hatten dich in Tasarte entdeckt und mussten schließen, dass wir ihnen nachspionieren. Außerdem wussten sie vom stellvertretenden Geschäftsführer der Rosell GmbH, dass Löffke die Geschäftsunterlagen nach Schriftstücken durchsucht hatte.«

»Aber es erklärt nicht ihr Handeln«, entgegnete Marie. »Die Suche nach der Vollmacht hat doch nur Sinn, wenn Julita Rosell und Jens Hobbeling konkret befürchteten, dass du für Justus den Scheidungsantrag stellst und dieser in der Konsequenz dazu führt, dass das Erbrecht Julitas und ihr Bezugsrecht aus der Lebensversicherung erlöschen. Aber aus welchem Grund sollten Julita und ihr Liebhaber diese Furcht haben?«

»Schürmann sagte, dass sie von diesen – wie er sagte – Feinheiten wussten. Und das kann ich mir auch sehr gut vorstellen.«

»Aber sie wussten doch nichts Genaues«, hielt Marie dagegen. »Es ist doch ein gedanklicher Weitsprung, aus meinem Auftritt in Tasarte und dem Durchsuchen der Geschäftsunterlagen auf einen Scheidungsantrag zu schließen, oder nicht?«

»Julita hat uns den Tod ihres Mannes vorgeschwindelt, um uns nach Tasarte locken zu können. So hatte sie einen plausiblen Grund für ihre Forderung, dass wir die Akte und alle Unterlagen mitbringen. Sie hatte natürlich erwartet, dass sich die Vollmacht in der Akte befindet. Sie wollte, dass wir ihr die Vollmacht förmlich ins Haus tragen.«

»Es passt nicht richtig, Stephan. Die Frage bleibt: Warum hat Julita Rosell Angst vor einem Scheidungsantrag? – Ist dir eigentlich aufgefallen, dass die beiden gar nicht so überrascht waren, als sie die Telefonlisten in der Akte fanden?«

»Ich nehme an, dass sie das vom stellvertretenden Geschäftsführer wussten, der Löffke an die Unterlagen gelassen hat«, meinte Stephan.

»Glaube ich nicht«, erwiderte Marie, »Frau Rosell sagte nur, dass Löffke Einblick in die Geschäftsunterlagen nehmen wollte. Und Löffke selbst wird nichts Weiteres gesagt haben. – Nein, es war eher so, dass Julita bei Durchsicht der Akte bestätigt sah, was sie schon vorher wusste. Verstehst du, was ich meine?«

»Es war dumm von Frau Rosell, die Telefonlisten in den Geschäftsunterlagen zu lassen«, sagte Stephan. »Aber sie wird sich ihrer Sache sehr sicher gewesen sein, weil sich ihr Mann nie um die geschäftlichen Belange kümmerte.«

»Du verstehst nicht, was ich meine«, schloss Marie.

35

Am nächsten Morgen versuchten sie, Julita Rosell über Handy zu erreichen. Der Ruf ging raus, doch sie nahm nicht ab. Stephan versuchte es nochmals mit unterdrückter Nummer, aber er hatte keinen Erfolg. Dann rief er Schürmann an. Er war bereits am Flughafen. In knapp einer Stunde fliege die Maschine nach Düsseldorf, verkündete er. Von Julita Rosell oder Jens Hobbeling hatte auch er nichts mehr gehört.

»Wundern Sie sich nicht, Herr Knobel«, schloss er. »Die beiden haben allen Grund, abzutauchen.«

Marie und Stephan gingen zu Rosells Haus. Ein Flatterband der Polizei war über das schmiedeeiserne Tor gespannt. Man hatte es vermutlich gewaltsam geöffnet, als Justus Rosell ins Krankenhaus gebracht worden war. Durch das Tor hindurch sahen sie rechts neben der Haustür das von Schürmann eingeworfene Fenster. Ohne Zweifel, Schürmann hatte geschickt reagiert.

Stephan stieg den Hang zu der Palme hinauf, hinter deren Stamm sich Schürmann häufig versteckt hatte. Marie folgte ihm vorsichtig. Die trockene Erde staubte unter ihren Schuhen und gab schnell nach. Sie tasteten sich behutsam vorwärts. Endlich fanden sie an der Palme Halt.

»Es stinkt nach Urin«, stellte Marie fest.

»Wundert dich das bei Schürmanns Bierkonsum?«, lächelte Stephan.

Sie setzten sich abseits auf einen kleinen Felsvorsprung.

»Meinst du, Julita Rosell und Jens Hobbeling hätten Justus tatsächlich umgebracht?«, fragte Marie.

Stephan betrachtete das Anwesen der Rosells. Es lag friedlich da. Man sah über die karminrote Mauer auf das Haus und einen Teil des gepflegten Gartens.

»Ich weiß es nicht«, sagte er schließlich.

»Dich beschäftigen dieselben Fragen, das merke ich.« Sie streichelte seinen Arm. »Schürmann rechnete offensichtlich damit, dass Justus Rosell in Lebensgefahr ist. Das macht allerdings nur Sinn, wenn Julita aus Angst vor dem drohenden Scheidungsantrag noch schnell den Tod ihres Mannes herbeiführen wollte, um der Zustellung des Scheidungsantrages zuvorzukommen.«

»Schürmann hat die richtigen Schlussfolgerungen gezogen«, befand Stephan. »Er hat jedenfalls aus Vorsorge das Richtige getan. Man kann nicht wissen, was Frau Rosell und ihr Liebhaber planten. Dass sie sich das Geld sichern wollten, dürfte jedenfalls klar sein.«

»Aber Julitas Sorge wäre nur berechtigt gewesen, wenn sie wusste, dass der Scheidungsantrag schon unterwegs war«, knüpfte Marie an ihre Gedanken an. »Allerdings: In diesem Fall gab es auch keine Veranlassung mehr, nach der Vollmacht zu suchen …«

»Ich glaube einfach, dass Schürmann intuitiv das Richtige getan hat«, bekräftigte Stephan, »nachdem er erkannt hatte, dass es Justus Rosells vermeintlichen Tod gar nicht gab.«

Sie schwiegen eine Weile und sahen abwechselnd auf Rosells Anwesen und den tiefblauen Atlantik. Am Horizont glänzten hellgrau die Silotürme von Arguineguín.

»Es ist nichts so, wie es scheint«, meinte Marie. »Gib mir mal dein Handy!«

Stephan reichte es ihr.

Sie wählte die deutsche Auskunft an und drückte auf die Mithörtaste.

»Ich melde mich noch mal in der Sache Rosell«, begann sie das Telefonat. »Es haben sich mithilfe Ihres Rentners einige neue Aspekte ergeben.«

Herr Schwamhof stutzte.

»Ich meine Herrn Schürmann, der für Ihre Versicherung viele Jahre tätig war«, half Marie.

»Ja, aber Schürmann ist nicht in Rente gegangen«, erwiderte Schwamhof verwundert. »Behauptet er das?«

Marie zögerte. »Nein«, antwortete sie schließlich. »Ich bin davon ausgegangen, dass er in Rente gegangen ist. Er ist ja auch schon älter.«

»Er hat es also nicht von sich aus behauptet?«, vergewisserte sich Schwamhof.

»Nein, bestimmt nicht. Was ist daran so wichtig?«

»Ich nehme an, der Verdacht des Betruges durch Rosell hat sich zerschlagen, oder etwa nicht?«, fragte Schwamhof unbeirrt weiter. »Oder gibt es Hinweise, dass Justus Rosell gesund ist? Das würde mich allerdings wundern.«

»Nein, er ist tatsächlich krank«, bekräftigte Marie.

»Und was hat Schürmann Sensationelles herausgefunden?«, forschte Schwamhof.

»Im Ergebnis nichts anderes«, sagte sie, »aber es gibt etliche Ungereimtheiten …«

»Gut, ich darf etwas vorwegschicken, Frau Schwarz«, unterbrach Schwamhof. »Sie entnehmen meinen Bemerkungen, dass das Verhältnis unseres Unternehmens zu Herrn Schürmann nicht das beste ist. Ich habe bei Ihrem Besuch in unserem Hause in Düsseldorf davon noch nichts gesagt. Aber meine damalige Bitte, mich über den weiteren Fortgang in der Sache Rosell zu unterrichten, war genau in diesem gestörten Verhältnis begründet. Deshalb bin ich Ihnen dankbar, dass Sie mich anrufen. Und ich gehe davon aus, dass Herr Schürmann jetzt nicht neben Ihnen steht.«

»Ich bin allein«, sagte Marie.

»Gut. Unsere Gesellschaft hat das Arbeitsverhältnis mit Herrn Schürmann vorzeitig aufgelöst. Es gab gravierende Probleme in der Zusammenarbeit.«

»Alkohol?«, fragte Marie.

»Gewiss ist es ein Problem, wenn ein Mitarbeiter an einem Tag in Summe mehrere Liter Bier trinkt. Wesentlicher – und vielleicht mit der Trunksucht zusammenhängend – ist allerdings, dass Schürmann ein Besessener ist. Er witterte hinter allen möglichen Versicherungsverhältnissen Betrügereien. Wir sind gewiss dankbar, wenn unsere Mitarbeiter zuverlässig und gewissenhaft handeln und honorieren, wenn Betrugshandlungen aufgedeckt werden. Aber es geht natürlich nicht an, wenn bar jeder Vernunft weiter gefahndet wird, obwohl sich die Verdachtsmomente nicht erhärtet haben. Ein solches Gebaren bringt unsere Versicherungsgesellschaft in Misskredit. Der Fall Rosell war für Schürmann so etwas wie seine persönliche Nagelprobe. Selbstverständlich drängen sich Fragen auf, wenn relativ kurz vor einer tödlich verlaufenden Erkrankung eine Lebensversicherung mit einer solch hohen Summe abgeschlossen wird. Auch der eigenartige Prozess Rosells gegen seinen Arzt warf Fragen auf. Aber wir fanden nun einmal keine Beweise dafür, dass Rosell unsere Gesellschaft betrügen wollte oder sie betrogen hat. Der Abschluss der Lebensversicherung erfolgte offensichtlich vor dem Hintergrund, dass Justus Rosell seine Firma in eine GmbH überführt hatte. Bis dahin hatte er keinerlei Altersvorsorge betrieben, was seinen Grund wohl darin hatte, dass er geschäftlich etwas – sagen wir – ungelenk ist. Gedacht war also an eine sinnvolle, wenn auch recht spät begründete Altersvorsorge. Gewiss eine Luxusvorsorge, aber die monatlichen hohen Prämien wurden stets bezahlt. Der Abschluss der Versicherung erfolgte zu einem Zeitpunkt, in dem Justus Rosell aller Wahrscheinlichkeit noch nicht krank war. Selbst wenn zum Zeitpunkt der ersten Röntgenaufnahme der Tumor sichtbar gewesen sein sollte, wäre die Krankheit – ihren aggressiven und schnellen Verlauf unterstellt – zum Zeitpunkt des Vertragsabschlusses nicht vorhanden oder zumindest nicht erkennbar gewesen. Das bestätigen Mediziner, die wir im Rahmen unserer Ermittlungen zum wahrscheinlichen Krankheitsverlauf in diesem Fall konsultiert haben. Rosell hatte nichts vorgetäuscht. Seine Frau setzte er unwiderruflich als Bezugsberechtigte ein, soweit er den Ablauf der Versicherung nicht erlebt, allerdings unter der auflösenden Bedingung des Scheiterns der Ehe. Alles in allem nicht ungewöhnlich. Der Vertragsschluss erfolgte zeitlich reichlich vor dem Zeitpunkt, als Justus Rosell auffallend Gewicht verlor. Als der Prozess Rosell gegen Hobbeling begann und zeitgleich das mediale Feuerwerk entzündet wurde, hat unser Herr Schürmann den Fall von rechts auf links und wieder zurück gewendet. Es kam nichts heraus, was uns berechtigt hätte, den Vertrag zu kündigen oder anzufechten. Auch Schürmann hat das einsehen müssen, obwohl er telefonisch Frau Rosell beinahe inquisitorisch befragt hatte, wann und wie sich die Symptome bei ihrem Mann zeigten. Deshalb habe ich mich gewundert, dass er nun wieder in dieser Sache schnüffelte, und das, obwohl er nicht mehr in unserem Unternehmen tätig ist. Aber ein Typ wie Schürmann kann offensichtlich keine Ruhe geben. Er kann nichts abwarten, lauert, denkt vor und zurück, will ein Ergebnis um jeden Preis. Das sind Eigenschaften, die nicht gut tun. – Ich möchte das vorausschicken, Frau Schwarz, denn ich muss um Verständnis dafür bitten, dass wir nach den leidvollen Erfahrungen in anderen Fällen mit den Ermittlungsergebnissen von Herrn Schürmann sehr vorsichtig umgehen. – Also, Frau Schwarz: Gibt es Hinweise im Fall Rosell, dass irgendetwas nicht stimmt? Sie sagten doch, dass Sie Herrn Rosell vertreten. Was ist also Ihr eigentliches

Interesse? Ich wunderte mich damals schon, dass Sie bei Ihrem eigenen Mandanten einen Betrug vermuteten. Oder habe ich Sie missverstanden?«

Marie war überrascht.

»Es ist vielleicht wirklich nicht wichtig«, relativierte sie. »Lassen wir es dabei bewenden.«

»Nicht böse sein«, schloss Herr Schwamhof. »Aber außer handfesten Beweisen zählt für uns nichts. Und ich denke, die gibt es nicht.«

»Sie haben recht«, bestätigte Marie und beendete das Gespräch.

»Unser Freund Schürmann«, staunte Stephan. »Ich verstehe nun überhaupt nicht mehr, welches Interesse er noch an dem Fall Rosell hat. Wer will denn noch etwas für den Arbeitgeber tun, von dem er rausgeworfen wurde?«

»Rehabilitation vielleicht«, meinte Marie. »Oder er will es der Versicherung jetzt richtig zeigen. Das würde zu ihm passen, wenn er ein Besessener ist.«

»Aber er hat nichts davon«, entgegnete Stephan. »Er hat hier vor Ort für sich und seine Frau eine Menge Geld verbraucht, um einen vermeintlichen Betrug aufzudecken, der – was er letztlich weiß – keiner ist. Stattdessen erfährt er, dass Julita Rosell und Jens Hobbeling ein Verhältnis miteinander haben. Die von uns eingeleitete Scheidung erspart der Versicherung die Auszahlung, aber davon hat er nichts. Warum sollte er sich so engagieren? Das macht doch keinen Sinn.«

»Besessen eben«, sagte Marie.

Stephan dachte eine Weile nach.

»Ich glaube, wir denken in die falsche Richtung, Marie ...«, sagte er dann. Er nahm das Handy und sandte Julita Rosell eine SMS: ›Wir müssen dringend reden. Es ist zu Ihrem Schutz. Bitte vertrauen Sie mir. Es eilt! Stephan Knobel.‹

Auf dem Nachbargrundstück unten an der Sackgasse machte der pensionierte Banker Dehnübungen. Marie und Stephan kletterten den Hang hinab und begrüßten den Rentner durch den Zaun.

»Wir suchen Frau Rosell«, eröffnete Stephan.

Der Banker hielt inne und kam auf sie zu.

»Julita wird bei ihrem Mann im Krankenhaus sein«, vermutete er. »Sie kam gestern völlig verstört zu uns herüber, als sie den Einbruch bemerkt hatte und ihren Mann im Haus nicht finden konnte. Meine Frau hatte mir alles berichtet. Ich war ja bei Justus im Krankenhaus. Es steht ganz schlimm um ihn. Sehr traurige Geschichte. Wir hatten einen Zettel an die Haustür der Rosells geklebt und darauf gebeten, dass sich Frau Rosell bei uns melden möge. Die Frau Rosell war ganz aufgelöst ...«

Er beschrieb den Weg zum Krankenhaus.

36

Julita Rosell saß am Bett ihres Mannes. Man hatte ihn in ein Einzelzimmer gelegt. Seine Augen waren geschlossen, die Atmung flach.

Frau Rosell stand auf, als sie Marie und Stephan hinter sich bemerkte. Sie gingen hinaus und nahmen in einer Sitzecke hinter einer Glastür Platz, die die Abteilung für Innere Medizin vom Flur trennte. Es roch nach Reinigungsmitteln und Medikamenten. Die großflächigen Fenster gingen auf den Hof des Krankenhauses. Dort standen die Autos der Ärzte und Pfleger.

»Hier ist nichts von der Schönheit Gran Canarias«, sagte Frau Rosell hilflos. Sie sah beschämt zu Boden. »Mein Mann wird hier sterben, das steht fest. Ich will mich auch nicht mehr lange mit Ihnen unterhalten. Ich bedaure, dass wir Sie eingesperrt haben. Mehr kann ich dazu nicht sagen. Sie haben in Justus' Namen die Scheidung eingeleitet. Unsere Haushälterin hat mir vorgelesen, was Sie geschrieben haben, Herr Knobel.« Jetzt hob sie den Kopf und sah Stephan ins Gesicht, fest und trotzig stolz. »Alles, was Sie schreiben, ist wahr«, gestand sie freimütig. »Aber Sie wissen, dass Sie keinen Auftrag seitens meines Mannes hatten, Herr Knobel. Sie müssen das mit Ihrem Gewissen vereinbaren, so wie Jens und ich zu verantworten haben, dass wir Sie nach Tasarte gelockt und schließlich eingesperrt haben. In der Summe hebt sich alles auf, und deshalb bedaure ich auch nichts. Jens und ich sind seit

Jahren ein Paar. Die Ehe mit Justus ist seit Langem erkaltet, und sie war schon am Ende, als ich Jens über den Steuerberater kennenlernte, für den ich damals arbeitete. Unsere Liebe nahm ihren Anfang, und ich darf sagen, es ist meine erste wirkliche Liebe überhaupt. Als bei Justus Symptome einer ernsthaften Erkrankung auftraten, schickte ich ihn zu Jens, einzig aus dem Grund, weil er ein Arzt ist. Ich wollte, dass Justus gut behandelt wird. Erst später erfuhr ich, dass Justus bei Jens längst nicht alles über das Ausmaß seiner Beschwerden erzählt hatte. Er hatte teils verschwiegen und teils verharmlost. So, wie es Jens auch später in dem Prozess ausgesagt hatte. Jens hatte mir vorher nichts davon erzählt, denn er nahm seine ärztliche Schweigepflicht ernst. Ich war im Begriff, mich von Justus zu trennen, als die tödliche Diagnose kam. Sie mögen denken, was Sie wollen, aber es wäre unanständig gewesen, wenn ich mich in dieser Situation von Justus getrennt hätte. Sie werden denken, dass es mir nur um das Geld gegangen ist. Aber ich darf Ihnen versichern, dass es nicht so war. Trotz unserer verloren gegangenen Liebe ist Justus ein guter Mensch, der meine Zuwendung und Sorge bis zu seinem Tod braucht und verdient. Bezichtigen Sie mich nicht der Überheblichkeit, Herr Knobel! Als Justus die tödliche Diagnose erhielt, forderte er von Jens das erste Röntgenbild an. Er tat es mit einem freundlichen Anschreiben, aus dem zwar die Verzweiflung, aber in keiner Weise die boshafte Absicht sprach, Jens für dieses schlimme Schicksal verantwortlich machen zu wollen. Jens schickte ihm also arglos das Bild. Justus hat den Brief entgegengenommen, und nur er hat das Bild vernichtet. - Dass Jens das Bild abgesandt hat, ist bewiesen. Justus wird es unterschlagen haben, weil es eben keinen Beweis dafür lieferte, dass zum Zeitpunkt der Aufnahme die Krankheit schon erkennbar war. Jens ist ein gewissenhafter Arzt. Mein Mann verstieg sich in seinen Hass gegen ihn, weil er einen Schuldigen für sein Schicksal suchte. Justus, der Ärzten stets misstraut hatte, fand in Jens den Brennpunkt, auf den er seinen Hass konzentrieren konnte. Ich bin mir sicher, dass er den Prozess gegen Jens nur begann, um Jens in der Öffentlichkeit schlecht zu machen. Dass er diesen Prozess nicht gewinnen konnte, wird er gewusst haben. Es war auch Justus' Wille, erneut an die Medien zu gehen und anwaltliche Hilfe in Anspruch zu nehmen, als wir nach Gran Canaria übersiedelten. Ihr Auftrag war, Jens zu schädigen, und ich habe mich nach Kräften bemüht, diesen Krieg zu bremsen. Jens verteidigte sich mit seinem Anwalt, wie es erforderlich war. Er konnte nicht zulassen, von Justus grundlos vernichtet zu werden. - Selbstverständlich habe ich meinem Mann gegenüber die Beziehung zu Jens bis zum heutigen Tage verheimlicht. Warum sollte ich ihm in seinem Zustand noch zusätzlich schaden? Für Sie sieht es danach aus, dass ich Jens und mir nur das Geld sichern wollte. Ich gebe zu: Wir nehmen es gern, aber es kommt uns nicht um jeden Preis darauf an. – Würden Sie einem todgeweihten Menschen offenbaren, dass die Liebe, an die er glaubt, gar nicht mehr existiert?« Frau Rosell legte nur eine rhetorische Atempause ein, dann beantwortete sie sich selbst: »Sie würden es nicht tun, Herr Knobel, was sich schon daraus ergibt, dass Sie meinem Mann von dem Scheidungsantrag nichts erzählt haben. Sie maßen sich ganz einfach an, in seinem mutmaßlichen Interesse zu handeln. Schämen Sie sich nicht?«

Julita Rosell hatte glänzend plädiert. Stephan wusste nichts zu erwidern. Er hatte in der Tat ohne Weisung gehandelt, aber er war sich auch sicher, dass Justus Rosell seine Entscheidungen gebilligt hätte, wenn er die Tatsachen gekannt hätte.

»Dass ich mit der Einleitung der Scheidung mein Erbrecht und auch das Bezugsrecht aus der Lebensversicherung verliere, weiß ich inzwischen«, fuhr Julita Rosell fort. »Die Frau, die sich bei mir meldete, hat es mir gesagt. Sie sagte auch, dass Sie beabsichtigen, für meinen Mann die Scheidung einzuleiten, und dass Sie mit Telefonlisten den Nachweis führen können, dass Jens und ich uns schon seit einigen Jahren kennen und deshalb die begründete Vermutung bestehe, dass Jens meinen Mann absichtlich nicht behandelt habe. Dass Sie die Scheidung in Wirklichkeit schon eingeleitet hatten, wusste ich da noch nicht. Das habe ich erst am Nachmittag durch den Anruf unserer Haushälterin erfahren.«

»Welche Frau?«, fragte Marie erstaunt.

»Die Frau, die gestern Morgen in aller Frühe anrief und mir riet, Ihnen vorzugaukeln, dass Justus schon tot sei. Ich solle dafür Sorge tragen, dass Sie mit allen Unterlagen nach Tasarte kommen und zusehen, dass ich in den Besitz der Vollmacht komme. Sie wollte ein Viertel der Lebensversicherungssumme und versprach,

Stillschweigen über mein Verhältnis zu Jens und die Dauer der Beziehung und damit den schwerwiegenden Verdacht zu wahren, dass Jens meinen Mann absichtlich nicht behandelt und ihn dem tödlichen Verlauf der Krankheit ausgeliefert hat.«

»Ich verstehe gar nichts mehr«, sagte Marie.

»Die Anruferin war vermutlich die Ehefrau unseres vermeintlichen Pensionärs«, beantwortete Stephan Maries Frage. »Sie war über ihren Mann mit jedem Detail vertraut. Die Sache wird rund.«

Er wandte sich an Frau Rosell. »Die Anruferin verlangte von Ihnen also ein Viertel der Lebensversicherung. – Aber das konnte sie doch nur fordern, wenn sie sich sicher war, dass Sie die Lebensversicherung auch bekommen. Jetzt frage ich mich: Woher wusste die Anruferin, dass Sie die Lebensversicherung bekommen, wenn doch der Scheidungsantrag auf dem Weg war und mit seiner Zustellung das Bezugsrecht aus der Lebensversicherung erlosch? Wie erklären Sie sich das, Frau Rosell?«

»Es geht um Justus' Erklärung«, antwortete sie wie selbstverständlich.

»Welche Erklärung?«

»Justus hatte sich vor etwa einem halben Jahr mit der Lebensversicherung in Verbindung gesetzt. Da war sein Schicksal längst besiegelt. Auch der Prozess gegen Jens war schon vorbei. Mein Mann begann, seine Dinge zu regeln. Und in diesem Zusammenhang sprach er auch noch einmal mit dem zuständigen Sachbearbeiter der Quovoria, ob alles im Falle seines Todes klar gehe. Er wollte sichergehen, dass ich die Versicherungssumme bekomme. Daraufhin hatte ihm der Mann von der Versicherung geraten, schriftlich zu erklären, dass der Vorbehalt entfallen und ich die Versicherungssumme in jedem Falle, was auch immer geschehe, erhalten solle. ›Sicher ist sicher‹, hat er gesagt.«

»Und Ihr Mann hat so verfügt?«, fragte Stephan.

Julita Rosell nickte. »Er hat es so geschrieben, wie der Berater es wollte. Justus hat mir den Brief noch stolz gezeigt, bevor er ihn zur Post gab.«

»Hieß der Berater Schürmann?«, fragte Stephan weiter.

»Ja, ich glaube …« Frau Rosell hob fragend die Augenbrauen.

»Gesehen haben Sie ihn nie?«

»Ich? – Nein, nie. Auch Justus hatte nur telefonischen oder brieflichen Kontakt mit ihm.«

»Der dicke Mann im Hang hinter Ihrem Grundstück«, sagte Stephan lächelnd.

»Aber Sie sagten doch, der hieße Polloschek«, erwiderte Frau Rosell irritiert.

37

Marie und Stephan eilten ins Villa del Conde zurück.

»Ich habe alles verstanden«, sagte Stephan. »Schürmann hatte während und nach dem Prozess von Rosell gegen Hobbeling geforscht, ob ein Betrug dahinterstecke und festgestellt, dass dem nicht so war. Aber er fand heraus, dass Julita und Jens ein Verhältnis miteinander hatten. Er wusste, dass Justus bei Abschluss der Lebensversicherung verfügt hatte, dass Julitas Bezugsrecht erlischt, wenn die Ehe gescheitert ist, also ein Scheidungsantrag gestellt ist. In Kenntnis dieser Umstände veranlasste er Rosell, die sogenannte auflösende Bedingung, wonach also Julitas Bezugsrecht im Falle des Scheiterns der Ehe erlischt, rückgängig zu machen. Mehr noch: Justus verfügte auf Schürmanns Weisung nunmehr, dass Julita in jedem Fall die Lebensversicherungssumme erhalten solle. Das heißt: Sie würde die Summe bekommen, selbst wenn die Ehe scheiterte. Rosell hat dies schriftlich gegenüber der Versicherung erklärt, aber ich wette, dass Schürmann diese Erklärung nicht in der Akte in seinem Büro gelassen hat. Er wird sie sicher aufbewahren, um sie geldbringend für sich verwenden zu können. Erinnere dich: Schwamhof wusste davon nichts. Die Erklärung befindet sich jedenfalls nicht in der virtuellen Akte, die er dir auf dem Bildschirm gezeigt hat. – Schürmann wusste von Rosells Hass auf Hobbeling und dem Sprengstoff, der vor diesem Hintergrund in der Beziehung zwischen Julita und Jens steckt. Es galt nun,

Justus Rosells Schriftstück nutzbar zu machen. Das war von Anfang an sein Plan gewesen. Die Gelegenheit kam, als in der Zeitung angekündigt wurde, dass Justus Rosell zum Sterben nach Gran Canaria übersiedelt und von seinem Anwalt begleitet wird. Spätestens zu diesem Zeitpunkt wird Frau Schürmann, die ja ebenfalls bei der Versicherung arbeitet, Rosells Erklärung aus der Akte und aus dem Computer entfernt haben, wenn sie denn dort jemals überhaupt enthalten war. Der Zeitungsartikel war für die Schürmanns die Initialzündung: Sie hefteten sich an uns, provozierten das Zusammentreffen im Villa del Conde, machten sich durch Schürmanns Schleichen um Rosells Haus und ihr Verschwinden aus dem Villa del Conde interessant. Sie wären mit Sicherheit auch dann wieder mit uns in Kontakt getreten, wenn du Schürmanns Identität nicht über die Versicherung herausgefunden hättest. Dann setzten sie uns auf die Fährte des vermeintlichen Versicherungsbetruges. Dass dieser Verdacht haltlos ist, wusste Schürmann. Er animierte uns, am Fall zu bleiben, Julita Rosell im Auge zu behalten und ließ uns das Verhältnis zwischen Julita und Jens entdecken, von dem er selbst längst wusste. Worauf es ihm ankam: Er musste die Scheidung einleiten lassen, denn nur in diesem Fall konnte er aus Rosells Schriftstück Kapital schlagen. Würde Justus versterben, ohne dass zuvor seiner Frau der Scheidungsantrag zugestellt worden wäre, hätte sie wie vorgesehen die Versicherungssumme erhalten. Allerdings konnte er die Scheidung erst zu einem Zeitpunkt anregen, als Justus Rosell bereits so geschwächt war, dass er mit mir keinen Kontakt mehr aufnehmen konnte. Es gab nur eine kurze Zeitspanne, in der Schürmann seinen Plan verwirklichen konnte. Jetzt verstehe ich auch seine Nervosität. – Wir waren so blind, Marie! Er hat uns für seine Zwecke instrumentalisiert. Schürmann brauchte einen Anwalt, der das Scheidungsverfahren einleitete.«

Stephan begann zu laufen.

»Warum rennst du so, Stephan?«

»Die Zeit rennt uns davon, Marie. Ich muss einen Schriftsatz an das Familiengericht schicken. Schnell! – Schürmanns Problem war, dass Rosells Tod vor Zustellung des Scheidungsantrages einzutreten drohte. Deshalb schwenkte er vorsorglich auf den Plan B um, dessen Ziel uns Julita gerade erklärte. Schürmanns Frau steckt mit drin. Das ist sonnenklar. Erinnerst du dich, dass ich am Telefon vom Familiengericht gefragt wurde, ob ich schon einmal wegen der Zustellung des Scheidungsantrages angerufen hätte? Ich hielt diese Frage damals für einen Irrtum, aber es hatte tatsächlich jemand schon früher deswegen angerufen. Es war Schürmann oder seine Frau gewesen. Beide warteten aus nahe liegenden Gründen ungeduldig auf die heiß ersehnte Antwort. Erinnerst du dich, wie erleichtert Schürmann war, als das Gericht die Zustellung des Scheidungsantrages bestätigte? – Wir waren so dumm, Marie!«

Sie erreichten verschwitzt die Hotelanlage und liefen in den Internetraum. Stephan schrieb hastig einen Schriftsatz an das Familiengericht in Dortmund, unterschrieb ihn und sandte ihn vorab als Telefax ab. Dann tat er das Original des Schreibens in einen Briefumschlag, adressierte ihn an das Amtsgericht in Dortmund und bat eine Angestellte an der Rezeption, den Brief abzusenden.

38

Justus Rosell verstarb am nächsten Morgen in den Armen seiner Frau. Julita teilte Stephan die Nachricht mit knapper SMS mit.

»Sehr nüchtern«, stellte Marie fest. »Bist du sicher, alles richtig gemacht zu haben?«

Stephan zuckte mit den Schultern. »Ich weiß es nicht. Sie will unbedingt das Geld, auch wenn sie es bestreitet. Wäre es ihr nicht so sehr ums Geld gegangen, hätten sie und Hobbeling nicht mit krimineller Energie versuchen müssen, in den Besitz der Vollmacht zu kommen. Ihr Handeln macht nur Sinn, wenn sie die Einleitung des Scheidungsverfahrens verhindern wollten. Schürmann hat beide auch an dieser Stelle richtig durchschaut und die Flucht aus Tasarte geschickt dazu genutzt, uns glauben zu machen, sie trachteten wegen des Wettlaufs mit dem Scheidungsantrag nun nach Rosells Leben. Julita mag gierig auf das Geld sein, aber sie oder Hobbeling waren nie darauf aus, Justus zu töten. Wie verwerflich Julitas Handeln auch sein mag: Ich hatte definitiv von Justus Rosell keine Vollmacht, die Scheidung einzureichen. Und ich werde nie wieder etwas für einen Mandanten tun, wenn ich nicht sicher weiß, dass er es will. – Es ist ein eigenartiger Fall«, resümierte er. »Ich glaube, ich habe mit meinem Mandanten insgesamt nicht mehr als zehn Sätze gesprochen. Ich habe jemanden vertreten, den ich gar nicht kannte.«

›Benachrichtigen Sie mich, wenn sich Schürmann meldet‹, schrieb er per SMS zurück. Stephan kondolierte nicht. Er hatte es bereits einmal getan. Julita blieb ihm fern. Er leitete ihre Kurznachricht vom Tod ihres Mannes an Schürmann weiter.

39

Schürmann meldete sich knapp eine Woche später bei Julita Rosell. Er verlangte ein Viertel der Versicherungssumme für die Aushändigung des mit dem Eingangsstempel der Quovoria-Lebensversicherung versehenen Briefes von Justus Rosell, mit dem er die auflösende Bedingung des Bezugsrechts seiner Frau aufgehoben und zugleich bestimmt hatte, dass sie in jedem Falle in den Genuss der Versicherungssumme kommen solle. Frau Rosell solle sich in einer notariellen Urkunde verpflichten, das Geld an Schürmann zu zahlen, wenn sie die Versicherungssumme erhalte. Zugleich werde er arrangieren, dass Justus Rosells Brief in die bei der Versicherung geführte Akte gelange.

Stephan schmunzelte. Diesen letzten Akt sollte also Frau Schürmann als Mitarbeiterin der Versicherung vollziehen.

Marie rief Herrn Schwamhof an. Er würde mit Frau Rosell zum zuvor vereinbarten Übergabeort gehen und danach mit der Direktion der Gesellschaft über die weiteren rechtlichen Schritte gegen die Schürmanns beraten. Schwamhof notierte sich die wesentlichen Fakten. Zuletzt las Marie Stephans Schriftsatz an das Familiengericht in Dortmund vor: ›Namens und kraft Vollmacht meines Mandanten Justus Rosell nehme ich den Scheidungsantrag zurück.‹ Sie versprach Herrn Schwamhof, alle Schriftstücke in Fotokopie nachzureichen.

»So richtig glücklich können wir nicht sein«, meinte Marie. »Julita bekommt Erbe und Versicherung, obwohl sie ihren Mann betrogen hat.«

»Ich bin nicht glücklich, aber ich habe rechtlich das Richtige getan«, erwiderte Stephan. »Ich glaube ihr, dass Hobbeling Rosells Behandlung nicht vorsätzlich unterlassen hat. Wäre das der Fall gewesen, hätte Hobbeling das erste Röntgenbild überhaupt nicht an Justus Rosell verschickt. Warum sollte er das Risiko eingehen, dass Rosell das zentrale Beweisstück in die Hände bekommt? Dass Justus den Brief entgegengenommen hat, ist unbestritten. Also wird das Bild keinen Behandlungsfehler dokumentieren.«

»Hattest du denn Vollmacht, den Scheidungsantrag zurückzunehmen?«

»Das von Justus Rosell unterschriebene Vollmachtsformular berechtigt zu allen prozessualen Handlungen im selben Verfahren«, erklärte er. »Justus Rosell hatte mir mit seiner Unterschrift praktisch einen Freibrief erteilt. Und weil die Rücknahme des Scheidungsantrages vorab per Telefax noch vor Rosells Tod bei Gericht einging, ist es rechtlich so, als wäre nie die Scheidung beantragt worden.«

»Recht ist komisch«, schloss sie.

»Recht komisch«, nickte er, »und gefährlich, wenn man es missbraucht.«

40

Hubert Löffke saß in ungewohnt artiger Pose in Stephans Büro. Er legte den Zeitungsbericht zur Seite, den er eben gelesen hatte. Die Zeitung berichtete dünn, dass Justus Rosells Leichnam nach Deutschland überführt und auf dem Dortmunder Hauptfriedhof beigesetzt worden sei.

»Sie wissen doch viel mehr, als Sie sagen, Knobel. Nun raus mit der Sprache! Es ist doch offensichtlich eine Riesengeschichte. Die Medien waren immer ganz geil auf diesen Fall. Es war mein Fall, Knobel! – Wenn die Medien nichts mehr schreiben, brodelt es im Hintergrund im Kessel! Binden Sie mich ein, Knobel! Ich war so großzügig, Ihnen diesen Fall zu geben.«

Stephan hob unwissend die Schultern.

»Knobel, was ist mit dem Regress in der Sache Rosell? Kommt da etwas auf mich zu? Seien Sie endlich mal ehrlich!«

Stephan schüttelte den Kopf. »Nur so viel«, verriet er. »Sie brauchen sich wegen dieses vermeintlichen Regresses keine Sorgen machen. Sie haben im Fall Rosell alles richtig gemacht. Von Anfang an!«

»Ja, ja, natürlich. Aber es hörte sich so an, als hätte ich vielleicht etwas falsch gemacht. Rein hypothetisch, meine ich. Sagen Sie mir doch endlich, was falsch gewesen sein könnte. Fehler bringen mich zum Wahnsinn.«

»Sie sind doch ohne Fehler, Löffke! Woher die Zweifel?«

»Sie wissen, dass die Anwälte am meisten unter ihren Fehlern leiden, selbst wenn sie nichts falsch gemacht haben. Jeder lauert nur auf die Fehler des anderen – und auf die Explosion der Bombe unter dem eigenen Hintern.«

»Es war und ist nichts«, versicherte Stephan. »Vergessen Sie den Fall Rosell!«

»Sie sind und bleiben ein Arschloch«, giftete Löffke. Er stand auf, zündete sich eine Zigarette an, blies provokant den Rauch aus und verließ Stephans Büro.

ENDE

Weitere Krimis finden Sie auf den folgenden Seiten und im Internet: www.gmeiner-verlag.de

Klaus Erfmeyer
Irrliebe
978-3-8392-1183-0

»Erfmeyer ist ein Meister der Spannungsliteratur.«
Stefan Sprang, Hessischer Rundfunk

Als Franziska Bellgardt über eine verführerische Kontaktanzeige den Franzosen Pierre Brossard kennenlernt, scheint sie die Liebe ihres Lebens gefunden zu haben. Doch die Leidenschaft für den rätselhaften Pierre endet mit ihrem Tod. Franziskas Schulfreundin Marie Schwarz und ihr Freund, der Dortmunder Rechtsanwalt Stephan Knobel, beginnen die schicksalhafte Beziehung zu ergründen. Bald zeigt sich, dass es um weit mehr geht als Franziskas Liebe zu einem Mann, dem sie sich bedingungslos unterwerfen wollte …

GMEINER
Wir machen's spannend

Klaus Erfmeyer
Tribunal
978-3-8392-1060-4

»Ein Trumpf in der Krimiszene«
Westdeutsche Allgemeine Zeitung

Essen und das Ruhrgebiet bereiten sich auf das Großereignis »Kulturhauptstadt 2010« vor. Als der Psychologe Paul Bromscheidt der Kanzlei Hübenthal & Knobel die Idee anträgt, aus diesem Anlass eine Ausstellung zum Thema »Justiz und Gewissen« in Deutschlands größter unterirdischer Bunkeranlage zu organisieren, sind die Anwälte begeistert. Erwartungsvoll folgen Stephan Knobel und seine Kollegen dem eloquenten Bromscheidt in das Stollensystem. Doch die Führung wird zur Entführung – und für die Geiseln zur Konfrontation mit einem Täter, der eine zynische Abrechnung zelebrieren will …

GMEINER

Wir machen's spannend

Klaus Erfmeyer
Todeserklärung
978-3-8392-3348-1

»Ein neuer Fall für Rechtsanwalt Stephan Knobel«

Als der Dortmunder Rechtsanwalt Stephan Knobel von seinem neuen Mandanten Gregor Pakulla den Auftrag erhält, dessen verschwundenen Bruder Sebastian zu suchen, wundert er sich zunächst, warum Pakulla hierfür einen Anwalt benötigt. Aber der Fall klingt interessant: Die Geschwister sind die alleinigen Erben eines großen Vermögens. Doch ohne Sebastian kann Gregor seinen Anteil nicht kassieren – wird sein Bruder hingegen tot aufgefunden, erhält er sogar alles.

Schnell wird klar, dass Gregor mehr weiß, als er zugibt. Knobel folgt Sebastians Spuren bis nach Mallorca, wo sich ihm ein bis ins Detail durchdachtes teuflisches Spiel offenbart.

GMEINER

Wir machen's spannend

Stefan Keller
Kölner Luden
978-3-8392-1378-0

»Marius Sandmann ermittelt im ›Miljö‹«

Waisenkind Vinzent Dietrich setzt seine ganze Hoffnung in Marius Sandmann: Der Privatdetektiv soll seinen Vater finden. Einziger Anhaltspunkt ist ein Foto des Kölner Fotografen Chargesheimer aus den Nachkriegsjahren.
Die Spur führt Sandmann in die wilden 60er-Jahre. Damals galt Köln als deutsche Hauptstadt des Verbrechens. Als Marius einziger Zeuge stirbt, vormals Kiezgröße aus dem »Miljö«, machen sich seine ehemaligen Kumpane auf Mörderjagd. Ihr Hauptverdächtiger: Marius Sandmann.

GMEINER

Wir machen's spannend

Margit Kruse
Zechenbrand
978-3-8392-1382-7

»Tatort Zeche«

Auf einem alten Zechengelände, mitten im Ruhrgebiet, wird hinter den historischen Gebäuden ein toter junger Mann im Schalke 04-Dress gefunden. Margareta Sommerfeld, Damenoberbekleidungsverkäuferin und passionierte Hobbydetektivin, hatte den Jungen noch kurz zuvor gesehen. Ist er zwischen die Fronten einer Investorengruppe und einer Bürgerinitiative geraten, die beide um die alte Zeche »Bergmannsglück« streiten? Ein weiterer Mord macht nicht nur Margareta klar, dass Eile geboten ist …

Unsere Lesermagazine

2 x jährlich das Neueste aus der Gmeiner-Bibliothek

24 x 35 cm, 32 S., farbig; inkl. Büchermagazin »nicht nur« für Frauen

10 x 18 cm, 16 S., farbig

Alle Lesermagazine erhalten Sie in Ihrer Buchhandlung oder unter www.gmeiner-verlag.de.

GmeinerNewsletter

Neues aus der Welt der Gmeiner-Romane

Haben Sie schon unsere GmeinerNewsletter abonniert?

Monatlich erhalten Sie per E-Mail aktuelle Informationen aus der Welt der Krimis, der historischen Romane und der Frauenromane: Buchtipps, Berichte über Autoren und ihre Arbeit, Veranstaltungshinweise, neue Literaturseiten im Internet und interessante Neuigkeiten.

Die Anmeldung zu den GmeinerNewslettern ist ganz einfach. Direkt auf der Homepage des Gmeiner-Verlags (www.gmeiner-verlag.de) finden Sie das entsprechende Anmeldeformular.

Ihre Meinung ist gefragt!

Mitmachen und gewinnen

Wir möchten Ihnen mit unseren Romanen immer beste Unterhaltung bieten. Sie können uns dabei unterstützen, indem Sie uns Ihre Meinung zu den Gmeiner-Romanen sagen! Senden Sie eine E-Mail an gewinnspiel@gmeiner-verlag.de und teilen Sie uns mit, welches Buch Sie gelesen haben und wie es Ihnen gefallen hat. Alle Einsendungen nehmen automatisch am großen Jahresgewinnspiel mit attraktiven Buchpreisen teil.

GMEINER

Wir machen's spannend